JEU D'OMBRES

MONTGOMERY INK: BOULDER

TOME QUATRE

JEU D'OMBRES

La série *Montgomery Ink : Boulder* s'achève avec une fausse relation au sein de laquelle la chaleur et les émotions sont bien réelles.

Dès que les parents de Madison McClard lui annoncent que son ex va se marier, elle se retrouve piégée dans leur nouveau stratagème familial. Un instant, elle tente de se libérer de leurs griffes et le suivant, ils lui disent exactement qui elle épousera pour sauver l'honneur de la famille.

En revanche, il y a une chose que ses parents n'avaient pas prévue : Aaron Montgomery.

Aaron n'avait pas eu l'intention de mentir. Toutefois, en entendant le dilemme de Madison, les mots lui avaient échappé. Le voilà fiancé pour de faux à une femme qu'il connaît à peine et qui se trouve être la cousine de son nouveau beau-frère.

Alors que la supercherie s'intensifie, l'attirance l'imite. Ils étaient convaincus de jouer un rôle, mais lorsque les sentiments s'accentuent et que le danger surgit, Aaron pourrait bien avoir trouvé son âme sœur. Il doit simplement se battre pour la garder.

Jeu d'ombres
Montgomery Ink: Boulder
de Carrie Ann Ryan
© 2020 Carrie Ann Ryan

Traduit de l'anglais par Alexia Vaz pour Valentin Translation

Ceci est une œuvre de fiction. Les noms, les lieux, les personnages et les incidents sont le produit de l'imagination de l'auteur et sont fictifs. Toute ressemblance avec des personnes réelles, existantes ou ayant existé, des événements ou des organismes serait une pure coïncidence.

Pour plus d'informations, abonnez-vous à la <u>LISTE DE DIFFUSION</u> de Carrie Ann Ryan.
Pour communiquer avec Carrie Ann Ryan, vous pouvez vous inscrire à son FAN CLUB.

CHAPITRE UN

Madison McClard avait désespérément envie de fromage.

Elle ne savait pas vraiment pourquoi elle mourait d'envie d'en manger à ce moment précis. Le fromage n'avait jamais été son mets préféré avant qu'elle ne commence à fréquenter ses cousins par alliance.

Cependant, à cause de leur obsession – car c'en était bel et bien une –, la simple idée de ne pas pouvoir en manger la poussait à en vouloir encore plus.

Bien qu'elle soit entourée de fromages, disposés sur de petits plateaux portés par des serveurs aux chemises blanches amidonnées et aux pantalons noirs impeccablement plissés, presque comme s'ils savaient qu'elle voulait en manger, elle ne pouvait céder.

Et elle détestait ça.

Elle n'était pas intolérante au lactose. Elle n'était pas non plus au régime et ne craignait pas de manger. Elle adorait les produits laitiers et avait sa propre collection de fromages, ainsi que de plateaux et ustensiles nécessaires pour créer un assortiment parfait.

Toutefois, elle ne tenait pas à déclencher une dispute familiale lors du vernissage de son cousin Lincoln. Elle devait donc s'abstenir devant la magnifique sélection de fromages, de biscuits salés et de vin rouge qui l'attirait irrésistiblement vers le côté obscur.

— Tu sais que tu peux en prendre un morceau, lui affirma son ami Aaron à ses côtés.

Elle secoua la tête.

— Je ne vais pas en prendre, chuchota-t-elle en gardant un sourire agréable alors que les invités déambulaient avec un regard empli d'attente.

Ils savaient qu'elle faisait partie de la famille du célèbre artiste et voulaient en apprendre davantage sur elle. Mais elle ignorait pourquoi. Ce n'était pas comme si elle avait le moindre talent artistique, bien qu'elle sache parfaitement décorer un cupcake.

— Attends, laisse-moi aller t'en chercher. Il y a un peu de miel sur ce brie, et une tranche de pomme qui apporte le croquant parfait quand tu mords dedans.

Elle riva son regard sur Aaron et contempla son visage. Il était peut-être follement sexy, avec ces cheveux bruns ébouriffés, ces yeux bleus et cette mâchoire ciselée, elle avait tout de même envie de le gifler.

Il était bien trop beau et charmant pour son bien.

— Je ne craquerai pas. Et comment savais-tu que je voulais du fromage ? Tu ne lis pas dans les pensées, si ?

Il sourit, dévoilant des dents d'une blancheur parfaite alors qu'une petite fossette se creusait dans sa joue.

Une fossette ? Comment avait-elle pu ne pas la remarquer précédemment ?

Maudit soit-il avec ce stupide trou !

Et cette mâchoire délicieuse.

Et ce cou qu'on a envie de lécher.

Mais d'où lui venaient ces pensées ?

— Je t'ai quasiment vu baver devant un plateau, la main tendue un bref instant avant que tu la laisses retomber comme si personne n'allait le remarquer.

Madison regarda ses mains d'un air désapprobateur avant de lever les yeux vers Aaron.

— Je n'ai pas fait ça.

Aaron ricana.

— D'accord, la main, c'était exagéré. Mais tu lui as lancé un regard plein d'envie.

Madison grimaça.

— J'espère que personne d'autre ne m'a vue avec ce regard.

Sa mère, en l'occurrence.

— Je ne le crois pas. Mais pour ce que j'en sais, tout le monde est peut-être déjà au courant de ton amour pour le fromage.

Elle résista à l'envie de lui adresser un doigt d'honneur, puis elle se rapprocha de lui. La chaleur d'Aaron brûla le flanc de la jeune femme quand quelqu'un, qui tenait ironiquement un plateau de fromages, les frôla.

— Tu recommences à baver, dit Aaron en passant le bras autour de sa taille.

Il pressa la hanche de Madison avant de reculer. Ce fut un contact amical qui n'était nullement destiné à la draguer. Il essayait simplement de ne pas tomber alors qu'ils se décalaient tous les deux.

Ce geste fit tout de même accélérer le cœur de Madison et elle ne comprenait pas pourquoi.

Elle n'en pinçait pas pour Aaron Montgomery. C'était le frère du compagnon de son cousin... et les choses devenaient bien trop compliquées avec toutes ces connexions familiales.

Étant donné que le cousin de Madison sortait avec le frère d'Aaron, Ethan, ainsi qu'avec Holland, la situation était déjà bien assez emberlificotée et elle n'avait aucune envie de l'empirer.

Ça n'avait vraiment aucune importance, car Aaron s'éloignait, lui souriant toujours de manière amicale, peut-être même fraternelle.

Ce n'était pas parce qu'il était terriblement beau qu'elle avait besoin de s'impliquer là-dedans. Elle avait le droit de regarder, mais il était hors de question qu'elle touche.

— Que penses-tu de tout cet art ? demanda Aaron.

— C'est époustouflant. Et je ne dis pas ça uniquement parce que Lincoln fait partie de ma famille.

Aaron hocha la tête en regardant autour de lui. Il avait l'œil d'un artiste et non pas d'un spectateur ordinaire.

— Lincoln est incroyable. Et bien qu'il fasse aussi partie de ma famille, maintenant, je peux encore m'émerveiller de son talent. Honnêtement, je suis un peu jaloux.

Madison secoua la tête.

— J'ai vu ton art, également.

— Je joue avec le verre, la plupart du temps. Lincoln insuffle de la vie dans son travail.

Madison gloussa, puis grimaça quand l'un des amis de ses parents la sermonna d'un regard en passant. Génial, ses parents découvriraient son manque de bienséance en société dans une dizaine de secondes.

— Tu insuffles littéralement la vie dans ton art, dit-elle en se reconcentrant sur la conversation. Tu es souffleur de verre.

Il la dévisagea, comme s'il la regardait pour la première fois. Ou peut-être se faisait-elle des films.

— Peut-être, mais j'ai encore un long chemin à parcourir avant d'être satisfait de ce que je fais.

— Lincoln et toi, vous devriez faire une exposition

ensemble, un jour. Et demander à Bristol de jouer du violoncelle dans la galerie. Ethan peut organiser ça et en faire un véritable événement.

— Je suis sûr de ne pas avoir les moyens de me payer les services de ma sœur, commenta Aaron avec un clin d'œil avant de boire une gorgée de son champagne.

Madison leva son verre, une flûte particulièrement élégante, bien qu'elle ne soit remplie que d'eau.

Après tout, elle ne souhaitait pas ajouter de munitions supplémentaires aux critiques de ses parents, même si elle savait d'avance qu'elle en recevrait.

Elle détestait le fait de ne jamais leur tenir tête. Elle faisait peut-être de son mieux la plupart du temps, mais neuf fois sur dix, elle s'efforçait de ne pas attirer l'attention sur elle afin d'esquiver l'inévitable dispute.

Lincoln n'appréciait pas sa façon de se comporter avec ses parents, mais il avait de la chance. Bien que les siens ne soient pas toujours présents ces temps-ci, comme ils avaient déménagé, ils n'étaient pas méchants et passivement agressifs comme ceux de Madison.

— Au moins, tu as une certaine forme de talent, souligna-t-elle avec ironie.

— Une certaine forme, hein ? Au moins, je sais à quoi m'en tenir.

Elle leva les yeux au ciel.

— Je viens de te dire que tu étais brillant, et maintenant que j'essaie de minimiser parce que ça t'a gêné, tu t'imagines que je me moque de toi.

— Je n'étais pas gêné, s'offusqua Aaron, qui en avait presque le souffle coupé.

— Tu pourrais t'agripper à ton collier de perles que ça ne m'étonnerait pas.

— Tu es une femme cruelle, *très* cruelle, Madison McClard.

— C'est ce qu'on dit, marmonna-t-elle.

Aaron fronça les sourcils.

— Qui dit quoi ? Qui ai-je besoin de tabasser pour toi ?

Madison rejeta sa question d'un geste de la main.

— Ce n'est rien. Juste une longue journée au boulot.

— Admettons. Maintenant, si tu veux discuter d'art, parlons de tes cupcakes au pain d'épice et cappuccino.

Aaron émit un gémissement sonore que plusieurs personnes remarquèrent de toute évidence en passant.

— Arrête, chuchota-t-elle. Je n'aime pas que l'attention soit focalisée sur moi, d'accord ?

— Tu ne reçois pas le bon type d'attention, c'est tout, lui répondit Aaron avec un clin d'œil. Mais revenons-en à tes cupcakes. Sérieusement ? Je peux en avoir ? J'adorerais.

— Si tu le dis, chuchota Madison. Et mes cupcakes ne sont pas mes meilleures créations.

— Je recommence à baver.

Elle ignorait ce qu'il voulait dire par là et elle passa donc à autre chose.

— Je mangerais bien un cupcake, là. Ou du fromage. Je meurs de faim, chuchota-t-elle.

— Pourquoi n'as-tu pas mangé un cupcake ou une autre pâtisserie, pendant que tu étais à ton café ?

— Parce que je travaillais. Et quand je pâtisse, je n'ai pas l'habitude de manger.

— Je plongerais sans doute la tête dans le glaçage si je travaillais constamment avec des cupcakes.

— On s'habitue au fait que c'est impossible, pour des raisons de santé. Et quand on est au travail, ce n'est pas vraiment la même chose. Je pourrais céder à des cupcakes, mais je préférerais attendre de ne pas être au milieu de ma cuisine industrielle pour le faire.

— C'est juste. Il faut d'abord construire son art.

— Ce n'est pas de l'art, répondit Madison en secouant la tête.

— Nous sommes d'accord sur le fait de ne pas être d'accord à ce sujet.

— Bref.

— Bon, revenons-en au fromage.

— Nous n'en revenons pas au fromage.

— Je crois que c'est nécessaire de parler de fromage.

— Arrête de dire *fromage*.

Il sourit.

— Il y a un plateau, juste ici. Je vais te préparer une assiette parfaite. Mange seulement un morceau.

— Dit le serpent à Eve.

— Je t'ai proposé de la pomme avec du brie, n'est-ce pas ? rétorqua Aaron avec un clin d'œil.

— Arrête de me tenter avec des produits laitiers. J'en mangerai en rentrant chez moi.

— Pourquoi n'en manges-tu pas ici ? demanda-t-il d'une voix douce.

Elle secoua la tête, ne souhaitant pas s'engager sur ce terrain.

— Ça n'a pas d'importance. Va te mêler aux autres, maintenant. Je vais voir comment va Lincoln.

— Tu ne comptes pas me le dire ?

— Il n'y a rien à dire, mentit-elle avant de tendre la main et de lui serrer le bras.

Sentant son muscle, elle rougit et recula.

Il remarqua le rougissement sur ses joues et lui lança un clin d'œil malicieux.

— Passe une bonne journée, Madison McClard.

— Il fait nuit, le corrigea-t-elle.

— Eh bien, dans ce cas, passe une bonne nuit, ronronna-t-il presque avant de s'éloigner.

Elle résista à l'envie de lever les yeux au ciel à nouveau, comme les amis de sa mère l'observaient. Elle alla ensuite retrouver Lincoln.

Son cousin se trouvait au milieu de la foule, charmant et professionnel. Elle savait cependant que ce n'était pas ce qu'il préférait dans son travail.

Son nouvel agent avait organisé cette exposition pour lui, après que Lincoln eût fait une pause avec ce genre d'évènements pendant un moment. Même si Madison savait que tout se passait très bien, voire à merveille, comme en témoignaient les commentaires entendus et les étiquettes « vendu » sur certaines pièces, elle avait conscience que Lincoln préférerait être chez lui à peindre ou à câliner les deux amours de sa vie.

Cependant, cela faisait partie de son travail et il le faisait bien.

Le fait que son nouvel agent semble le comprendre et ne l'obligeait jamais à faire ce dont il n'avait pas envie arrangeait le tout.

Madison résista à l'envie de serrer les poings ou de grommeler en pensant à l'ancien agent.

Personne n'avait besoin de penser à lui.

— Madison, la salua Holland avec un large sourire.

Elle s'approcha de Madison et l'embrassa sur la joue avant de l'étreindre fermement.

Cette dernière s'appuya contre la petite amie de Lincoln et ferma les yeux, inspirant le doux parfum de cette femme.

Madison adorait Holland.

Elle était douce, forte, et ne se laissait marcher sur les pieds par personne, même si elle souriait en lançant ses piques.

Elle avait géré ses problèmes familiaux seule, chose que Madison apprenait encore à faire –, mais elle en était ressortie victorieuse non pas avec un homme, mais deux.

Étant donné que l'un d'eux était son cousin, Madison

n'avait pas envie de dire qu'ils étaient tous les deux follement sexy. Mais Ethan était follement sexy.

Cependant, il n'était pas le plus sexy des Montgomery à ses yeux. Mais après tout… Elle chassa ces idées, comme ça n'avait pas vraiment d'importance et qu'elle n'avait pas du tout besoin d'y penser.

— Tout est merveilleux, dit Madison à Holland alors que Lincoln et Ethan s'approchaient.

Lincoln avait un bras autour de la taille de son conjoint. Quand il passa l'autre bras autour de Holland, Madison remarqua que ceux qui ne comprenaient pas leur jetaient des regards suspicieux. Cependant, c'était un vernissage et la plupart des artistes s'en moquaient.

Le trouple devant elle n'était pas le seul dans leur famille. La plupart des invités, venus pour soutenir Lincoln, comprenaient donc sa relation.

Les parents de Madison n'en faisaient pas partie. Mais finalement, ils n'avaient aucune importance.

Elle ne devait cesser de se le répéter.

— Ça a l'air de plutôt bien se passer, dit Lincoln en regardant autour de lui.

Ethan ricana.

— Tu cartonnes, chéri. Arrête de croire le contraire.

Il embrassa Lincoln sur la joue et le cœur de Madison, qui était témoin de cette affection, se réchauffa. Ils se regardaient tous les trois comme s'ils étaient seuls au monde, la chaleur et la perfection les entourant.

Elle n'était que légèrement jalouse. Madison désirait une relation sérieuse, un mariage, des enfants et tout ce qui allait avec. Elle était pâtissière, femme d'intérieur et femme d'affaires, tout-en-un. Elle souhaitait une vie traditionnelle, même si certaines parties de son existence n'avaient rien de conventionnel.

Cependant, ça n'arriverait pas de sitôt, étant donné qu'elle n'avait pas le temps d'avoir des rencards, et que les hommes avec qui elle était sortie n'étaient pas au niveau.

Le dernier en date l'avait bassinée avec sa collection de papillons au point qu'elle avait fini par craindre qu'il n'ait des cadavres partout chez lui. Elle avait eu raison. Il y en avait partout. Ils la fixaient du regard, épinglés aux murs, n'attendant sûrement que de lui arracher les yeux dans ses cauchemars.

Bien qu'elle apprécie les hobbies, il était devenu de plus en plus flippant au fil du temps. Après trois rencards, elle avait mis fin à cette histoire.

À la grande déception de ses parents. Ils avaient apprécié cet homme.

— Je suis si fière de toi, répéta Madison.

— Merci d'être venue, cousine. Je sais que ce n'est pas facile pour toi de trouver du temps libre, comme tu es propriétaire de *Péché mignon*.

— Nous ne restons ouverts que jusqu'à vingt heures. Et mon personnel s'occupe de tout. J'ai simplement l'impression que, parfois, il faut que je sois là de l'ouverture à la fermeture, quoi qu'il arrive.

— Déléguer, c'est le plus difficile quand on possède une entreprise, dit Holland.

Madison savait qu'elle la comprenait. Holland possédait une petite boutique dans le centre-ville de Boulder et s'en sortait assez bien.

— Bref, je te monopolise déjà beaucoup trop de ton temps, dit Madison en faisant un pas en arrière.

Lincoln fronça les sourcils.

— Pourquoi tu dis ça ?

Madison secoua la tête.

— Tu peux me voir n'importe quand. Va vendre des œuvres d'art. Deviens encore plus célèbre.

Madison et Holland levèrent les yeux au ciel, sachant que Lincoln resterait près d'eux et ne se mêlerait pas aux autres malgré sa célébrité.

Lincoln ricana.

— Si tu le dis.

— Je suis fier de toi. On fêtera ce magnifique vernissage plus tard.

— Avec des cupcakes ? demanda Ethan d'une voix aussi guillerette que celle d'Aaron précédemment.

— Avec des cupcakes. Je t'ai préparé une fournée spéciale pour la fête.

— Génial, enfin une perspective réjouissante, s'extasia Ethan.

— Je supposais que nous avions déjà des perspectives réjouissantes, dit Lincoln à voix basse.

Madison rougit jusqu'au bout des oreilles.

— Sur ce, je vais m'en aller.

Holland rit et rougit tout autant que Madison.

Cette dernière se fraya un chemin à travers la foule, savourant la chaleur et le bonheur qui émanaient de la pièce. Tant de gens aimaient l'art de son cousin, et cela la rendait folle de joie. Il travaillait si dur. Il avait peut-être un talent démesuré, mais il passait aussi des heures et des heures à gérer son affaire et consacrait son sang, sa sueur et ses larmes à son art.

Voilà que des gens étaient venus acheter ses œuvres et en parler avec un ton élogieux.

Elle était si fière de lui.

— Madison, dit une voix sévère derrière elle. Qu'est-ce que tu portes ?

Madison tourna les talons et se prépara à l'affrontement. Elle commença à avoir la chair de poule et maudit ses instincts qui lui indiquaient de fuir et de se cacher. Elle n'avait pas peur de la femme devant elle. Elle ne pouvait se le permettre. Et pourtant, la peur la submergeait.

— Mère.

— Quelle est cette atrocité dont tu es vêtue ? Elle colle à tes hanches et te fait paraître encore plus large que tu ne l'es déjà. Plus que ce qui est humainement possible. Tous les cupcakes que tu manges te rendent déjà assez grosse. Inutile d'accentuer le problème.

Elles se trouvaient dans un coin, le père de Madison les cachant à la vue des invités. Personne ne pouvait entendre ce qu'elles se disaient, mais Madison était tout de même embarrassée.

— Ce n'est pas l'endroit approprié, Mère.

— Je t'interdis de me répondre. Et comment oses-tu obliger Lincoln à nous inviter alors que c'est toi qui aurais dû le faire ?

— Quoi ? Ce n'est même pas mon événement. C'était évidemment à Lincoln de vous inviter. C'est sa soirée.

— Nous sommes en famille, rétorqua sa mère. Ce n'est pas ainsi que ça fonctionne. Tu es notre fille. C'est toi qui étais censée nous faire venir ici. Au lieu de cela, ton cousin a dû prendre sur son précieux temps, qu'il passe habituellement avec ses déviants, pour nous inviter alors que nous aurions déjà dû être sur la liste des invités.

— Primo, ce que tu dis n'a aucun sens. Tu te contredis. Deuzio ? N'emploie pas ce mot.

— Quoi ? Déviants ? Nous parlons de ses propensions, trancha sa mère. Je ne comprends pas pourquoi les gens sont si tolérants.

— Ce n'est pas à toi de le comprendre. Ce n'est pas à toi de l'évoquer.

— Que t'ai-je dit sur le fait de me répondre ? Tu as de la

chance que nous soyons en public, autrement, j'aurais déjà effacé ce sourire de ton visage.

Madison soupira. Elle tenait souvent tête à sa mère, mais celle-ci n'en avait cure. Son comportement n'avait fait qu'empirer avec l'âge, et parce que sa fille n'était toujours pas mariée.

— Enfin, puisque tu es là et que tu ne daignes pas venir dîner pour que nous puissions discuter, nous allons devoir régler ça maintenant.

— J'ai été occupée. C'est une période très chargée pour ma boutique.

— Oui, ta précieuse petite boutique. Où tu dois goûter tout ce que tu prépares.

— Arrête, lança Madison.

— Peu importe.

Sa mère balaya l'air d'un revers de main avant de claquer des doigts.

— Guy.

Guy ? Quoi ? Mais de qui parlait-elle ? Un homme ?

Un individu vêtu d'un costume sur mesure, affichant un sourire victorieux, s'approcha. Ses yeux verts pétillaient et il était parfaitement coiffé. Une mèche solitaire retomba délicatement sur son front avant qu'il ne la rejette en arrière dans un geste désinvolte qui aurait pu être sexy dans n'importe quelle autre situation.

Madison, elle, ne ressentit qu'un immense « bof ».

« Bof », car elle avait un terrible pressentiment.

— Que se passe-t-il ? demanda-t-elle, inquiète.

— Je te présente Guy. Guy, voici ma fille, dont nous t'avons parlé. J'aurais aimé qu'elle porte la robe que je lui ai envoyée, mais nous ne pouvons rien y faire, pour l'instant. Voici la femme que tu vas épouser.

Guy sourit. Madison ne put s'empêcher de cligner des yeux,

heureuse de ne pas avoir été en train de boire, sinon elle aurait certainement avalé de travers.

— Excuse-moi ? demanda-t-elle.

Elle était perdue, furieuse et particulièrement inquiète.

— Chérie, tu es grosse. Personne ne t'aimera. Ou même ne voudra de toi. Et bien que je comprenne que ce soit une malédiction pour notre famille, nous avons trouvé un moyen de te faire passer à l'étape suivante. Comme je l'ai dit, voici Guy. Il vient d'une bonne famille respectée. Il a un excellent travail et te prendra en main. C'est l'homme que tu vas épouser.

Madison se contenta de cligner des yeux, confuse, alors que l'horreur la submergeait. Sa mère l'avait déjà insultée ainsi. Mais un mariage ?

C'était quoi ce *délire* ?

— Quoi ? demanda Madison d'une voix haletante.

— Ne t'inquiète pas. Ça arrive constamment. Les mariages arrangés existent encore de nos jours. Nous t'avons trouvé l'homme parfait, car, apparemment, tu as passé trop de temps à pâtisser...

Pâtisser étant sans aucun doute le code secret pour « manger ». Après tout, sa mère n'avait jamais été subtile.

— ... pour te trouver un homme.

— Non. Tu ne peux pas tout bonnement me dire qui je vais épouser.

— Ne me mets pas dans l'embarras, lui chuchota sa mère.

— C'est toi qui me mets dans l'embarras.

— Tu vas le faire. Pour une fois dans ta vie, tu vas faire ce que je te dis et tu vas nous rendre fiers. Ne nous déçois pas à ce point.

Avant que Madison ne puisse répondre quoi que ce soit et comprendre ce qu'il se passait, quelqu'un glissa un bras autour de sa taille et vint lui pincer la hanche. Elle se figea, reconnaissant ce contact.

Se souvenant de ce contact.

— Madison, chérie, te voilà.

Aaron Montgomery l'embrassa ensuite sur la tempe et lui sourit.

Madison le regarda en clignant des yeux. Elle ouvrit et referma la bouche comme un poisson hors de l'eau.

— Excusez-moi, l'interrompit sa mère. C'est une conversation privée.

Madison leva les yeux tandis qu'Aaron haussait un unique sourcil.

— Pas tant que ça, étant donné que je vous entendais, gronda-t-il.

Bien que sa voix paraisse tout à fait aimable, Madison y perçut un avertissement.

— Aaron, murmura-t-elle.

— Non, non, Madison. Je crois qu'il est temps que nous révélions nos secrets.

Perplexe, elle se contenta de le regarder.

— Des secrets ? intervint la mère de Madison.

Comme toujours, son père restait planté là sans mot dire.

Madison avait l'impression qu'elles devraient les détester. Mais ils étaient ses parents. Elle avait tenté si longtemps d'être quelqu'un de bien, pour eux. De comprendre pourquoi ils la détestaient autant.

Mais c'était peine perdue.

— Je voulais d'abord vous parler, à tous les deux, commença Aaron. Mais je le lui ai déjà demandé et elle a accepté. Madison et moi, nous allons nous marier.

Cette dernière cligna des yeux, son cerveau se déconnectant. Sa mère poussa un petit cri et son père parut dérouté.

— Vous marier ? chuchota la mère d'un ton incrédule.

— Nous marier.

Aaron baissa les yeux vers Madison et lui sourit.

Il était si bon acteur. Madison vit la chaleur dans son regard, alors même qu'elle était quelque peu atténuée par la colère également présente.

— Je vais épouser votre fille, madame McClard. Cela veut dire que le gars, là-bas... Il est inutile.

— Madison, ça ne peut pas être vrai.

Celle-ci perçut la fureur dans le ton de sa mère. Elle savait que cette dernière pensait qu'un homme comme Aaron ne pourrait jamais vouloir d'une fille comme elle. Elle se prépara à encaisser ses critiques.

— Si, si, nous allons nous marier.

Ce mensonge arriva de nulle part et pourtant, il semblait approprié. En même temps, elle avait l'impression de commettre une horrible erreur. Mais elle soutint le regard de sa mère sans flancher.

— Ça ne peut pas être vrai, poursuivit sa mère. Qui voudrait d'une fille comme toi ?

Et voilà. La mâchoire d'Aaron se crispa quand il entendit ces mots. Madison regarda sa mère en relevant le menton.

— Aaron a voulu de moi. Eh oui, c'est mon fiancé.

Sur ces mots et sur ce mensonge, elle sut qu'elle venait assurément de commettre une horrible erreur. Cependant, le pur étonnement mêlé à la haine dans le regard de sa mère en valait la peine.

Du moins, elle espérait de tout cœur que ça n'avait été qu'un mensonge.

CHAPITRE DEUX

Aaron Montgomery pressa une nouvelle fois la hanche de Madison et se demanda ce qu'il était en train de faire. Avait-il perdu la tête ?

Indéniablement.

Il ne s'était même pas rendu compte qu'il prononçait ces mots avant d'être subitement en train de mentir à la famille de Madison comme s'il le faisait constamment.

— Ah, vraiment ? Comme c'est commode, commenta la mère de Madison en plissant les yeux, tels ceux d'un chat.

Aaron n'appréciait pas cette femme. Il tentait d'accorder à la plupart des gens le bénéfice du doute, car il ne connaissait pas toujours les situations qui se cachaient derrière les mots ou les attitudes, mais cette femme ? Il la détestait.

D'après ce qu'il l'avait entendu dire à Madison, elle méritait sa haine, voire pire.

— Oui, dit-il en se penchant pour embrasser le sommet du crâne de Madison.

Elle portait des talons et, pourtant, elle paraissait si minuscule en comparaison avec lui.

Qu'est-ce que ça donnerait, au lit ?

Il retint un juron. Il était hors de question que cela se produise. Jamais. De fausses fiançailles, même si elle ne durait pas plus longtemps que cette conversation, ne signifiaient pas qu'ils finiraient dans un lit. À vrai dire, à cause de cette fausse annonce, il était probable qu'ils ne se retrouvent jamais entre des draps... même s'il y avait pensé précédemment.

Non, merci, il n'allait pas laisser ses pensées suivre à nouveau ce chemin.

— Et vous l'avez caché tout ce temps ? rétorqua la mère de Madison. Je n'y crois pas une seconde.

— À quoi ? demanda Lincoln en arrivant dans leur coin.

Aaron savait que la mascarade prendrait alors fin. Il avait mérité tous les regards accusateurs et les remontrances qu'il recevrait pour avoir agi sans réfléchir.

Les autres invités commençaient à les dévisager. Heureusement, les autres membres de la famille d'Aaron attirèrent l'attention sur eux, comme s'ils savaient que Madison avait besoin d'un peu d'intimité, alors même que rien n'était privé, actuellement. Les parents d'Aaron se mirent alors à parler à un grand groupe, tandis que sa fratrie se rapprochait subtilement.

— Ah, toi non plus, tu ne le sais pas ? demanda la mère de Madison.

Aaron croyait se souvenir qu'elle s'appelait Maeve, mais il ne pouvait en être sûr. Il était cependant certain qu'elle se faisait appeler Mère. Pas maman, ni Môman, ni Ma.

Mère.

— Tu savais que Madison et Aaron sortaient ensemble ? Et qu'ils étaient fiancés ? Non, bien sûr que non. Parce que c'est un mensonge. Elle n'est qu'une triste et pathétique porteuse du nom de McClard.

Lincoln plissa les yeux et Aaron résista à l'envie de faire un pas en avant, mais il serra le poing autour de la taille de Madison. Elle passa la main autour de lui et vint lui presser la hanche comme pour lui lancer un avertissement.

Aaron essaya de ne pas penser à ce que ce contact signifiait. Ou à quel point il l'aimait !

Le cousin de Madison sembla sur le point de commettre un meurtre avant de reprendre une expression neutre. Un sourire espiègle se dessina alors sur ses lèvres.

— Oh, j'ignorais que nous pouvions l'annoncer, dit Lincoln.

Aaron se figea, sa main se crispant autour de la hanche de Madison. La sienne en fit de même autour de lui. Aaron se demanda alors ce que Lincoln ferait ensuite.

— Tu étais au courant ? demanda la mère de Madison.

— Bien sûr. Je fais partie de la famille.

Lincoln lui fit un clin d'œil après cette petite pique et Madison toussota, ce qu'Aaron tenta de dissimuler avec un éclat de rire.

Il se pencha en avant et sourit.

— Nous faisions profil bas, à cause des autres fiançailles dans ma famille. Mais on a craché le morceau, maintenant. Étant donné que vous essayiez de caser ma fiancée avec quelqu'un d'autre, je devais marquer mon territoire.

— Ton territoire ? demanda Madison d'une voix si basse que selon Aaron, Maeve, qui était pourtant si proche, ne l'avait pas entendue.

— Tu… Quoi ? Un Montgomery ? bafouilla la mère de Madison.

— Eh bien, regarde ça, ma puce, intervint son père pour la première fois. Tant mieux pour toi. J'imagine que nous n'avons pas besoin de Guy.

L'aîné McClard fit un geste du bout des doigts, comme si le mec devait simplement s'en aller. Guy plissa plutôt les yeux et leur lança un regard calculateur.

Aaron était certain que ce gars ne les croyait pas.

Il n'était même pas sûr que quiconque y croie.

Ce mensonge avait été stupide. Ce subterfuge n'avait rien de bon. Mais si cela permettait à Madison d'être délivrée de ses parents, il recommencerait dans l'instant.

— Tous les Montgomery sont-ils au courant ? demanda Maeve.

— Certains, oui. Pas tous, mentit Lincoln en leur nom.

— On attendait le bon moment. Honnêtement, on aime simplement passer du temps ensemble. N'est-ce pas ?

Aaron baissa les yeux vers Madison, qui battit des paupières en lui souriant. Malheureusement, il ignorait si c'était réel ou non.

Étant donné que ce sourire était figé, il avait le sentiment qu'il n'avait rien de naturel.

— J'imagine que nous allons devoir faire tout ce qui est en notre pouvoir pour que cela se concrétise, alors, non ? dit la mère de Madison.

Aaron ignorait ce qu'elle voulait dire par là.

— Si vous n'y voyez pas d'inconvénient, je vais vous emprunter ce petit couple, car je veux qu'Aaron discute avec quelques personnes. Vous savez, comme il travaille dans le même domaine que moi, intervint Lincoln.

— C'est un artiste ? demanda lentement la mère de Madison.

— Oui, il a beaucoup de succès. Sans doute encore plus que Lincoln.

Madison fit un clin d'œil à son cousin. Lincoln rejeta la tête en arrière et rit, alors même que le sourire d'Aaron s'atténuait quelque peu.

Non, il n'avait pas plus de succès que Lincoln. Et ça n'était pas grave, étant donné qu'ils n'évoluaient pas dans les mêmes sphères artistiques. Mais il s'en sortait bien seul.

L'idée d'être maintenant comme un agneau destiné à l'abattoir l'inquiétait. Il s'était néanmoins empêtré seul dans cette situation et devrait faire avec.

Il ferait n'importe quoi pour aider Madison à se débarrasser de cette femme.

— Je suis sûre que nous aurons beaucoup de choses à nous dire, conclut Maeve en plissant encore davantage les yeux.

Elle ressemblait à un serpent géant prêt à frapper d'un moment à l'autre. Aaron n'appréciait pas du tout.

— Très bien, dit-il en glissant la main sur la taille de Madison pour entrelacer leurs doigts. On vous verra plus tard.

Aaron éloigna la jeune femme. Lincoln leur emboîta le pas.

— Je vais prévenir la famille, chuchota ce dernier.

— Que vient-il de se passer ? demanda Madison.

— Sortons discuter, dit Aaron.

Il craignait vraiment d'avoir tout gâché au-delà de toute réparation possible.

— Les Montgomery te soutiennent.

Aaron regarda Lincoln au-dessus de la tête de Madison et sourit.

— Oh que oui. Tu fais partie des nôtres, non ?

— Je devrais dire « toujours », mais il m'a fallu un moment pour en arriver là. Quoi qu'il en soit, nous continuerons cette mascarade aussi longtemps que nécessaire.

— Comment pouvez-vous en être aussi sûrs ? hoqueta Madison.

— Parce que c'est ce qu'ils font.

— Il a raison, renchérit Aaron.

Lincoln acquiesça et rejoignit les autres Montgomery.

Bientôt, toute la famille saurait qu'ils faisaient semblant d'être fiancés.

Combien de temps cela durerait-il ? Il n'en savait rien, mais il avait l'impression qu'il devrait affronter quelques conséquences dès qu'il sortirait d'ici avec Madison. Notamment la gifle qu'il s'attendait à recevoir en plein visage. Il la méritait.

Et il l'accepterait. Il ferait n'importe quoi pour que la jeune femme se sente mieux.

Il n'avait eu que deux options : inventer cette farce stupide qui lui était venue de nulle part ou étrangler la mère de Madison.

Au moins, la situation ne se finirait pas dans un bain de sang.

Peut-être.

L'air frais souffla sur son visage alors qu'ils sortaient sur le porche arrière. Quelques personnes finissaient leur cigarette avant de l'éteindre et de retourner dans la galerie.

Aaron soupira et se tourna vers Madison.

Elle avait les bras croisés sur sa poitrine et tremblait quasiment.

— Madison.

Elle tendit la main devant elle.

— Je vais avoir besoin d'une minute. Ou peut-être de quatre. Tu peux m'accorder ça ?

— Je le peux, répondit Aaron en retenant une grimace.

Madison commença à faire les cent pas, ses boucles blondes rebondissant autour de son visage et ses hanches se balançant de cette façon très provocante qui avait toujours un effet direct sur le sexe d'Aaron. Bien qu'il ne se soit jamais autorisé à y penser. Pas beaucoup, en tout cas. Ce n'était pas parce qu'il était plus ou moins faussement fiancé pour les trente prochaines secondes qu'il avait le droit de voir Madison autrement que comme une sœur. Une cousine.

Elle n'était sûrement pas cette fille qu'il avait vue dans ce rêve érotique, où il la prenait sauvagement contre le mur de la douche avant de la dévorer jusqu'à son réveil, bandant, endolori... et passablement embarrassé.

Il scruta le visage de Madison, ses hautes pommettes ainsi que ses grands yeux qui lui conféraient un air innocent, curieux et follement sexy. Jamais il ne le lui dirait, cependant. Les cheveux de la jeune femme étaient d'un blond qu'il adorait, bien qu'il sache que les pointes roses étaient dissimulées au milieu des boucles pour que seuls ceux au courant de leur présence les remarquent, sans croire à un simple jeu de lumière.

Il adorait le fait qu'elle ait mis de la couleur dans ses cheveux uniquement pour son propre plaisir. Mais il détestait qu'elle l'ait caché ce soir à cause de sa mère et de son père.

— Qu'est-ce qui cloche avec tes parents ? demanda-t-il en oubliant qu'elle lui avait demandé de ne pas parler.

Elle soupira et secoua la tête.

— Mark et Maeve McClard viennent d'une longue lignée de bonnes familles, de haute naissance et de souche solide.

Aaron haussa les sourcils.

— Là, on dirait que tu es littéralement dans les Highlands en Écosse, à l'époque des kilts et de la guerre.

— Ils n'auraient jamais été des gens de plaine, évidemment. Uniquement des Highlanders, ironisa Madison en levant les yeux au ciel. J'ai prononcé ces mots uniquement parce que ma mère me les a littéralement dits quand elle me vendait au plus offrant.

— Quand elle te vendait ? demanda-t-il en serrant les dents.

— Elle n'a peut-être pas exactement dit ça, mais pourquoi un homme comme Guy aurait-il accepté cette histoire de mariage arrangé, si ce n'était pas pour ça ?

Aaron soupira et fit un pas en avant en s'agrippant aux épaules de Madison.

— Quoi ? demanda-t-elle en fronçant les sourcils.

— Ne te dénigre plus *jamais* comme ça devant moi. Un

homme comme Guy ? Conneries. Il devait être sacrément désespéré pour être prêt à faire tout ce que ta mère lui ordonnait.

— Apparemment, *je* fais aussi ce que ma mère m'ordonne, grommela-t-elle.

— C'est faux. Tu as le boulot que tu souhaites. Tu possèdes une boutique. Et tu vas m'épouser.

— Non, répondit-elle en riant d'une voix si basse qu'il sut qu'elle ne s'entendrait pas à l'intérieur.

— Toute ma famille joue le jeu, donc tu vas sûrement devoir poursuivre cette mascarade.

— Pourquoi as-tu fait ça ? Pourquoi ?

— Je n'en sais rien, répondit Aaron en baissant les mains avant de les mettre dans ses poches.

— Cette réponse ne suffira à personne. Surtout pas à moi. Pourquoi as-tu menti ? Qu'est-ce que je vais faire, maintenant ?

— Je suis désolé d'avoir menti. Non, *conneries*. Je ne suis pas désolé. J'ai entendu ce qu'elle t'a dit. C'était horrible. Je ne pouvais pas rester planté là et la laisser continuer.

— Je me serai défendue moi-même.

— Ah bon ? demanda Aaron avant de regretter immédiatement ses paroles.

Le visage de Madison se décomposa et les larmes lui montèrent aux yeux. Elle secoua néanmoins la tête et battit des paupières pour les chasser.

— J'aime à croire que je l'aurais fait. Nous n'en serons jamais certains. Mais ce n'est pas le plus important, pour l'instant. Le plus important, c'est que ma mère et mon père pensent que nous allons nous marier. Non, mais, c'est quoi ce délire ? Qu'est-ce que je vais faire ? Quand tu me largueras, c'est à moi qu'ils en voudront. Comment as-tu pu faire ça ?

Aaron se frotta les tempes et secoua la tête.

— Je voulais aider.

— Tu n'as pas aidé. Tu as empiré la situation. Maintenant, c'est à moi qu'ils vont en vouloir et ils me le reprocheront jusqu'à la fin de ma vie. Je n'ai même pas pu me défendre. J'aurais dû. Seulement, je n'ai pas eu le courage de le faire.

— Il est peut-être temps que quelqu'un te défende, répondit Aaron à voix basse.

Elle écarquilla les yeux un bref instant. Aaron ignorait ce qu'il dirait ensuite. Ça n'avait aucune importance, car la porte s'ouvrit et Maeve McClard sortit en compagnie de son mari.

Sans réfléchir, sachant que c'était sans doute une erreur, Aaron fit un pas en avant et prit le visage de Madison entre ses mains afin d'abaisser sa bouche vers la sienne.

Elle laissa échapper un petit cri de surprise étouffé, en écarquillant les yeux, mais plus rien d'autre n'exista ensuite.

Il n'y avait qu'elle, qui goûtait la langue d'Aaron. Il dut lutter de toutes ses forces pour ne pas gémir ni la pousser contre la balustrade et en réclamer davantage. Il explora sa bouche avec manque et envie. Elle était si petite et méritait tant d'être chérie.

Et s'il n'était pas la bonne personne pour ça, il pouvait faire semblant, rien qu'un moment. Il pouvait l'imaginer.

— Excusez-moi, dit Maeve en toussant avec insistance. Nous ne nous étions pas rendu compte que nous allions vous interrompre.

Aaron perçut le sourire dans sa voix et il se décala donc. Dans tous les cas, il avait besoin de reprendre sa respiration.

— Mère, la salua Madison.

Ses lèvres étaient enflées à cause des baisers et sa respiration s'avérait légèrement saccadée.

Aaron était responsable de cela.

Merde.

Ce baiser n'avait pas été simulé. Du moins, pas de son côté.

Et... bordel.

— Vous venez dîner, déclara Maeve dans le silence.

Aaron fronça les sourcils.

— Excusez-moi ?

— Vous allez venir dîner. Nous devons rencontrer l'homme que ma précieuse fille épousera.

Aaron entendit Madison murmurer le mot *précieuse* et réprima son rire du mieux possible. Mais qu'est-ce qui n'allait pas, chez cette femme ? Il ne comprenait pas cette relation mère-fille, mais il savait que Madison tentait toujours de faire plaisir à sa mère, alors même que cette femme ne le méritait pas.

En revanche, il n'était pas sûr que Madison le comprenne.

— Dîner ? répéta Aaron. C'est possible pour moi. Qu'en dis-tu, chérie ?

Madison haussa un unique sourcil, une prouesse qu'il n'avait jamais réussi à faire. Mais sur elle, c'était sexy à mourir.

Il fallait vraiment qu'il mette fin à ce type de pensées.

— Oui, un dîner, répéta Maeve. Nous voulons apprendre à te connaître. Après tout, tu vas devenir notre gendre. Imaginez.

Elle plissa les yeux.

— C'est intéressant, Madison, non ? Que cet homme parfait surgisse de nulle part pour toi, à l'instant où nous t'avions enfin trouvé quelqu'un qui t'accepterait, dit-elle avant de marquer une pause. Très intéressant.

Avant qu'Aaron et Madison ne puissent répondre, Mark et Maeve quittèrent le porche, les laissant seuls.

— Ta mère est un phénomène, constata mollement Aaron.

— Je sais. Mais je l'aime quand même. Et j'ignore pourquoi.

— Je ne sais pas quoi te répondre, répliqua-t-il honnêtement.

— Elle a de bons moments. Des moments où elle n'est pas cette personne. Simplement, ils sont de plus en plus rares, ces temps-ci. Je n'en sais rien. Qu'allons-nous faire, Aaron ?

— On dirait que nous allons dîner.

— Ce n'est pas ce que je voulais dire.

— Je ne sais pas. J'ai dit ça pour faire retomber la pression et prouver que tu pouvais sortir avec qui tu voulais. Je me suis un peu offert à toi sur un plateau, non ?

— Ça va nous exploser au visage. Et nous le savons tous les deux.

Il se retourna alors vers elle et coinça ses cheveux derrière ses oreilles. Elle était rouge et semblait confuse, blessée, même un peu en colère.

Il craignait d'être à l'origine de tout cela.

— Et si je passais demain et qu'on en discutait ? On trouvera une solution.

— Je ne veux pas que ta famille me déteste.

Stupéfait, il cligna des yeux.

— Comment le pourraient-ils ? Ils t'aiment, Madison.

— Mais on va leur mentir. Si on fait ça, on va leur mentir.

— Si on le fait, ce sera mon mensonge. Et ils le comprendront tous. Ils en voudront seulement à Aaron Montgomery, le romantique écervelé. Pas à toi.

— Il n'y a rien d'écervelé chez toi, Aaron.

Ils gardèrent le silence un moment alors qu'Aaron essayait de trouver les mots et de comprendre exactement quelles étaient ses pensées.

Il soupira plutôt et secoua la tête.

— On trouvera une solution. Ensemble. Je ne sais pas combien de temps on pourra tenir, mais on y arrivera sans doute. Je n'ai pas aimé la façon dont elle t'a parlé.

— Moi non plus, je n'ai pas aimé. Je n'aime pas ça. Et je vais me défendre.

— Tant mieux, répondit-il. Et je serai à tes côtés pendant que tu chercheras tes mots. Et on se débarrassera aussi de ce Guy.

— J'imagine qu'on est fiancés, alors ? demanda Madison en riant.

— Tu peux être une Montgomery, maintenant. Qu'en dis-tu ?

— J'en dis que tu vas bien trop vite. J'ignore ce que je vais faire, mais j'ai besoin de la nuit pour réfléchir. Parce que si nous allons voir ma mère tout de suite et que nous lui avouons que c'est un mensonge, elle ne cessera jamais de me le reprocher. Et je ne supporterai pas ça. Même si c'est ta faute.

Aaron en fut blessé. Il eut l'impression d'avoir tout gâché... chose pour laquelle il était doué, ces derniers temps.

— Je suis désolé, Madison.

— Non, c'est moi. Tu seras encore plus désolé quand tout ça nous explosera au visage. Personne ne croira que c'est toi qui m'as larguée. Mes parents n'y croiront pas.

Sur ces mots, elle tourna les talons et s'en alla, laissant Aaron planté là alors qu'il se demandait ce qu'il était en train de faire.

Elle avait été blessée, meurtrie et malmenée depuis bien longtemps, avant même qu'il la connaisse. Et il avait été incapable de voir sa douleur jusqu'à ce que sa mère la mette à nu.

Il voulait arranger ça. Comme tant de choses dans sa vie, il avait *besoin* d'arranger ça.

Mais il ignorait comment s'y prendre.

Et, honnêtement, il ne savait pas s'il était l'homme de la situation.

S'il blessait Madison encore plus qu'elle ne l'était déjà, il ne se le pardonnerait jamais.

Et il savait que sa famille ne le pardonnerait pas non plus.

CHAPITRE TROIS

—Je t'ai toujours désirée.

—Qu'est-ce que tu as toujours désiré ? demanda Madison alors que son souffle se coupait et que ses paumes devenaient moites.

Aaron se pencha en avant, son souffle chaud contre les lèvres de Madison.

—Toi. C'est toi que j'ai toujours désirée. Et maintenant, je peux t'avoir. Chacune de tes formes, chaque centimètre de ton être sexy. Et bientôt, tu chevaucheras ma queue pendant que je donnerai des coups de reins en toi, mes mains s'enfonçant dans ta chair pour laisser des marques que nous serons les seuls à voir.

—Tu vas faire quoi ? demanda-t-elle d'une voix encore plus essoufflée.

—Je vais te prendre. Et tu vas aimer ça. Tu le voudras. Et tu me supplieras de t'en donner plus. Tout ça ? C'est ce que tu as toujours voulu. Et maintenant, tu l'as.

Aaron remonta les mains sur les cuisses de Madison, relevant sa robe au-dessus de ses hanches. Quand il plongea lentement les doigts dans sa chaleur mouillée, elle haleta avant de gémir… alors que le réveil se mettait à sonner.

Elle roula sur le ventre, tenta de cligner des yeux pour chasser le sommeil, et tendit lentement la main pour éteindre le réveil.

— Ça ne vient pas d'arriver, marmonna-t-elle, vaseuse et avec la gorge sèche. Ça n'a pas pu se produire.

Elle n'avait pas eu de rêve érotique avec Aaron Montgomery.

Madison sortit du lit et se dirigea lentement vers la douche afin de se préparer pour sa journée et agir comme si elle ne venait pas de faire un rêve étrange sur une personne qu'elle ne connaissait pas vraiment.

Quelqu'un avec qui elle était peut-être fiancée.

Ce n'était pas le moment.

Elle n'ouvrait pas le café, ce matin. Son personnel s'en occupait pour elle. Brynn était merveilleuse, dans son travail, et Madison était heureuse de toujours pouvoir compter sur l'aide de cette femme. Avoir quelqu'un de confiance signifiait qu'elle n'était pas la seule à pouvoir ouvrir et fermer la boutique, et qu'elle n'avait pas besoin de superviser le moindre détail. Seulement, il était parfois étrange de lâcher les rênes et de ne pas aller dans ce lieu auquel elle avait dédié son corps et son âme.

Ses parents ne la comprendraient pourtant jamais.

Arrête de réfléchir.

Madison se prépara rapidement pour sa journée et fit de son mieux pour avoir l'air présentable, bien qu'elle n'ait pas très bien dormi. Elle releva ses cheveux, ne prenant pas la peine de faire une coiffure sophistiquée comme elle n'arrivait pas à se concentrer. Elle pouvait tenter d'en vouloir à Aaron, pour ces rêves, mais elle en était incapable, comme ce rêve très précis et détaillé à son sujet n'avait pas été le seul.

Non, ses rêves avaient été compliqués toute la nuit. Rêves et cauchemars avaient surtout été provoqués par le stress. Ils la montraient perdant ses dents, ce genre de choses. Cela lui indiquait qu'elle devait se concentrer sur l'instant présent et ne pas s'inquiéter de l'horreur qui semblait envahir le reste de sa vie.

Ses parents étaient peut-être horribles en ce moment, ils ne l'étaient pas toujours.

Lorsqu'elle fut prête à partir, elle se rendit compte qu'elle n'avait même pas bu une seule gorgée de café. Elle mit cela sur le compte du rêve.

Elle partit dans la cuisine et commença à se faire couler une tasse quand la sonnette retentit.

Elle se figea, son corps se crispant alors que ses paumes devenaient moites... comme elles l'avaient été dans le rêve.

Elle laissa le café couler dans sa tasse et s'avança vers la porte d'entrée, se demandant ce qu'elle devrait dire. Que devrait-elle faire ? Aaron était matinal. Ils étaient censés discuter de toute cette histoire de mariage, bien qu'ils ne soient pas réellement sur le point de se marier. Et voilà qu'il se pointait chez elle. Tôt le matin.

Alors même qu'elle venait d'avoir un rêve érotique avec lui.

Ou du moins, un rêve presque érotique.

Un rêve de préliminaires ?

Non, ça suffit.

Elle ouvrit la porte et cligna des yeux, le soulagement la submergeant alors même qu'elle ravalait la déception qu'elle n'avait pas envie de ressentir.

— Pourquoi me regardes-tu comme ça ? demanda Lincoln en entrant chez elle.

Il l'embrassa sur le front en passant.

— J'ignorais que tu allais passer, aujourd'hui.

Madison ferma la porte à clé derrière lui, se demandant pourquoi elle se sentait déçue. Elle ne le devrait pas. Ce n'était pas comme si elle souhaitait réellement la présence d'Aaron. Si c'était le cas, elle devrait penser à ce qu'ils faisaient avec toute cette histoire de fausses fiançailles.

Mon Dieu, elle était faussement fiancée. Pourquoi avait-elle accepté ?

— Je suis venu à cause de ce qui s'est passé hier.

— Quoi ? La vente quasi intégrale de toutes tes œuvres ? Ou bien le fait que tu es un artiste merveilleux qui déchire et qui devient si célèbre que j'ai l'impression de devoir te faire une révérence, car tu as daigné venir chez moi ? demanda-t-elle avec désinvolture.

— Bon, tu as toujours été une morveuse, mais tu deviens de pire en pire.

Il marqua une pause et haussa un unique sourcil.

— C'est ce qui doit se passer quand tu te fiances avec un Montgomery.

Elle toussa et secoua la tête.

— Ce n'est pas ce que tu crois.

— Je croyais qu'Aaron essayait d'arranger la situation parce que ta mère se comportait comme la garce qu'elle est habituellement. Désolé d'avoir employé ce mot, tu sais que je le déteste. Mais franchement, c'est une garce.

— Tu as le droit d'employer ce mot en ce qui la concerne.

Madison haussa les épaules, sachant qu'elle détestait également ce mot, mais quiconque avait rencontré sa mère savait ce qu'elle était. Et elle ne pouvait pas changer ça.

— Comme je le disais, je pensais qu'Aaron essayait de te débarrasser de ta famille après qu'ils t'ont dit des choses sans doute malpolies, grossières et même un truc pour lequel je les aurais probablement frappés. Mais comme je n'étais pas là, Aaron est monté au créneau. Et parce qu'il est Aaron, un grand romantique dans l'âme, il s'est dit que prétendre que tu n'étais plus libre te tirerait d'affaire.

— Ne serais-tu pas parfait ? Et un bon devin ?

Elle savait qu'elle maugréait, mais elle ne pouvait s'en empêcher. Elle n'appréciait pas que sa famille se comporte aussi mal ou que ses réactions envers ses parents soient devenues si prévisibles que Lincoln connaisse désormais toute la routine.

— Qui était cet homme, auprès de ta mère ? Que s'est-il passé ?

— Ma mère m'a horriblement critiqué, comme d'habitude. Elle a dit qu'il était temps que je fasse honneur à notre nom de famille et que j'accomplisse quelque chose dans ma vie.

Madison ne mentionna nullement ce que sa mère avait dit à propos de Lincoln. Il avait déjà tout entendu par le passé. Inutile qu'elle lui répète ces paroles cruelles et blesse cet homme qu'elle aimait comme un frère.

— Qu'est-ce que ça veut dire ? demanda Lincoln.

— Elle m'a expliqué qu'il était temps que je me marie. Elle m'a dit qu'elle m'avait trouvé l'homme parfait, qui pourrait supporter mes... disons, défauts.

Le regard de Lincoln s'assombrit.

— Je vais la tuer.

— C'est ta tante, tu ne peux pas la tuer.

— Non, je crois que ça m'en donne encore plus le droit.

— Je ne suis pas sûre que la justice serait d'accord.

— Au diable la justice. Cette femme. Je ne comprends pas comment elle peut être liée au reste de ta famille.

— Mon père n'est pas vraiment mieux. Mais c'est juste... peu importe.

— Il veut que tu épouses cet homme, comme ta mère ? Comment il s'appelle, déjà ?

— Guy.

— Si tu ne te souviens pas de son nom, ce n'est pas grave. Mais tu n'es pas obligée de lui en inventer un. Remarque, il ne mérite pas qu'on utilise son vrai nom, vu qu'il a marché dans la combine de ta mère.

Madison éclata de rire.

— Non, je te jure qu'il s'appelle vraiment *Guy*.

Lincoln écarquilla les yeux de façon comique avant de rire.

— C'est vraiment une mascarade. Et tu es fiancée à mon beau-frère.

— Faussement fiancée. Je crois. Ça n'a aucune importance. Aaron arrivera bientôt et on verra ensemble ce à quoi il pensait et ce que *moi,* j'avais en tête en le suivant là-dedans. Ce sera bientôt terminé. Mère se lancera dans une autre tirade et me traitera de menteuse ou de tout autre chose qui lui plaira. Peut-être de charlatan. Elle aime bien ce mot.

— Ou de fille de joie. Ça fait longtemps qu'elle ne t'a pas appelée comme ça.

— Tu sais, elle en serait bien capable. Je crois qu'elle ne m'a pas appelée comme ça depuis un moment parce que je ne suis sortie avec personne. D'où l'apparition de Guy.

— Je déteste qu'elle soit ta mère.

— La plupart du temps, je ne l'aime pas non plus.

— Alors, qu'est-ce que tu vas faire ? demanda Lincoln à voix basse.

— Je n'en ai aucune idée. Mais tout ira bien. On finira par en rire et tout le monde continuera de penser qu'Aaron Montgomery est le meilleur, qu'il a tenté de sauver la situation. Mais nous savons tous que mes parents ne croiront jamais vraiment en cette relation, même s'ils veulent mettre le grappin sur un Montgomery.

— Ça faisait beaucoup d'informations d'un coup. Mais pour commencer, moi, je me suis dégoté un Montgomery *et* Holland. Donc tes parents peuvent aller se faire foutre.

Madison grimaça, des images qu'elle n'aurait jamais voulu voir apparaissant dans son esprit.

— S'il te plaît, ne mentionne plus jamais mes parents et « foutre » dans une même phrase.

— Compris. Sinon, on devrait peut-être parler du fait que tu sembles avoir une idée derrière la tête concernant Aaron Montgomery, dont je ne suis pas au courant ?

— Quoi ? demanda-t-elle, sincèrement confuse.

Lincoln secoua la tête.

— Peu importe. Clairement, je me fais des films parce que… allô, vous êtes fiancés.

— Faussement fiancés. Et ça prendra bientôt fin.

— Qu'est-ce que tu feras, ensuite ?

— Je vais devoir trouver un moyen de tenir tête à ma mère et de lui dire d'arrêter. Aaron me donnait simplement le temps de le faire, parce que Mère rend tout si difficile. Elle s'incruste dans ma vie et en prend le contrôle, même si j'essaie de m'affirmer.

— Je sais. Je le sais plus que quiconque. Elle ne te laisse pas le choix et ne te donne aucune chance. Je sais qu'elle n'a pas toujours été comme ça, donc c'est difficile pour toi de regarder en arrière et de ne pas voir la mère qu'elle était.

— Quand es-tu devenu si doué pour analyser les gens ? demanda Madison en secouant la tête avec un petit sourire.

— J'ai toujours été doué pour ça. En plus, Holland et Ethan m'obligent toujours à rester sur mes gardes, donc je m'améliore dans la compréhension des autres. Je ne vois toujours pas pourquoi tu les laisses faire, mais je saisis le principe.

— Si tu saisis, alors tu *comprends*. Et si tu ne comprends pas, alors tu ne saisis pas.

Lincoln gloussa.

— D'accord, c'est bon. Décortique ma grammaire. Je vois le genre.

— Tu es seulement venu prendre de mes nouvelles ? demanda-t-elle après un moment.

— Tu es ma cousine. Quasiment ma sœur. Évidemment que je suis venu m'assurer que tu allais bien.

— Je sais prendre soin de moi.

— Ce n'est pas parce que tu le peux que tu le devrais, dit-il avant de l'embrasser à nouveau sur la tempe.

La sonnette retentit alors qu'il s'éloignait. Madison se figea, ayant la sensation qu'elle savait exactement de qui il s'agissait.

— Je n'avais pas compris que tu le retrouvais ici. J'ai supposé que tu irais au café. Ou que vous vous rencontreriez dans un endroit public. Mais tu vas te retrouver seule ici avec Aaron.

Elle haussa un sourcil, comme Lincoln l'avait fait.

— Excuse-moi ? Pourquoi aurais-tu un problème avec ça ?

— Parce que tu es ma petite sœur. En quelque sorte. Et que je peux faire ce que je veux.

— Ne commence pas à être tout grognon avec moi. Ce n'est qu'Aaron. Il ne va rien se passer.

— Bien sûr. Si tu le dis.

Selon elle, il ne la croyait pas le moins du monde. Et honnêtement, elle n'était même pas sûre d'y croire non plus.

Elle se dirigea vers la porte et l'ouvrit en faisant de son mieux pour ne pas s'étouffer avec sa langue. Après tout, ça ne serait bon pour personne si elle se pâmait devant l'homme à propos duquel elle avait eu un rêve érotique. Non, oubliez ça. Un rêve de préliminaires. N'est-ce pas ?

— Salut. Je suis arrivé au bon moment ? demanda Aaron avant d'écarquiller les yeux.

Madison sentait que Lincoln était juste derrière elle, aux aguets. Elle percevait sa présence et, à voir la tête d'Aaron, soit ce dernier était surpris de le voir, soit Lincoln était en train de lui adresser un geste déplacé. Elle savait qu'ils étaient amis, mais la réaction de son cousin demeurait quelque peu inquiétante.

— Aaron.

— Lincoln, répondit ce dernier en prenant le même ton grave et sceptique.

Madison n'avait qu'une envie : ramper dans un terrier et faire comme si rien de tout ça n'était en train d'arriver. Mais ça ne mènerait à rien.

Elle leva les yeux vers Aaron et fit de son mieux pour ne pas l'imaginer comme il avait été dans son rêve. Après tout, ça n'avait été que le fruit de son imagination. L'idée de tout ce dont ils avaient discuté pendant qu'il essayait de la tirer d'affaire lui était simplement revenue, inconsciemment et bizarrement. Cela ne signifiait pas qu'elle avait réellement envie de coucher avec Aaron Montgomery, mais, tout bonnement, que son cerveau s'en donnait à cœur joie pour trouver un moyen de l'extirper de cette situation.

— C'est parfait. Entre. Lincoln partait, justement, affirma-t-elle d'une voix glaciale.

Elle lança un regard à son cousin qui se contenta de lever les yeux au ciel.

— C'est vrai. Mais maintenant, j'ai envie de rester et de voir ce qui va se passer.

— Lincoln. Tu as du travail. Et tu n'as pas besoin de rester pour ça.

— C'est ce que tu dis. Mais je crois que je m'amuserais plus ici.

— Dégage, brute épaisse.

— Aïe, répondit-il en lui faisant un clin d'œil.

Il se tourna ensuite vers Aaron et plissa les yeux.

— Ne déconne pas avec elle.

— Lincoln ! s'écria-t-elle.

— Quoi ? Je t'ai déjà dit que tu étais quasiment comme ma

sœur. Vous comptez faire ça pour calmer tes parents ? D'accord. Mais Aaron ? Si tu poses la main sur elle ? Si tu lui fais du mal ? Tu auras affaire à moi.

— Je te comprends. Je ne vais pas tout gâcher.

Madison eut envie de se glisser dans un trou et d'y mourir. Elle avait également envie de tabasser quelqu'un, car l'embarras était presque devenu insupportable.

— Je sais prendre soin de moi. Je n'ai pas besoin de cette démonstration de virilité... ou de ce je ne sais quoi qui se passe entre vous en ce moment.

— Je veille simplement sur toi, lui assura Lincoln avant de l'embrasser sur la tempe.

— Non, tu te comportes comme un crétin. Je ne vais pas tout gâcher, répéta Aaron en rivant son regard sur le visage de Lincoln un instant avant de croiser celui de Madison.

— Je sais. Je te fais confiance. En plus, ce serait moche si je devais t'estropier étant donné que je sors avec ton frère.

— Oui, répondit sèchement Aaron. Ce serait moche.

— Au moins, nous nous comprenons. Tenez-nous au courant de ce qui se passe, dit Lincoln en s'éloignant.

Madison ferma les yeux et grogna en se retrouvant seule avec Aaron.

— Eh bien. Je ne m'attendais pas à ça, dit-elle après un moment en levant les yeux vers Aaron alors qu'il entrait chez elle.

— Honnêtement, moi, je m'y attendais, dit-il.

Elle fronça les sourcils.

— Quoi ?

— Il était évident que Lincoln voudrait s'assurer que je ne déconne pas. J'en ferais de même pour Bristol. D'ailleurs, j'ai fait la même chose pour Bristol. Au point où ça m'a plus ou moins attiré des ennuis avec le reste de la famille, mais quelqu'un devait s'assurer que Marcus ne foute pas tout en l'air.

— Bristol et Marcus sont meilleurs amis. Ils n'allaient pas tout foutre en l'air.

— Toi et moi, nous sommes amis. Donc on ne va pas le faire non plus.

Madison marqua une pause.

— D'accord, dit-elle avant de prendre une grande inspiration. C'était une drôle de façon de commencer « ça ». Quoi que soit ce « ça ».

— Oui. Mais je suis là, maintenant, et on peut trouver une solution.

— Est-ce qu'on va simplement y mettre un terme ? Oublier que c'est arrivé ?

— Je ne sais pas.

Aaron mit les mains dans ses poches et parcourut du regard sa petite maison.

Madison aimait sa maison. Elle lui appartenait... ainsi qu'à la banque, mais elle en était la propriétaire principale. Ses parents la détestaient, surtout parce que Madison ne la décorait pas d'antiquités ou de tout ce qu'ils considéraient comme élégant. Elle n'était pas vraiment conventionnelle, et avait un style brocante, mais elle lui appartenait. Un jour, Madison n'aurait que des meubles neufs, plutôt que des objets d'occasion, mais, pour l'instant, cela lui convenait. Après tout, elle consacrait l'essentiel de son temps et de son argent à sa boutique plutôt qu'à elle-même. Ce qui ne la dérangeait pas.

— Tu sais, j'ai lu quelques romances qui commençaient de cette manière.

Madison grommela, sachant qu'Aaron adorait lire des romances et des thrillers. Plus ou moins tout ce qui était imprimé sur papier. Elle l'admirait pour cela. Elle savait que les frères d'Aaron et même d'autres mecs venaient le voir pour des conseils romantiques, mais là, ça n'avait rien à voir. C'était totalement différent.

— Tu sais, j'en ai lu aussi. Mais ça ne finit jamais bien, si ? On n'est pas dans l'un de ces livres. Et je ne coucherai pas avec toi. D'accord ?

Aaron haussa les sourcils en discernant son ton.

— D'accord. On ne couchera pas ensemble. Mais on peut quand même s'amuser un peu.

Il lui fit un clin d'œil et Madison se contenta de le dévisager en clignant des yeux.

— Quoi ?

— Je dis ça comme ça. On peut gérer judicieusement toute cette histoire et notre façon de nous comporter. On peut ne pas s'embrasser. Ne pas se toucher. Mais on peut quand même faire le nécessaire pour que ta famille te lâche la grappe.

— Oh, répondit-elle d'un air particulièrement confus. Qu'est-ce que tu veux dire ?

— On n'est pas obligé de s'envoyer en l'air ou de s'embrasser, rien de tel. Je plaisantais, pour ça. Vraiment, expliqua-t-il avant de la dévisager.

Elle déglutit péniblement.

— Drôle de façon de me taquiner.

— Je ne vais pas m'étendre sur la question des plaisanteries. Je crois que plus nous sommes clairs l'un envers l'autre, plus ce sera facile.

— Il n'y a rien de facile dans cette histoire.

— Tu as raison. Mais si tu as besoin de temps pour comprendre comment tu vas te débarrasser de ta mère, je suis là. On peut faire tout le nécessaire pour que ta famille voie exactement qui tu es.

Elle ne savait quoi répondre. Elle s'inquiétait, mais elle n'en dit pas un mot. Elle était si reconnaissante de pouvoir tenir tête à sa famille, et elle se devait de le faire. Néanmoins, cette histoire était sortie de nulle part et elle savait que sa mère ne la laisserait jamais tranquille. Madison avait déjà ignoré sept appels de sa mère, ce matin-là. Il y en avait sans doute davantage, comme elle n'avait pas regardé son téléphone depuis son réveil.

Sa mère ne laisserait jamais tomber. Et à moins que Madison soit prête à couper les ponts avec une famille qui représentait une si grande part de son cœur, elle devait trouver un moyen de remettre sa mère sur une nouvelle voie.

— Que se passera-t-il quand tout tombera à l'eau ? demanda-t-elle en regardant Aaron.

Il la contempla. Le regard de Madison tomba sur les lèvres du jeune homme alors que sa langue venait les humidifier.

Elle devait arrêter de regarder sa bouche.

— Tu me largueras.

— Ils vont quand même me le reprocher, tu sais. C'est plus ou moins ce qu'ils font constamment.

La mâchoire d'Aaron se crispa un moment, puis il hocha sèchement la tête.

— Nous ferons en sorte qu'il te connaisse, au moins. Et qu'ils ne te voient pas comme celles qu'ils voudraient que tu sois. Ou alors... Tu prends simplement tes distances. À toi de prendre cette décision. Mais au moins, ça te laisse un peu de place pour respirer. Pour tout démêler. Et ça pourrait être amusant. Ça te détournerait du fait que ta mère est cinglée.

— Elle l'est. Mais j'ignore ce qui va se passer.

— Comme je l'ai dit, ça te donne le temps de voir venir. Et ça pourrait vraiment être amusant. Ça me changera aussi les idées par rapport au boulot.

— Vraiment ? Je ne suis qu'une distraction ?

— Tu es tout le contraire, Madison. Je peux être ton ami. Et, j'imagine, ton faux fiancé, pour l'instant.

Elle soupira et lui tendit la main en déglutissant tant bien que mal. Quand Aaron l'observa un instant, elle craignit qu'il refuse de la toucher, mais il glissa ensuite une main dans la sienne et la serra.

— D'accord. C'est la façon la plus étrange de débuter des fiançailles. Mais, après tout, il pourrait y avoir plus bizarre. Bon, établissons un plan.

Ils commencèrent à discuter de faux rencards et de dîners ainsi que de ce qui allait s'y passer précisément.

Elle fit de son mieux pour ne pas le regarder... le contempler.

Et elle s'assura également de ne pas penser à ce fichu rêve.

CHAPITRE QUATRE

Aaron fixait d'un air renfrogné l'esquisse devant lui, inclinant son crayon pour accentuer les ombres et atteindre le point où il pourrait enfin visualiser ce qu'il voulait accomplir avec ce projet.

Il devait bientôt se rendre à son atelier et commencer à travailler sur cette œuvre, pour un client qui disait vouloir quelque chose de rouge. Peu importait ce dont il s'agissait, ce client souhaitait simplement quelque chose de la main d'Aaron Montgomery et de rouge. Ce dernier devait donc trouver une idée qui ne serait pas simplement un gros pâté cramoisi. Au point où il en était, c'était la seule option qui lui venait en tête.

Il reposa son carnet et passa les mains sur son visage, agacé contre lui-même. Il y avait une raison, s'il n'arrivait pas à se concentrer et s'il n'arrivait pas à se mettre d'humeur pour accomplir quoi que ce soit. Et cette raison était la personne à laquelle il s'était plus ou moins fiancé. Il ignorait comment c'était arrivé, mais il savait que tout cela était sa faute. Évidemment que c'était sa faute. C'était lui, qui avait lancé toute cette histoire, et celui qui voulait que cela se produise.

Mais pourquoi ? Pour être le sauveur ? Pour être celui qui arrangeait les choses ? Ce n'était pas lui. Pas vraiment. Ça, c'était le rôle de ses frères, et même de sa sœur dans une certaine mesure. Aaron n'était pas celui qui réglait les problèmes, dans la famille. Il arrondissait les angles une fois que les morceaux brisés avaient été recollés par les autres. Du moins, c'était ce que sa mère lui avait dit un jour. L'idée lui était restée en tête.

Mais finalement, ça n'avait aucune importance. Car il avait l'impression que si toute cette histoire de fausses fiançailles ne fonctionnait pas, elle leur exploserait au visage. Et il ne savait pas franchement ce qu'il en ferait.

Il chassa ses idées de son esprit, posa son carnet et partit de l'autre côté de l'atelier. Sa canne à souffler, son four et tout son matériel étaient en place. L'installation avait englouti une énorme partie de ses économies, du moins au début. Mais cela en avait valu la peine. Ne pas avoir à louer un local ou même à quitter sa propriété pour travailler était inestimable. Parce que, parfois, une idée surgissait en pleine nuit. Avec l'atelier sur place, il pouvait boire un café et se mettre au boulot.

Même à deux heures du matin.

D'une manière ou d'une autre, il avait réussi à acheter le terrain, à construire le four et à faire tout le reste. Peu d'endroits l'auraient laissé faire ça. Mais il avait eu de la chance. Il avait trouvé un bâtiment saisi par la banque nécessitant beaucoup de travaux et de soins, mais le prix avait été idéal.

Et grâce à sa carrière, il avait pu tout rembourser. Pourtant, au début, il avait craint d'avoir fait un trop grand saut.

Désormais, il pouvait travailler de chez lui, créer des œuvres d'art et trouver celles qu'il voulait vendre et celles qu'il souhaitait offrir en cadeaux, tandis que les autres finissaient simplement sur l'étagère du débarras.

Il ne les laissait jamais par terre, sauf si elles étaient trop imposantes. Il avait une pièce de deux mètres quarante de haut, baptisée *Blé*, qu'il n'avait toujours pas terminée. Il avait le sentiment que s'il la négligeait et ne trouvait pas l'inspiration pour la finir, elle resterait là éternellement à lui reprocher son échec.

Il soupira, regarda autour de lui pour voir ce qu'il avait à faire, et secoua la tête. Il ne créerait aucune œuvre d'art, aujourd'hui. Autant travailler sur ses carnets, poursuivre quelques esquisses ou s'arrêter là pour la journée et rattraper son retard sur une série Netflix.

Car, pour l'instant, il n'arrivait pas à travailler.

Il retourna dans sa maison et se renfrogna.

Il désirait Madison. C'était le problème, avec toute cette histoire. Il l'avait désiré dès l'instant où il l'avait vue. Il était tombé sous le charme de son sourire, de ses formes, de sa manière de rire avec lui... et parfois *de* lui.

Il avait eu l'impression qu'ils pouvaient devenir complices, compte tenu de leurs familles nombreuses. Enfin, pas tant sa famille à elle que le fait qu'elle faisait désormais partie des Montgomery par l'intermédiaire de Lincoln.

Et cela comptait.

Madison avait toujours été sexy à mourir, aux yeux d'Aaron, même si sa mère était une garce qui faisait de son mieux pour la rabaisser et la dénigrer à chaque occasion. Aaron avait toujours eu un faible pour Madison, mais n'avait jamais agi en conséquence. Après tout, elle était hors d'atteinte. Le fait que Lincoln et elle autorisent toute cette mascarade lui indiquait que la situation était bien plus grave qu'il ne l'avait réalisé. Ou alors, ils étaient bien trop surpris par tout ce qu'il se passait qu'ils laissaient donc faire.

Il n'en savait rien. Mais au final, il ferait de son mieux pour ne pas merder. Madison méritait le bonheur. Même si ce n'était pas avec lui sur le long terme, il pouvait toujours faire de son mieux pour s'assurer qu'elle ne souffrait pas, pour l'instant.

Il ignorait cependant comment s'y prendre avec tout ça. Car il avait le sentiment que, même s'il ne la faisait pas souffrir directement, sa mère s'en chargerait d'une manière ou d'une autre.

Il ne pouvait envisager qu'une femme soit si cruelle et c'était pourtant le cas. Et il ferait en sorte que Madison n'ait plus jamais à supporter ce genre d'horreurs.

Sa sonnette retentit. Il fronça les sourcils, se demandant qui pouvait bien passer chez lui après l'heure du dîner.

Il baissa les yeux vers son portable. Personne ne l'avait appelé. Il haussa les épaules et avança jusqu'à la porte d'entrée.

Il ouvrit. Il aurait dû deviner qui viendrait.

Liam, Ethan et Lincoln entrèrent, le poussant pour passer sans même prononcer un mot.

C'était donc le moment. Soit Aaron allait se faire botter les fesses, soit les mecs exigeraient des détails.

Et compte tenu de leurs mines sombres, ainsi que de leurs regards curieux, Aaron se disait que ce serait sans doute un mélange des deux.

— Les gars.

— Salut, répondit Ethan en haussant un unique sourcil.

— Tu voudrais nous avouer quelque chose ? demanda Liam d'un air amusé.

Tant mieux, s'il était amusé. Cela signifiait qu'Aaron ne se ferait pas botter le cul, n'est-ce pas ?

— Oui, discutons, renchérit Lincoln.

Aaron croisa le regard de chacun.

— Qu'est-ce que tu veux savoir ? On a déjà discuté pendant le vernissage et tout à l'heure.

Il déglutit péniblement, quelque peu nerveux, mais ne

voulant pas non plus rentrer dans les détails. Après tout, c'était entre Madison et lui. Personne d'autre.

Bon d'accord, c'était un mensonge, compte tenu de ceux qui avaient franchi le pas de sa porte. Mais il pouvait se convaincre que ce n'était qu'entre Madison et lui. Et, finalement, ça ne concernait qu'elle. Il ferait n'importe quoi pour éviter de lui faire du mal.

— Pourquoi ne nous expliques-tu pas exactement à quoi tu pensais ? demanda Lincoln en s'asseyant sur le canapé.

Les autres s'installèrent également, prenant place sur différents sièges. Aaron resta debout. Il avait l'impression d'être en exposition. Il le méritait sans doute.

— Je ne sais pas. Je sais seulement que je suis un idiot.

— Tu viens de dire : *je ne sais pas* et *je sais*, le reprit Ethan. Ce que tu dis n'a aucun sens.

— J'ignore à quoi je pensais, mis à part que je voulais rendre Madison heureuse.

Le silence s'installa. Aaron leva alors les mains.

— Vous avez entendu sa mère ?

Lincoln se renfrogna.

— J'entends toujours sa mère. C'est une garce. Et tu sais que je déteste employer ce terme.

— Nous détestons tous l'utiliser, répliqua Liam.

— Je n'aurais pas dû me lancer sans avoir de plan, mais j'ai vu ce que sa mère faisait et j'ai eu l'impression de devoir agir. Même si c'était stupide.

Ethan se pencha en avant.

— Ça semblait effectivement stupide. Débarquer et mentir de but en blanc en prétendant être son fiancé ?

Aaron regarda Ethan.

— Je sais. Et je ne peux pas revenir en arrière pour décider de ne pas mentir, parce que c'est déjà dit, maintenant.

— Tu as raison. Le mensonge est déjà révélé. Donc, tu vas devoir faire avec, maintenant, poursuivit Ethan.

— Sa mère l'a cru ? demanda Liam.

Aaron se tourna vers Lincoln.

— À ton avis ?

— Je n'en sais rien, répondit l'intéressé en se frottant la mâchoire.

— Ça ne m'aide pas beaucoup, répondit Aaron avant de grimacer sous le regard de Lincoln.

— Je crois qu'elle a envie d'y croire, parce qu'elle veut que sa *précieuse* fille épouse un Montgomery.

— Ah bon ? s'étonna Liam. Pourquoi ?

Aaron gloussa.

— Tu es un ancien mannequin devenu auteur à succès. Je peux te donner quelques millions de raisons.

— Touché, répondit Liam.

— Excuse-moi, c'est moi qui devrais dire *touché*, rétorqua Ethan. Ce n'est pas parce que je ne gagne pas autant d'argent que vous deux que je ne suis pas un beau parti.

— Évidemment que tu es un beau parti, chéri, dit Lincoln.

Aaron ricana.

Cependant, avant qu'il puisse ajouter quoi que ce soit, la sonnette retentit. Aaron plissa les yeux, parcourut la pièce du regard et hocha la tête.

— Ça doit être Marcus.

— Probablement. Il était en retard sur un projet, mais ça devrait être lui.

Sur les mots de Liam, Aaron se retourna et ouvrit la porte. Il découvrit son futur beau-frère dont la mine était maussade.

— Je vois qu'ils ne t'ont pas encore botté le cul, tu dois donc être en train d'expliquer ce qu'il t'a pris de faire ça avec la petite cousine chérie de Lincoln.

Il entra en trombe. Aaron soupira.

Manifestement, il obtiendrait enfin aujourd'hui ce qui lui pendait au nez. Ils l'en avaient menacé depuis des années, et voilà.

— Qu'est-ce que j'ai loupé ? demanda Marcus en s'asseyant à côté de Lincoln.

— Apparemment, la mère de Madison, Maeve, agissait comme d'habitude et Aaron est intervenu pour jouer les sauveurs.

Aaron, qui n'appréciait pas le ton d'Ethan, plissa les yeux.

— Elle essayait de la marier à un mec du nom de Guy.

— Il s'appelle vraiment Guy ? demanda Liam.

Ethan leva les mains.

— Les gentils Guy, ça existe. Guy Fieri lève constamment des fonds pour les gens dans le besoin et il fait toujours partie des premiers à aider pendant les feux de forêt, en apportant de la nourriture et d'autres choses essentielles.

— D'accord, d'accord, Ethan, le coupa Liam. Guy Fieri est merveilleux. Mais la mère de Madison veut la marier à un type qui s'appelle Guy ? Un mec qu'on ne connaît pas ? Ça me semble un peu hystérique, même pour Maeve.

— Tu m'étonnes, grommela Aaron. Et il n'y avait pas que ça. Elle lui a dit des choses horribles que je ne répéterai pas. Des choses pour lesquelles j'ai eu envie de la gifler. Et je n'ai jamais frappé une femme.

— J'ai eu envie de frapper ma tante à plusieurs reprises, moi aussi, renchérit Lincoln en haussant les épaules. J'ignore si ça fait de moi une mauvaise personne ou quelqu'un qui a de la retenue, parce que je ne l'ai pas encore fait. Les parents de Madison sont horribles. Pas seulement sa mère. Son père est négligent et laisse sa femme les écraser, Madison et lui. Il a l'habitude de mettre leur fille en première ligne pour ne pas avoir à subir toute cette colère. J'ignore pourquoi ils sont encore ensemble, si ce n'est pour l'argent. Je ne sais pas. Mais ils sont comme ça. En revanche, Madison aime ses parents. Je ne pense pas qu'elle les apprécie plus que ça, mais elle les aime. Curieusement, elle a toujours senti qu'elle devait être parfaite pour les apaiser. Pour qu'ils l'aiment en retour. Je déteste qu'elle se dénigre constamment pour leur prouver qu'elle mérite leur affection.

Aaron laissa ses mains retomber le long de son corps.

— Elle a ouvert son café contre leur volonté. Elle l'a appelé *Péché mignon*. Ça, c'est savoir s'affirmer.

Lincoln soutint le regard d'Aaron d'un air compréhensif, mais aussi avec une pointe de curiosité.

— Tu as raison. Elle a effectivement fait tout ça. Elle leur tient subtilement tête. Mais elle veut toujours qu'ils l'aiment. Pour que les choses soient comme avant.

— Qu'est-ce que tu veux dire ? demanda Marcus.

— Avant, ma tante et mon oncle se comportaient mieux. J'ignore ce qui s'est passé. Peut-être que c'est simplement le temps ou l'amertume. Mais avant, ils étaient bons. Ou, du moins, pas aussi horribles. Mes parents sortaient avec eux tous les week-ends. C'est comme ça que Madison et moi, on est devenus si proches en grandissant. On est comme frère et sœur, plutôt que comme des cousins.

Aaron entendit un avertissement dans sa voix, mais l'ignora, surtout parce qu'il n'avait pas le choix.

— Je crois qu'il s'est passé quelque chose. Ou peut-être pas. Ils sont simplement devenus ce qu'ils sont aujourd'hui. Mais Maeve et Mark McClard se détestent et ils détestent leur fille à cause de ça. Ils se disent à eux-mêmes, à Madison et à nous tous qu'ils ne veulent que ce qu'il y a de mieux pour elle, mais ils la mettent dans des situations où elle doit se détester pour les apaiser. Et quand elle se défend, sa mère se bat encore plus. Si je la défends, sa mère lui fait encore plus de mal. Ensuite, les choses se tassent et deviennent même agréables pendant un temps. Alors Madison reprend le cours de sa vie en faisant comme si tout allait bien parce que, franchement, je pense que c'est plus facile ainsi. Et c'est là que Maeve revient à la charge avec des conneries pareilles.

— Je savais que c'était terrible. J'en ai entendu parler. Et je sais que je ne peux pas arranger ça. Mais je peux être une distraction pendant qu'elle trouve un moyen de s'éloigner. Ou de se débarrasser une minute de sa mère pour respirer. Elle a simplement besoin d'air, vous savez ?

Lincoln croisa le regard d'Aaron et acquiesça.

— Je sais. Mais je t'interdis de lui faire du mal.

Aaron déglutit péniblement et hocha la tête.

— Je ne le ferai pas. Je ne lui fais pas de mal. Ce n'est pas ça.

Son pénis avait une autre idée sur la question, comme dans la plupart des cas, quand il s'agissait de Madison. Il l'avait désirée depuis le premier jour. Mais il ne comptait pas agir en conséquence. Il n'allait pas lui faire du mal comme tout le monde. Il serait bon. Du moins, il essaierait.

— Je ne lui ferai pas de mal, jura-t-il.

— Bien. Maintenant, je prendrais bien une bière. Qu'est-ce que vous en dites ? demanda Lincoln.

Les autres sourirent et opinèrent du chef.

— J'imagine que vous vous invitez pour une bière.

— Et vous savez qu'il a de la crème à l'oignon. Cet idiot a toujours de la crème à l'oignon, dit Ethan en bondissant pour partir dans la cuisine.

Aaron se leva en fronçant les sourcils.

— C'est *ma* crème à l'oignon.

— Bingo. Il y a aussi des chips saveur crème-oignon ! cria Ethan depuis la cuisine.

— On dirait qu'on va manger ici, aussi, dit Liam en se rapprochant d'Aaron. Tu vas bien ?

Ce dernier fronça les sourcils.

— Évidemment que je vais bien. Je fais seulement ça pour que sa mère lui foute la paix.

— C'est un mensonge. Et tu détestes mentir.

— C'est vrai, répondit Aaron en faisant rouler ses épaules en arrière alors qu'une sensation désagréable le parcourait. Mais c'est pour une bonne cause.

— Tu as raison. Madison est une bonne cause. Et nous craignons tous qu'elle soit blessée, surtout par sa famille. Pas par toi. C'est juste qu'il est plus facile de te crier dessus, pour le moment.

Il marqua une pause tandis qu'Aaron se renfrognait.

— Mais je t'ai vu la regarder, chuchota-t-il.

Aaron lui en fut reconnaissant.

— Je ne comptais pas passer à l'acte.

Il ne s'était jamais vraiment autorisé à l'imaginer. Elle avait toujours été hors d'atteinte.

— J'avais deviné. Parce que tu es un homme d'honneur. Et il y avait toujours cette situation délicate, comme Lincoln est amoureux d'Ethan. Ça compliquait tout ce que tu aurais pu vouloir avec elle.

— Je veux seulement être un ami. Je veux l'aider.

Ce n'était pas un mensonge, mais il n'était pas convaincu que ce soit l'entière vérité. Plus maintenant... bien qu'il ne puisse pas vraiment en parler.

— On va tous s'inquiéter pour Madison. Et on t'aidera avec cette combine parce qu'on l'aime. Mais on t'aime aussi. Et je ne veux pas que tu souffres. Aucun de nous ne le souhaite. Tu sais que Bristol aurait aussi accouru. Bon sang, Arden et ses amies également. On veut tous être certains que tu vas bien.

— Je vais bien, répondit Aaron alors que son visage rougissait. Tu me connais. Je rebondis toujours.

— C'est vrai. Je m'inquiète seulement du jour où tu ne le feras pas.

Sur ce commentaire mystérieux, Liam entra dans la cuisine où les gars récupéraient de la bière, des chips et tout autre snack qu'Aaron avait dans le réfrigérateur.

Il déglutit avec peine en écoutant leurs rires, leurs voix graves s'entremêlant les unes aux autres. Il savait qu'il prenait la bonne décision concernant Madison.

Aaron devait le faire. Il ne pouvait rétropédaler, maintenant. La jeune femme n'en souffrirait que davantage.

Il devait simplement gérer l'attirance qu'il ressentait pour elle. Et il devait ignorer ce baiser.

Il devait oublier qu'il avait un jour souhaité quelque chose de plus.

Car s'il devait vivre avec ce mensonge, il ferait tout aussi bien de continuer à se mentir à lui-même.

CHAPITRE CINQ

éché mignon était le bébé de Madison. Malgré l'insistance de sa mère pour qu'elle suive une autre direction, plus appropriée pour la famille, c'était son *unique* bébé. Elle n'avait pas encore réalisé son destin en devenant la femme de quelqu'un d'important à qui elle donnerait des enfants. Mais elle avait toujours *Péché mignon*. Sa pâtisserie et son café, l'endroit où elle épuisait tant de son énergie créative et de son intelligence.

Elle adorait son travail. Elle adorait avoir mis son sang, sa sueur et ses larmes dans chaque recoin de cet endroit.

Elle avait choisi le papier peint – oui, elle avait du papier peint à certains endroits. Elle avait sélectionné les couleurs des peintures. Elle avait sélectionné les comptoirs et chaque équipement de qualité industrielle.

Tout cela lui appartenait.

Elle adorait sa petite boutique, même si elle n'était pas aussi grouillante et animée que les entreprises de ses amies. La sienne était un petit café de quartier où elle servait des boissons plus ou moins sophistiquées, mais elle garantissait que toute commande soit unique, subtile et personnalisée pour le client. Aucune de ses tasses n'était assortie, ce qui était volontaire. Elle possédait quelques séries de chaque modèle qu'elle aimait et les mélangeait selon la taille et l'usage. Mais toutes les couleurs et formes participaient à l'esthétique de cet endroit.

Elle proposait également des gobelets à emporter, mais la plupart des clients qui venaient s'asseyaient pour boire leur café comme s'ils avaient besoin de répit dans leur journée. Et elle adorait ça.

Des étudiants arrivaient de l'université pour réviser, en buvant chai après chai ou expresso après expresso. Cela ne la dérangeait pas, car les étudiants qui se rendaient chez elle laissaient de bons pourboires et commandaient toujours quelque chose. Elle n'autorisait pas les clients à venir s'installer trop longtemps sans commander, même pour utiliser le Wi-Fi. Elle avait immédiatement mis cette règle en place, même si elle détestait être *ce genre de* personne. Mais elle avait bien besoin de manger.

Cette boutique était agencée quasiment comme un loft, avec des demi-niveaux pour que les clients puissent s'installer dans différentes zones afin de siroter leur café ou de manger quelques cupcakes. Elle proposait également d'autres pâtisseries, mais les cupcakes étaient plus ou moins sa spécialité. Elle avait toujours au moins cinq variétés, dont son préféré : un cupcake au chocolat fondant surmonté d'un glaçage à la crème au beurre citronné. Celui-là était à la carte tous les jours, tandis que les quatre autres tournaient selon le thème de la semaine. Les clients les commandaient parfois par douzaines, ce qui l'occupait constamment. Au début, les cupcakes n'étaient qu'une plaisanterie, un petit plaisir qu'elle cuisinait comme un à-côté. Son objectif principal était de servir du café et d'offrir un lieu d'échange.

Néanmoins, elle avait ensuite commencé à préparer des cupcakes pour rester de bonne humeur et, soudain, tout le monde en avait voulu.

Ça ne la dérangeait pas. Elle en était heureuse.

Cependant, au fur et à mesure que les clients avaient commencé à goûter ses cupcakes, la demande avait augmenté et elle avait commencé à être connue pour ses cafés dans des tasses mignonnes et pour ses cupcakes tout mignons. D'où le nom de son café : *Péché mignon*. C'était parfait pour elle.

Elle en était arrivée là par chance, bien qu'elle ait un sens des affaires suffisamment aiguisé pour poursuivre. De plus, elle adorait son boulot. Même si ses parents ne comprenaient pas pourquoi elle se réjouissait de faire partie de la classe ouvrière.

Elle frissonna en y réfléchissant, ne souhaitant pas penser à eux. Elle devait se concentrer sur ses cupcakes et le glaçage de la prochaine fournée qui irait en vitrine.

La pâtisserie du jour était un cupcake au parfum de cheese-cake à la fraise avec un glaçage au fromage frais citronné. Il était léger et aérien, bien que ce soit un cheese-cake. Et il était délicieux.

Heureusement, elle ne goûtait pas ses pâtisseries tous les jours. Autrement, elle tomberait dans un coma hyperglycémique. Mais cela ne la dérangeait pas.

Sa famille était issue de la vieille bourgeoisie. Des deux côtés. C'était même la raison pour laquelle ses parents s'étaient mariés. Elle ne s'était pas rendu compte que les mariages arrangés étaient encore si fréquents de nos jours. Mais, apparemment, ils vous arrivaient, sans crier gare, en pleine poire. Ses parents avaient eu un mariage arrangé et, désormais, la mère de Madison souhaitait qu'elle suive la tradition et épouse un homme du nom de Guy.

Ça n'arriverait pas. Pour de nombreuses raisons. La principale étant que, pour l'instant, Aaron s'était jeté dans la ligne de mire en tant que faux fiancé.

Elle secoua la tête, se demandant comment elle avait pu finir dans cette situation.

Si elle savait se défendre seule, cela ne serait peut-être pas arrivé.

Seulement, elle avait essayé. Chaque fois, sa mère passait en force. Un jour, Madison avait même essayé de couper totalement les ponts avec sa famille, mais son père était ensuite tombé malade et elle avait accouru vers eux, ayant besoin d'être à leurs côtés.

Elle détestait aimer sa famille.

Quelle pensée étrange : elle détestait aimer.

Néanmoins, c'était la situation dans laquelle ils l'avaient mise et il était impossible de revenir en arrière.

Pas vraiment.

Son père était désormais en bonne santé et personne n'évoquait sa maladie. Ils donnaient l'impression que ça n'était jamais arrivé – et elle savait que sa mère continuerait sur cette lancée. Madison n'était pas certaine de pouvoir oublier à quel point son père avait semblé faible, lorsqu'il était malade. C'était la raison pour laquelle elle ne cessait de revenir vers eux. Elle n'avait pas envie de le voir malade. Sa mère, honnêtement, non plus. Elle ne supportait pas d'y penser.

Néanmoins, sa famille ne l'aimait pas ainsi, pas comme elle en avait besoin. Seul Lincoln l'aimait ainsi et il ne supportait pas les parents de Madison. Il les avait même évincés de sa vie autant que possible.

L'unique raison pour laquelle il les fréquentait encore, c'était Madison. Ce dont elle n'était pas fière.

Elle aurait voulu être assez forte pour prendre ses distances. Toutefois, occasionnellement, elle entrevoyait des lueurs d'espoir. Ses parents n'étaient pas toujours si terribles.

Elle devait simplement s'en souvenir.

Ou peut-être devait-elle oublier ?

— Madison, ta mère est là.

Elle eut alors l'impression que de l'eau glacée coulait dans ses veines. Elle déglutit tant bien que mal.

— Oh ? demanda-t-elle en se retournant, une poche à douille remplie de glaçage à la main.

— Oui, et elle nous lance son regard noir habituel comme on ne veut pas la laisser passer derrière le comptoir.

— Elle devrait savoir qu'elle ne peut pas venir dans l'arrière-boutique. C'est un commerce. En plus, ce n'est pas sûr pour elle.

— Nous avons essayé de le lui expliquer. Mais, honnêtement, elle nous fait un peu peur. Tu veux venir devant et t'occuper d'elle ? demanda Brynn.

Madison acquiesça et lui tendit sa poche à douille avant d'aller se laver les mains.

— Merci, je vais m'en charger.

— Tu es une meilleure femme que moi, dit Brynn.

Madison secoua la tête.

— Nous savons toutes les deux que ce n'est pas vrai.

— Ne sois pas méchante envers toi-même, lui intima Brynn.

— Désolé, je me prépare, c'est tout.

Le regard de Brynn s'assombrit, s'emplissant de compassion. Madison détestait ça. Elle sourit donc et rejoignit l'avant de la boutique où les clients buvaient du café et commandaient des cupcakes, voire quelques-uns des cookies que Madison préparait parfois. Brynn adorait les préparer, elles en avaient donc plus que d'ordinaire. Heureusement qu'elles n'avaient pas une pâtisserie à plein temps. Il n'y avait pas beaucoup de place dans leur minuscule boutique. Détail que sa mère mentionnait. Souvent.

Madison regarda son reflet dans le miroir, à la recherche de trace de glaçage ou de gâteau. Elle était ravie d'avoir une allure convenable, bien qu'elle ne soit sans doute pas à la hauteur de la perfection que sa mère souhaitait. Elle s'en moquait.

Elle ajusta son tablier, un vêtement que sa mère ne voulait jamais voir sur elle. Ce dont Madison se moquait également. Elle contourna l'angle du comptoir et vit sa mère près de la baie vitrée, le menton relevé. Ses perles scintillaient sous les lumières.

Sa mère était magnifique. Elle l'avait toujours été. Quand Madison était petite, Maeve souriait davantage. Elle l'avait alors prise pour une princesse de conte de fées. Une princesse qui l'aidait à vaincre le dragon jusqu'à ce qu'elles puissent s'enfuir à dos de cheval, en souriant et riant.

Elle ne s'était jamais autant trompée de sa vie.

Sa mère avait dû la sentir approcher. Elle se retourna sur ses très hauts talons en haussant un unique sourcil.

Maeve McClard souriait rarement, à présent. Elle daignait seulement le faire quand elle avait besoin de quelque chose de la part de quelqu'un, ces derniers temps. Et même dans ce cas, ce n'était pas un sourire sincère qui se reflétait dans ses yeux. Il s'agissait plutôt d'un rictus méprisant. Personne, à part ceux qui la connaissaient depuis toujours, ne l'aurait remarqué. Madison, elle, le voyait.

Surtout parce que ces rictus lui étaient généralement destinés.

— Madison.

Cette dernière sourit, consciente qu'aucun client ne leur prêtait attention, mais que c'était tout de même son commerce.

— Mère, viens par ici, il y a moins de monde.

— Je n'arrive pas à croire que tu m'obliges à venir dans cet établissement.

La façon dont sa mère prononça le mot « établissement » laissait entendre qu'elle se trouvait dans un hôtel infesté de cafards, avec une substance gluante sur les murs et des meurtres à chaque recoin.

Péché mignon était une adorable boutique très propre où les gens passaient du bon temps.

Madison ne laisserait pas sa mère lui gâcher ça. Du moins, elle ferait de son mieux.

— Viens avec moi si tu veux discuter. Autrement, je te souhaite une merveilleuse journée. Je travaille. Je n'ai pas beaucoup de temps...

— Travailler. Ici, chuchota Maeve comme si elle avait conscience qu'il ne fallait pas que les clients l'entendent se comporter de la sorte.

Sa mère avait une bonne perception d'elle-même, de temps à autre. Elle n'avait surtout pas envie de faire un esclandre si elle n'était pas sûre d'en sortir gagnante.

Elle releva le menton et suivit Madison vers le fond du café, qui était déserté et un peu plus intime. Un grand groupe était parti dix minutes plus tôt et d'autres clients étaient déjà confortablement installés, ils ne viendraient donc pas dans cette partie de la boutique. Le cliquetis des escarpins de sa mère contre le parquet faisait écho dans la tête de Madison. Elle détestait ce qu'elle entendait. La déception à chaque pas.

Ou peut-être réfléchissait-elle trop. Cela avait toujours été son problème. Ou du moins, l'un d'eux, d'après sa mère.

Ce qui était bien connu.

— Alors, où est ta bague ? Une femme fiancée n'a-t-elle pas besoin de bague ?

Elles entreraient donc directement dans le vif du sujet sans tourner autour du pot.

— Je cuisine. Tu sais que je ne porte pas de bijoux quand je fais de la pâtisserie.

Ce n'était pas un mensonge. Mais Aaron ne lui avait pas non plus offert de bague. Et ils n'en avaient pas discuté. *Merde.* Les gens fiancés devaient porter des bagues pour montrer aux autres qu'ils étaient effectivement fiancés.

Elle devrait le mentionner à Aaron. Elle devrait aussi probablement s'en préoccuper, car elle ne l'obligerait pas à lui en acheter une. Elle pouvait trouver un bijou en toc qui ferait illusion. Elle avait des bijoux, d'innombrables bagues et boucles d'oreille, des choses que sa famille lui avait offertes au fil des années. Des pièces auxquelles elle tenait, mais qu'elle portait peu, car cela n'avait aucun sens sur son lieu de travail.

Sa mère la reconnaîtrait peut-être, si elle choisissait l'une de ces bagues. Ou bien elle s'en moquerait éperdument, comme elle ne croyait pas à un seul mot de cette histoire. Même si elle mourait d'envie que Madison « mette le grappin » sur un Montgomery.

— C'est une bonne excuse. Tu fais de la pâtisserie.

Elle cracha ce dernier mot, mais Madison en avait l'habitude. Sa mère n'avait jamais compris ce qu'elle aimait.

Madison n'était même pas certaine que sa mère l'aime réellement.

— Tu voulais quelque chose en particulier ?

— Tu ne comptes pas en discuter ?

— J'ignore s'il y a grand-chose à dire, Mère.

Maeve ricana très légèrement avant de reprendre un air neutre.

— Eh bien, tu seras ravie d'apprendre que Guy devrait arriver d'un instant à l'autre.

— Guy ? demanda Madison, perdue.

— Guy. L'homme que tu vas épouser. Et non Aaron Montgomery.

— Quoi ? Non. Tu ne vas pas me caser, Mère. J'apprécie que

tu veuilles me trouver quelqu'un qui me rendra heureuse, mentit-elle. Mais j'ai déjà trouvé quelqu'un.

C'était également un mensonge. Mais qu'était-elle censée dire ?

— Guy est beau. Il vient d'une bonne famille et a de l'argent. Tu ne manqueras de rien. Il est temps que tu assumes tes responsabilités et que tu arrêtes de te comporter comme une enfant pourrie gâtée.

— J'ai un travail. Un commerce dont je suis propriétaire. Je ne te vole rien. En quoi je me comporte comme une enfant pourrie gâtée ?

— Je t'ai mis un toit au-dessus de la tête, jeune fille. Il faut que tu m'écoutes.

— Je te suis reconnaissante d'avoir fait le strict minimum pour m'élever, mais je suis navrée. Je ne vais pas épouser quelqu'un que je ne connais pas.

— Alors, tu vas t'obstiner dans cette mascarade avec Aaron Montgomery ? Il est peut-être un beau parti, mais tu ne seras jamais assez bien pour lui.

Madison ignora cette gifle verbale et la douleur qui la transperça.

— Et pourtant, tu penses que je suis assez bien pour Guy ?

— Oh, tu ne l'es pas. Mais il comprend quelle est sa place, tout comme tu finiras par le comprendre.

— Je... Il faut que tu t'en ailles.

Madison ignora la douleur qui l'envahissait, ainsi que la rage qui s'y mêlait. Elle était si fatiguée. Mais sa mère n'abandonnait jamais. Et son père s'en moquait. Pourquoi ne cessait-elle de se mettre dans cette situation ? Oh, oui, parce que, curieusement, elle continuait de les aimer malgré tout.

Pourquoi ne pouvait-elle pas arrêter ou lâcher prise ?

— S'il te plaît, va-t'en. Ma boutique n'est pas l'endroit pour ça. Honnêtement, il n'y a *aucun* endroit pour ça. Va-t'en.

— Pourquoi ne comprends-tu pas que j'essaie simplement d'aider ?

Madison ne saisissait pas pourquoi sa mère ne cessait de faire tout ça. Ça n'avait aucun sens, mais rien de ce que sa mère disait ces derniers temps n'avait de sens.

— Brynn m'a prévenu que tu étais par ici, dit Aaron depuis la porte d'entrée.

Madison se figea un bref instant avant que le soulagement la submerge. Elle sentit un poids se soulever, mais se détesta pour ça. Elle avait tenu tête à sa mère, elle avait tenté de faire de son mieux. Finalement, Maeve refusait de l'écouter. Mais avec une simple phrase d'Aaron Montgomery, elle était submergée par le soulagement. Sa mère se retourna et se focalisa sur lui, plutôt que sur Madison.

Pourquoi ne pouvait-elle pas arranger les histoires familiales ?

Ou peut-être n'y avait-il rien à arranger. Plus aucun morceau à recoller.

Cette pensée n'avait rien de joyeux.

Aaron salua Maeve d'un signe de tête, arriva aux côtés de Madison, puis l'embrassa sur les lèvres en lui caressant le dos. Madison tenta de ne pas s'appuyer contre lui, de ne pas le goûter davantage ou de faire autre chose que retenir le gémissement qui menaçait de lui échapper.

Pourquoi ce simple geste, quelque chose qu'ils semblaient avoir fait mille fois auparavant, lui donnait-il l'impression qu'elle allait s'évanouir ? Elle n'était pourtant pas du genre à se pâmer.

— Salut, lui dit Aaron d'une voix basse et rauque.

— Salut, répondit-elle avant de s'éclaircir la voix en s'éloignant.

Aaron glissa une main sur les siennes et enveloppa ses doigts.

— Comme je le disais, Brynn m'a indiqué que tu étais là, donc je suis venu. Bonjour, madame McClard. Comment allez-vous ?

— Aaron.

— Vous vous amusez bien ici ? Vous avez essayé les cupcakes double-chocolat que Madison vend ? Il est possible que je doive en rapporter une demi-douzaine, juste pour moi. Je suis en plein milieu d'un projet, mais un coup de fouet me ferait du bien.

— Ils sont décadents, ceux-là, dit Madison en souriant.

La chaleur l'envahit après le compliment d'Aaron et, curieusement, elle sut qu'il était sérieux. Aaron ne mentait pas, il était ainsi. Le fait qu'il mente à propos de toute cette mascarade inquiétait Madison. Il n'exagérait aucun détail de sa vie.

Elle devina qu'il devait vraiment aimer ses cupcakes.

Elle ne devrait pas s'en réjouir autant.

— Je ne mange pas de cupcakes, répondit Maeve d'un ton glacial. Je vois que vous comptez continuer cette petite mise en scène.

— Une mise en scène ? demanda Aaron. Oh, je comprends. Vous ne croyez pas à la nouvelle de nos fiançailles. C'est compréhensible. Nous avons gardé le secret si longtemps que ça semble sortir de nulle part. J'en suis navré. En revanche, ça me fait penser à quelque chose.

Aaron se retourna et sortit quelque chose de sa poche. Madison écarquilla les yeux quand elle vit l'écrin en velours qu'il tenait.

— Quoi ? souffla-t-elle.

— Je sais que tu ne portes pas de bijou quand tu fais de la pâtisserie, mais je me suis dit que tu pourrais au moins le porter autour du cou. La prochaine fois, tu ne la laisseras peut-être pas sur ma table de chevet.

Il lui fit un clin d'œil. Madison sentit son visage se réchauffer alors qu'elle rougissait.

Aaron Montgomery venait tout juste d'insinuer, devant sa mère, qu'elle avait dormi chez lui.

Où y avait-il un trou dans lequel elle pouvait se terrer ?

— Aaron, chuchota-t-elle.

— Non, non. Si je te donne une chaîne avec cette bague, je devrais le faire convenablement.

Il posa alors un genou à terre devant elle. Elle cligna des yeux en le contemplant, et se demanda ce qui pouvait bien être en train de se passer.

Un petit cri de surprise résonna depuis la porte. Madison vit alors que Brynn, d'autres membres de son personnel, ainsi que quelques habitués se tenaient là. Leurs regards étaient chargés d'émerveillement et de larmes. Certains avaient sorti leurs portables.

Mon Dieu. Cela deviendrait donc officiel. Elle ne pourrait revenir en arrière.

Néanmoins, elle avait vu l'espoir et peut-être la légère confusion sur le visage de sa mère. Madison ne fuirait donc pas. En effet, peut-être que Maeve lâcherait enfin prise, rien qu'un peu, et qu'elles trouveraient un terrain d'entente dans leur relation.

C'était la raison pour laquelle elle faisait ça avec Aaron, après tout. Elle se tourna vers lui, les mains jointes devant elle comme si elle craignait de toucher quoi que ce soit. Lorsqu'il leva le couvercle de l'écrin, elle retint son souffle.

La bague était magnifique. Un superbe diamant entouré de petites pierres roses dans une monture ancienne. On aurait dit qu'elle avait été forgée pour elle. Cela semblait... réel.

— Aaron, chuchota-t-elle.

— Je travaille avec du verre tous les jours et je crée des œuvres d'art, mais je n'arrivais pas à dessiner la bague parfaite pour toi, pas avec des pierres. Quand je l'ai vue, j'ai pensé à toi. Peut-être qu'un jour, tu me laisseras te fabriquer quelque chose de spécial. Mais pour l'instant, veux-tu m'épouser, Madison McClard ?

Quelqu'un s'exclama et elle sut qu'il devait s'agir de Brynn.

Comment leur expliquerait-elle que c'était faux ?

Le devrait-elle ?

Comment avait-elle laissé cette histoire se complexifier autant ?

— Qu'en dis-tu ? demanda Aaron. Enfin, je t'ai déjà posé la question, mais... chuchota-t-il.

Le mensonge.

La mise en scène.

Rien de tout ça n'était réel.

Ce qu'elle sentait naître dans son cœur pour cet homme avec un genou à terre n'était pas vrai non plus. N'est-ce pas ?

— Oui, bien sûr. Évidemment. Je t'épouserai.

Il sourit avant de se lever et de sortir la bague de l'écrin. Ce fut alors qu'elle se rendit compte que le bijou était effectivement sur une chaîne. Il sourit et la passa par-dessus sa tête. La bague atterrit contre sa poitrine, se nichant entre ses seins.

Aaron lui sourit, indiquant qu'il savait exactement où avait atterri la bague. Madison aurait alors pu le pincer. Mais elle se contenta de lever les yeux vers lui, toujours en pleine interrogation.

Elle était sous le choc, incapable de se concentrer, mais les autres les acclamaient, riaient et pleuraient. Sa mère demeurait silencieuse et les dévisageait tous les deux, comme si elle les voyait pour la première fois.

Madison avait l'impression qu'elle-même voyait Aaron pour la première fois.

Non, non, non, non.

Ça ne pouvait pas être en train d'arriver. Elle ne pouvait

pas tomber sous le charme de son fiancé. Cela allait à l'encontre des règles. Nécessairement.

— Dans ce cas, vous viendrez dîner. Demain. Pas d'excuse.

Sur cette déclaration, Maeve quitta la boutique, les clients s'écartant largement sur son passage. Madison resta plantée là. Elle tourna la tête vers Aaron, qui souriait, tout simplement.

Aaron.

Son fiancé.

Son mensonge.

Et l'homme dont elle n'avait pas le droit de tomber amoureuse.

CHAPITRE SIX

Aaron espérait qu'il n'était pas censé porter une cravate pour l'occasion. Il ne savait pas vraiment s'il existait un code vestimentaire pour un dîner familial prétentieux des plus affreux en l'honneur d'un faux fiancé.

Il n'y avait aucun manuel à ce sujet, même si Aaron avait lu quelques livres dans lesquels l'idée était suggérée. Dans ces cas-là, personne ne se préoccupait de sa tenue, car les personnages étaient trop occupés à stresser pour ce qu'ils allaient dire ou pour la place où ils allaient s'asseoir. Ils s'inquiétaient des sentiments qu'ils ressentaient à l'égard de la personne à leur côté, plutôt que de la cravate qu'ils auraient peut-être dû nouer autour de leur cou.

Curieusement, Aaron réussissait à se soucier de tout ça.

Même si cela lui donnait quelque peu l'impression qu'il perdait la tête.

Il se regarda dans le miroir, lissa sa chemise, et enfila sa veste.

Pourquoi faisait-il tout ça, déjà ?

Oh, oui. Pour s'assurer que Madison se sente soutenue, et

pour lui donner le temps de respirer après son interaction atroce avec sa mère.

Alors pourquoi avait-il l'impression de commettre une terrible erreur ?

C'était sans doute lié à la cravate. *Voilà* la raison pour laquelle il avait toutes ces pensées perturbantes.

Aucune autre raison.

Il passa la main sur son visage fraîchement rasé de près et grimaça. D'ordinaire, il aimait avoir une barbe longue ou au moins les poils de quelques jours, mais il s'était rasé pour elle. Il ne savait même pas ce que Madison préférait. Bien que ça n'ait aucune importance. Parce qu'ils ne feraient rien ensemble.

Ils étaient seulement amis. Toute cette histoire n'était liée qu'à leur amitié.

Et s'il continuait de se le répéter, il pourrait vraiment y croire.

Non, c'était la vérité. Ça ne pouvait être autre chose. Il serait dangereux que ce soit autre chose.

Il faisait ça pour Madison.

Il marcha jusqu'à sa voiture après avoir récupéré des fleurs pour Maeve, puis se prépara à affronter cette soirée. Elle n'aurait rien d'amusant. Elle serait sans doute terrible. Mais au moins, il aurait un sujet de conversation avec sa famille.

Ce n'était pas une raison suffisante pour s'infliger ça ce soir, mais Madison avait besoin de lui. Il ferait donc en sorte que cela fonctionne.

Dix minutes plus tard, il se gara devant la maison de Madison, ravi qu'elle vive près de chez lui. Les parents de la jeune femme vivaient à l'autre extrémité de la ville, dans un lotissement sécurisé et une plus grande maison que celle de Liam.

Il secoua la tête. Il laissait ses pensées dériver parce qu'il n'avait pas envie de faire ce qu'il devait faire ce soir. Il avait simplement envie de rentrer chez lui, de lire un bon livre ou de regarder un bon film, pour laisser son esprit se focaliser sur le travail plus tard. Mais ce n'était pas ce dont Madison avait besoin. Bien qu'il ne soit pas sûr que Madison et lui-même sachent de quoi elle avait besoin. Pas vraiment. Dans tous les cas, il resterait à ses côtés et tenterait de l'aider.

Et il essaierait de ne pas l'imaginer nue. Oui, c'était une partie essentielle de son plan de ce soir.

Ne pas penser à Madison nue.

Son sexe durcit quand il y songea et il baissa les yeux en jurant.

— Non. On ne fera rien de tout ça aujourd'hui, compris ?

Voilà qu'il réprimandait son pénis. Quelque chose clochait sérieusement chez lui.

Aaron chassa ces étranges pensées de son esprit, sortit de sa voiture et avança jusqu'à la maison de Madison. Il frappa discrètement, comme s'il avait peur qu'elle soit là. Lorsqu'elle lui ouvrit la porte, elle lui sourit. Il vit cependant dans ses yeux écarquillés la même panique que celle qui l'habitait.

Il devrait sans doute arrêter d'avaler sa langue et dire quelque chose.

Elle était magnifique.

Absolument époustouflante.

Même avec cette robe conventionnelle qui lui tombait en dessous des genoux, englobait ses épaules et n'avait pas un soupçon de décolleté. Elle dévoilait tout de même ses courbes au point de perturber sa capacité à réfléchir.

— Salut, lui dit Madison.

Aaron déglutit péniblement.

— Salut. Tu es superbe.

Elle leva les yeux au ciel.

— Je ressemble à une secrétaire des années cinquante,

mais ce n'est rien. C'est la meilleure robe que j'ai et qui puisse convenir à ma mère.

Il haussa un sourcil.

— Généralement, je ne me préoccupe pas de ce que je porte, mais étant donné que nous allons dîner en tant que couple, je ne voulais pas mettre de l'huile sur le feu en mettant quelque chose que j'aime réellement.

— Et dire que je te trouvais carrément fantastique. Excuse-moi d'avoir eu tort.

Les joues de Madison s'enflammèrent. Il eut envie de caresser sa peau pour voir s'il arrivait à la tranquilliser.

Il s'assura plutôt que ses mains restent le long de son corps et hocha la tête.

— Tu es prête à y aller ? demanda-t-il.

— Oui. Tu es très beau aussi, au fait.

Aaron secoua simplement la tête.

— J'ai passé une éternité à décider si j'avais besoin d'une cravate. C'est comme un bal de promo des plus étranges.

Elle le regarda avant de rejeter la tête en arrière et d'éclater de rire.

— Où est mon petit bouquet, alors ?

Aaron claqua des doigts et secoua la tête.

— Je savais que j'oubliais quelque chose. J'ai failli t'acheter des fleurs, mais je me suis ensuite dit que c'était bizarre. J'ai des fleurs dans la voiture, mais elles sont pour ta mère. Et maintenant, je me sens encore plus bizarre.

— Oh, c'est trop mignon. Et tu avais raison de ne pas m'acheter de fleurs. Surtout parce que j'ignore ce que j'en aurais fait. Je ne crois pas avoir de vase.

— On n'est pas doués pour ça, hein ?

— Étant donné que j'ignore ce qu'est ce *ça* et qu'il n'existe aucun guide ? On ne s'en sort peut-être pas si mal.

Aaron sourit et lui tendit une main. Lorsqu'elle la saisit, il fit de son mieux pour ne pas exulter. Ils étaient seulement amis. Il lui rendait service. Voilà tout ce qu'ils avaient besoin d'être.

— Très bien. Allons-y.

— On peut s'enfuir et ne plus jamais avoir affaire à ma famille, si tu préfères ? suggéra-t-elle rapidement.

Aaron se figea et lui serra la main tout en sortant de sa rêverie.

— C'est ce que tu veux faire ? On peut aller se marier en secret tout de suite, si c'est ce que tu souhaites.

Il plaisantait, mais, voyant l'étendue de l'étonnement de Madison, il commençait à craindre qu'elle n'ait pas saisi le sens de son humour. Bon sang, il n'était même pas sûr de l'avoir saisi lui-même.

— Que veux-tu faire, Madison ? Je suis partant. Quoi qu'il arrive.

— Je veux simplement en finir pour que ma mère arrête de nous faire sentir qu'on ment, selon elle. Ce qui est le cas. Mais ils me laisseront peut-être respirer et me lâcheront la grappe. Parce que, Aaron... Si je m'en vais maintenant... Si je ne leur parle plus jamais... Ça n'aura aucune importance. Ils ne cesseront de me retrouver et de me juger. Avec un peu de chance, cette histoire leur permettra de me lâcher un peu.

— C'est la raison pour laquelle on fait tout ça. Je suis là pour toi. Les amis sont là pour ça.

Il l'aida à monter dans la voiture et tenta de ne pas penser à la raison pour laquelle son cœur s'était serré après cette déclaration. Ils étaient effectivement amis. C'était la raison pour laquelle ils agissaient de cette façon. Ils n'avaient pas besoin d'être plus. Bien sûr, ils étaient fiancés, mais ça n'était pas réel.

Ils demeurèrent silencieux pendant le trajet en voiture. Ce qui fut parfaitement gênant. Aaron ne savait cependant pas quoi dire.

— Ils vont poser des questions.

— C'est vrai, répondit-il. Et on peut leur dire la vérité, comme on le fait déjà. Notre version de la vérité, en tout cas. Nous sommes amis et nous nous sommes rencontrés grâce à Lincoln, une personne qu'ils connaissent...

— Et qu'ils n'apprécient pas forcément, ajouta Madison.

— Tant pis pour eux. Quels salopards, grogna Aaron avant de soupirer. Ce n'est probablement pas la meilleure façon de commencer. Ils savent comment nous nous sommes rencontrés. Ils savent que nous avons déjà passé du temps ensemble. Parce que c'est le cas. Ta mère n'y croit peut-être pas – ce qui est logique étant donné que c'est tomber du ciel –, mais on a quand même le droit de tenter le coup. C'est pour ça qu'on est ici. Nous allons rendre l'histoire crédible. Ce qui signifie que tu dois arrêter de te figer chaque fois que je te touche.

Elle le regarda alors qu'ils s'approchaient du portail.

— Je ne sursaute pas.

— Si. Mais bon, je le fais chaque fois que tu me touches, toi aussi. On va devoir passer au-dessus de ça.

Il tendit la main par la vitre ouverte et entra le code que Lincoln lui avait procuré. Le portail commença à s'ouvrir. Aaron regarda Madison, remarquant que ses yeux étaient écarquillés.

— On aurait peut-être dû en discuter avant. Ils sauront tout. Ils sauront la vérité, encore plus qu'avant.

— Je sais, dit-il en souriant. Et ça fait beaucoup de « savoir » en quelques phrases.

— Devrais-je répondre « je sais » ? Ou continuer à m'inquiéter du fait qu'on va se faire pincer ? Ils me détesteront encore plus qu'ils ne me détestent déjà.

Aaron ralentit alors qu'ils s'approchaient de la maison.

— S'ils te détestent à ce point et que tu le crois sincèrement, pourquoi faisons-nous tout ça ?

C'était une question honnête. Certes, l'idée d'une fausse fiancée et tout ce qui allait avec semblait amusante. C'était intéressant pour échapper au quotidien morose, mais c'était aussi un mensonge. Et Aaron détestait mentir.

— Je ne veux pas les perdre pour toujours. Et je sais que le fait que je ne puisse pas simplement prendre mes distances fait de moi quelqu'un d'un peu triste. Mais ils étaient si adorables et merveilleux. Je me disais que peut-être, s'ils me voyaient enfin heureuse, les choses redeviendraient comme avant.

Aaron demeura silencieux suffisamment longtemps pour que Madison commence à gigoter sur son siège.

— J'espère que c'est vrai. J'espère que ça t'offre une certaine paix. Et tu sais quoi ? Je vais faire en sorte que ça arrive. *Merde*, on le fait.

Cette réplique arracha un rire à Madison.

— *Merde* ? demanda-t-elle en continuant de rire.

— Oui. Merde. On va faire en sorte que ça fonctionne. On sera le meilleur faux couple fiancé du monde. Je vais te tenir la main et te tenir la porte. Puis je tirerai ta chaise. Je vais être génial. Le monde sera jaloux que je ne sois pas leur faux fiancé.

— Je suis convaincue que certaines sont déjà jalouses, répondit sèchement Madison.

Aaron s'engagea dans l'allée circulaire et la regarda avec étonnement.

— Quoi ?

Elle balaya sa remarque d'un geste de la main.

— Brynn et les filles au café jacassent et se pâment déjà devant toi. Et comme c'est moi qui t'ai mis le « grappin » dessus ?

Elle mima des guillemets et Aaron éclata de rire.

Leurs rires à tous les deux furent la première chose que la famille de Madison entendit depuis les premières marches. Le valet des McClard – oui, ils avaient un valet pour la soirée –

avait ouvert les portières de la voiture d'Aaron et tout le monde put donc entendre clairement leur rire.

Eh bien, quel bon début. N'est-ce pas ?

Aaron sortit rapidement de la voiture, donna ses clés au valet et se rapprocha de Madison. Elle était déjà en train de sortir et se contenta de sourire. Elle glissa la main sur la paume que lui offrait Aaron pour l'aider.

Il avait sa veste et les fleurs dans l'autre main. Il savait qu'il ne faisait pas la meilleure des impressions, mais ils riaient. Et quand elle s'appuya contre lui, les yeux brillants, il ne put s'empêcher de penser que peut-être cela fonctionnait.

Le stratagème.

Rien d'autre.

Rien d'autre n'avait besoin de fonctionner.

— Tu es prête ? chuchota Aaron.

— Toujours.

Ils montèrent les marches main dans la main. Les parents de Madison se tenaient dans l'embrasure de la porte excessivement grande. L'arche de verre était époustouflante, quoique très intimidante – ce qui était sans doute précisément leur intention.

— Mère, Père, les salua Madison d'une voix faussement légère.

— Madison, Aaron.

Ce dernier résista à l'envie de se racler la gorge en s'assurant que Madison soit stable sur ses talons. Il tendit ensuite les fleurs à Maeve. Il ne s'agissait pas de fleurs de supermarché, mais de lys de serre provenant d'une pépinière très huppée des environs. L'un de ses amis connaissait le propriétaire. Il avait donc pu s'y rendre pour trouver exactement ce que Maeve McClard préférait. Aaron vit la surprise sur son visage un bref instant avant que son regard se refroidisse. Elle saisit ensuite les fleurs en acquiesçant.

— Merci, Aaron.

— Merci de m'accueillir chez vous, dit-il d'une voix agréable.

Il serra la main de Madison avant que leurs hôtes reculent pour les accueillir dans la demeure.

— Votre maison est ravissante, souligna Aaron.

— Je sais. Nous y avons travaillé dur, pendant longtemps. C'est notre fierté et notre joie. Un peu comme Madison. Enfin, elle l'était, en tout cas.

Après cette remarque cinglante, madame McClard tendit les fleurs à sa gouvernante, qui se tenait non loin, avant de désigner le salon d'un geste de la main.

— Entrez. Vous ferez la connaissance de notre autre invité.

Aaron fronça les sourcils, mais Madison prit la parole en premier.

— Votre invité ? Je croyais que vous nous aviez conviés pour le dîner ?

— Bien sûr. Mais pourquoi voudrions-nous rester uniquement avec vous deux ?

Les talons de Maeve résonnèrent sur le marbre alors qu'elle avançait, son mari à sa suite.

— J'ai un mauvais pressentiment, chuchota Madison.

— On peut toujours fuir. Je vais peut-être devoir tacler le valet pour reprendre les clés, mais on peut s'en sortir.

— Allons-y, chuchota-t-elle.

Aaron recula, tentant de l'attirer vers l'arrière, mais elle tint ses positions.

— J'ai menti. On doit entrer. On ne peut pas s'enfuir.

— Non, mais je t'offre toujours cette option.

Le regard qu'elle lui lança eut un effet direct sur son sexe, et il fit de son mieux pour que ça ne l'atteigne pas.

Bander dans cette situation n'engendrerait que de terribles conséquences.

Des conséquences douloureuses.

— Madison, l'appela sèchement sa mère depuis l'autre pièce.

— Rejoignons l'Inquisition, murmura Madison.

— Personne ne s'attend jamais à l'Inquisition espagnole ?

Ils riaient à nouveau en rejoignant le salon. À leur arrivée dans la pièce, Aaron manqua de s'étouffer avec sa salive.

Guy se tenait près de la fenêtre, un verre de whisky à la main. Il plaisantait joyeusement avec le père de Madison.

Aaron le détestait. Lui et son nom.

— Mère ? l'appela Madison d'un ton confus.

— Vous connaissez tous les deux Guy ? C'est un merveilleux ami de la famille. Nous nous sommes dit que ce serait parfait s'il se joignait à notre dîner, ce soir. Après tout, Madison a besoin d'explorer ses options.

— *Options* ? articula silencieusement l'intéressée.

Aaron lui serra à nouveau la main.

Cette soirée débutait horriblement mal.

Terriblement mal.

Aaron ne s'était pas trompé. *Horriblement mal* était même un euphémisme.

Cela commençait avec Guy et se poursuivait avec le fait qu'Aaron ait été installé à l'opposé de Madison, près du père de cette dernière. Guy avait pu s'asseoir à côté de Madison et Aaron n'avait rien pu faire pour empêcher cela. S'il avait essayé, il aurait sans doute fait un scandale et tout aurait été encore dix fois pire.

À l'arrivée des entrées, tout le monde se retrouva face à un feuilleté délicieux et parfaitement friable garni de viande et de fromage... Madison eut le droit à un wrap de laitue.

Elle secoua la tête quand Aaron ouvrit la bouche pour intervenir. Il s'adossa donc à sa chaise et regarda Maeve traiter sa fille comme une moins que rien. Pas assez intelligente pour penser par elle-même. Et incapable de prendre ses propres décisions.

Madison tenta de détourner la conversation vers des sujets plus joyeux et de rappeler de bons souvenirs. Elle se montra même sympathique envers Guy. Pendant ce temps, Aaron s'empêcha de parler en se demandant ce qui était en train de se passer.

Au moment du plat principal, on ne servit pas de pommes de terre à Madison. Et elle déclina la proposition de dessert. Il se doutait qu'elle n'aurait pas pu en avoir, de toute façon.

Madison était magnifique. Oui, elle avait des courbes et il les adorait.

Elle n'était pas svelte, comme sa mère, mais toutes deux avaient des morphologies et des structures osseuses différentes qui leur allaient bien.

La mère de Madison la stigmatisait sur son poids avec très peu de subtilité... Mon Dieu, Aaron, était prêt à tuer quelqu'un.

En revanche, Madison encaissait. La souffrance dans ses yeux était si parfaitement dissimulée qu'il n'était pas certain que quelqu'un d'autre l'ait vue.

Lorsqu'il fut l'heure de partir, Aaron arrivait à peine à parler tant il enrageait et ses mains tremblaient.

Ils montèrent en voiture sans même saluer véritablement leurs hôtes et sans leur proposer de leur rendre prochainement visite. Il ignorait si le faux-semblant avait fonctionné et, honnêtement, il s'en moquait. Il était beaucoup trop en colère.

Ils quittèrent le lotissement sans que Aaron prononce un seul mot. Madison restait immobile et regardait ses mains.

Il quitta la route pour s'arrêter dans un parc du coin. Il souffla, coupa le moteur et sortit.

— Aaron ?

— J'ai besoin de respirer.

Madison sortit à son tour et commença à faire les cent pas

à côté de lui, avant de s'immobiliser, les mains jointes devant elle.

— Je suis désolée pour ce soir. Ça n'a pas fonctionné comme ça aurait dû, n'est-ce pas ?

— Pourquoi ? Pourquoi est-ce arrivé ? Comment as-tu pu rester assise là, à laisser ta mère te faire subir ça ? Et pourquoi ai-je laissé faire sans intervenir ?

Aaron n'avait jamais été aussi furieux et il ne s'était jamais senti aussi impuissant.

Il avait tenté de prendre la parole lors du dîner, pour la défendre. Chaque fois qu'il avait eu l'intention de parler, Madison avait secoué la tête et l'avait supplié du regard.

Et il n'avait rien fait.

Il était tout aussi complice de sa douleur et il se détestait pour ça.

— Je suis désolé, Aaron. Je suis vraiment désolée.

— Non, mais tu te fous de moi ? Non, tu n'as pas le droit d'être désolée pour ça. Ce n'était pas toi.

— Je sais, mais j'ai l'habitude. Si je laisse Mère faire ce qu'elle veut, ça passe plus vite. Et généralement, on finit par passer une soirée agréable. Ça n'était pas comme ça ce soir parce qu'elle essayait encore de me caser avec Guy… alors que mon fiancé était dans la pièce.

Madison baissa les yeux vers son doigt, la lumière de la lune se reflétant sur son diamant. Aaron se contenta de ricaner.

— Alors, tu laisses ta mère te traiter comme de la merde. Tu laisses ton père passif-agressif ne rien faire pour l'arrêter. Et tu appelles ça une soirée agréable ?

— Ils ne sont pas toujours aussi terribles.

— Je m'y serais trompé.

— C'est vrai, ils ne le sont pas. Elle était particulièrement glaciale ce soir, sans doute parce qu'elle n'obtient pas ce qu'elle veut. Mais elle n'est pas si terrible. Pas toujours.

— Je n'en suis pas convaincu. Pourquoi continue-t-elle de te rabaisser ? Pourquoi veux-tu son approbation ?

— Parce que c'est ma famille.

Le désespoir envahit le regard de Madison.

— À l'exception de Lincoln, je n'ai personne. Je ne vois plus aucun ami du collège, du lycée ou même de l'université. Les gens changent et, pour commencer, c'est déjà difficile pour moi de me faire des amis. Je suis bizarre et gênante. Parfois, je suis si concentrée sur le travail que je perds les gens de vue. Mais j'ai toujours eu ma famille. Oui, leur comportement s'est empiré au fil du temps, mais ils sont toujours les miens.

— Tu vaux mieux que ça, Madison. Tu es carrément sexy. Tu es intelligente. Tu es mignonne. Tu ferais n'importe quoi pour tes amis. Je ne comprends pas pourquoi tu ne le vois pas.

Le torse d'Aaron se souleva difficilement alors qu'il essayait d'évacuer sa colère. Mais avant qu'il puisse reprendre la parole, Madison se mit sur la pointe des pieds. Elle posa une main sur son visage fraîchement rasé et les lèvres sur les siennes.

Aaron ne prit nullement le temps de réfléchir. Il passa plutôt les bras autour d'elle, s'agrippa fermement et approfondit le baiser. La bouche de Madison s'ouvrit pour la sienne. Il la dévora, ayant besoin de son goût, de son contact. Il avait simplement besoin d'elle.

C'était une erreur, mais il s'en moquait.

Il l'avait dans les bras. Il était marqué par son odeur et, pourtant, il mourait d'envie d'en avoir encore plus.

Quand il s'écarta, il déglutit avec peine. Tous deux étaient essoufflés.

Les lèvres de Madison étaient enflées à cause de ses baisers. La force de l'impact faisait flageoler les genoux d'Aaron. Elle leva les yeux vers lui et cligna des yeux.

— Oh.

— Oh, répéta Aaron en écho. Je ne comptais pas faire ça.

— Je crois que c'est ma réplique.

Elle marqua une pause tandis qu'Aaron rassemblait ses pensées.

— Tu as pris ma défense et... Je ne savais pas quoi faire. Désolé.

— Je t'en prie, ne répète plus ce soir que tu es désolée.

— D'accord, je ne suis pas désolée. Enfin, je ne pense pas que t'embrasser ait été l'acte le plus approprié.

— De tout ce qui s'est passé ce soir, c'était sans doute le plus approprié.

— Aaron ?

— Je pense que nous devrions continuer. Si on doit maintenir le faux-semblant, je crois que je veux continuer de t'embrasser.

C'était une erreur, une horrible erreur. Ils finiraient tous les deux par en souffrir. Une part de lui espérait qu'elle refuserait. Qu'elle le repousserait en riant.

Néanmoins, quand elle se remit sur la pointe des pieds et effleura une nouvelle fois ses lèvres avec les siennes, il fut perdu.

Si perdu.

Et, honnêtement, il n'était pas certain de vouloir retrouver son chemin un jour.

CHAPITRE SEPT

Aaron s'appuya contre la rambarde de la terrasse et contempla la forêt. Ils se trouvaient dans le chalet de Liam, dans les bois. Mais, avec un peu de chance, il ne s'y déroulerait aucune histoire horrifique. Il inspira la douce odeur de la nature et de la nourriture, le fumoir et le grill tournant à plein régime derrière lui.

Il était épuisé, comme il avait été incapable de dormir la veille. L'inquiétude et le stress de savoir ce qu'il allait faire avec Madison l'avaient tenu éveillé. Sans oublier le fait qu'il n'avait cessé d'avoir des rêves érotiques la concernant.

Il finirait en enfer, dans un enfer brûlant qui ne sentirait pas aussi bon que ça. Et c'était entièrement sa faute.

Sachant que le cousin de Madison, la personne la plus susceptible de l'y envoyer, se tenait à peine à deux mètres de lui, ses nerfs étaient à vif.

— Tu veux en parler ? demanda Lincoln en levant sa bière jusqu'à ses lèvres pour la siroter en silence.

Aaron secoua la tête.

— Parler de quoi ?

Aaron souhaitait discuter de nombreuses choses et il était généralement le bavard du groupe. Ethan parlait peut-être plus vite, mais Aaron était souvent celui qui abordait des sujets au hasard.

Simplement... il ne savait pas vraiment quoi dire, aujourd'hui.

— Et si on parlait de la rumeur disant que tu es fiancé ? suggéra Benjamin derrière lui.

Aaron se retourna et vit son cousin qui avançait vers lui.

Benjamin appartenait à la branche de la famille vivant à Fort Collins. Malheureusement, il ne le voyait pas souvent.

Bien qu'ils ne vivent pas si éloignés, entre le travail, la famille et la vie, ces deux branches de la famille se voyaient rarement à l'exception des appels vidéo et des week-ends volés.

Aaron appréciait Benjamin. Il était heureux que son cousin ait pu rejoindre les montagnes.

— C'est moi. Je suis fiancé, dit Aaron en buvant une gorgée de sa bière.

— Nous avons entendu dire que c'était faux, intervint Ronin.

Ronin était un ami de Marcus et nouveau venu dans le groupe.

Ce soir, c'était une soirée entre mecs avec de la viande, peut-être un légume ou deux, et une quantité astronomique de bière. Il y avait suffisamment de chambres dans le chalet de Liam, étant donné que c'était pratiquement un manoir en rondins dans les bois, pour que personne n'ait à partager son lit.

Aucun d'eux n'avait à se soucier de conduire pour rentrer, ils allaient donc boire excessivement, trop manger et probablement ronfler.

Ethan et Lincoln partageraient une chambre, bien sûr.

Aaron était ravi que la sienne soit à l'opposé du chalet. Il était sûr que ces deux-là ne resteraient pas silencieux toute la nuit.

Et un frère n'avait pas besoin d'entendre ce genre de choses. Jamais.

— Sommes-nous en train d'annoncer à tout le monde que c'est faux ? demanda Aaron en lançant un regard déçu à Marcus.

— J'en ai parlé à Ronin il y a dix minutes seulement. C'est parce qu'il a posé la question et qu'il avait l'air ravi. Je ne vais pas mentir à mes amis. Désolé.

Aaron se renfrogna.

— D'accord. Mais à personne d'autre.

— Je ne devrais pas le dire à ma fratrie ? demanda Benjamin en souriant. Parce qu'ils sont tout excités pour le mariage. Pour tous les mariages, en réalité. Votre bande de Boulder n'arrête pas de se caser. Mais si celui-ci est faux ? Ça pourrait jeter un froid.

Aaron termina sa bière. Il fut ravi quand Ethan lui en donna une autre sans qu'il ait besoin de demander quoi que ce soit.

— Je ne sais pas. Accordez-moi un peu de temps. Ne le dites à personne d'autre. On ne veut pas que les parents de Madison aient encore plus de doutes qu'ils n'en ont déjà. Ça résume toute cette histoire à une véritable farce.

— Plus que ça l'est déjà ? demanda Liam d'un ton d'avertissement.

— Que voulais-tu que je fasse ? Ses parents sont horribles, demanda Aaron en regardant Lincoln. Désolé. Je sais que c'est ta tante et ton oncle. Mais sérieusement...

— Je les déteste. Je les déteste sincèrement. Je ne sais même pas s'ils seront invités à notre mariage, répondit Lincoln.

— Holland et moi avons déjà décidé qu'ils ne le seront pas, déclara Ethan. Sa famille ne sera pas invitée non plus. Ce sera plus ou moins un immense mariage familial entre Montgomery. On emmerde le reste de vos familles. Désolé, mais je mets le holà.

Lincoln secoua la tête et sourit avant de se pencher pour embrasser Ethan sur les lèvres.

Ronin s'appuya contre la rambarde à côté d'Aaron, grimaçant alors qu'il ajustait sa prothèse. Il possédait une version plus moderne que dans les souvenirs d'Aaron et semblait avoir quelques problèmes. Il avait survécu à l'enfer, mais ne se plaignait jamais. Cela faisait paraître les problèmes d'Aaron bien dérisoires en comparaison.

— La famille de Madison a l'air d'être une belle bande de connards, commença Ronin avant de grimacer pour une raison toute différente en jetant un coup d'œil à Lincoln. Désolé.

— Ne le sois pas. Ma tante et mon oncle sont des connards, répondit Lincoln en riant. Sérieusement, vous n'avez pas à clarifier que vous parlez uniquement de ses parents. Je suis plus ou moins un connard parce que je n'ai pas envie de faire partie de la famille. Et parce que j'ai esquivé la situation.

Il grommela enfin dans sa bière.

— J'essaie de protéger Madison autant que possible, mais elle les aime toujours, pour une raison inconnue.

Ethan se pencha vers lui et l'embrassa sur la joue. Il lui lança ensuite un triste sourire.

— Elle les aime parce que ce sont ses parents. Je me souviens d'une époque où ils étaient plus sympas qu'ils ne le sont maintenant.

— J'ai juste envie de les secouer pour ce qu'ils ont fait.

Aaron raconta aux gars tout ce qu'il s'était passé lors du dîner, y compris le fait qu'ils avaient invité Guy. Les autres le dévisagèrent avant de commencer à grommeler et crier en même temps.

— Mon Dieu, commença Benjamin. Je suis surpris que tu

n'aies pas frappé cette femme. Non pas que tu frapperais un jour une femme, mais j'ai l'impression que le moment aurait été approprié.

Aaron ricana amèrement en regardant son cousin.

— Oh, je l'ai envisagé, crois-moi. Mais je suis parti en furie. Je n'ai pas été poli et j'ai conduit jusqu'à un parc avec Madison pour pouvoir lui hurler dessus. J'ai été très mature.

— Tu as hurlé sur ma petite cousine ? lui demanda Lincoln en le fusillant du regard.

Aaron leva les mains, protégeant sa bière.

— Oui. Mais elle m'a hurlé dessus en retour et on a juste discuté...

Sa voix se brisa légèrement et Lincoln plissa les yeux.

Ronin ricana derrière lui tandis que tous les autres éclataient de rire.

— Discuté. Bien sûr. Vous vous êtes contentés de ça ? Qu'est-ce qui se passe entre ma cousine et toi ? demanda Lincoln.

— Rien, mentit rapidement Aaron. Je ne suis que son faux fiancé. Tout est normal.

— Rien n'est normal dans la phrase que tu viens de prononcer, le railla Ronin en riant. Il faut que je le dise à ma copine. Du moins, quand tout ça sera terminé et que j'aurai le droit de le lui dire.

— Tu sais que Ronin sort avec ma collègue, Julia ? demanda Ethan en aidant Aaron à changer de sujet avec un clin d'œil.

— Sérieusement ? Le monde est petit, répondit Aaron qui se sentait redevable.

— Oui, ça fait un moment qu'on est ensemble, expliqua Ronin en haussant les épaules. On s'est rendu compte que l'on connaissait la même famille quand on a parlé des Montgomery, un soir. Vous vous reproduisez plus vite que des lapins, ironisa Ronin.

Ils éclatèrent tous de rire.

— Et tu n'as pas encore rencontré ma fratrie, dit Benjamin. J'ai quatre frères et sœurs.

— Mon Dieu. Vous êtes une centaine.

Aaron posa sa bière et commença à compter sur ses doigts en riant.

— Oui, peut-être même cent vingt, maintenant. Ils n'arrêtent pas de se reproduire, eux aussi.

Ronin gloussa.

— Je suis ravi d'avoir été invité à cette fête sans être obligé d'épouser quelqu'un de la famille. À moins que ça ne soit prévu au programme plus tard ?

— Puisque tu es mon ami maintenant, commença Marcus, tu fais partie du lot.

— Si quelqu'un commence le chant rituel de la secte « l'un des nôtres », je m'en vais, s'emporta Ronin au moment où Aaron ouvrait la bouche pour dire exactement cela, en même temps qu'Ethan.

Ils rejetèrent tous les deux la tête en arrière et rirent avant que les autres se joignent à eux.

— On a souvent cette conversation à propos des sectes, commença Ethan. Mais on n'est pas une secte et on n'appartient à aucune d'elles. On n'est qu'une famille qui veut le bien de tous. Et, à cet instant, ça implique de manger des travers de porc. Parce que je meurs de faim et qu'ils sentent merveilleusement bon. Liam, tu surveilles la viande ou on va finir par manger du charbon ?

Celui-ci lui adressa un doigt d'honneur avant de s'approcher du fumoir.

— Les travers sont bientôt prêts. J'ai aussi préparé du coleslaw, de la salade de pommes de terre, de la salade verte, des haricots, des pâtes au fromage, du maïs et d'autres petits trucs. J'ai même apporté le pain de maïs d'Arden. Je pourrais mourir rien qu'en y pensant. Il sent si bon.

— Qu'est-ce que tu veux dire ? Il y a des légumes ? demanda Aaron. Je croyais que c'était une soirée entre hommes.

— Les hommes peuvent manger des légumes, répondit Benjamin en plissant ses yeux qui pétillaient d'amusement. C'est ça qui est merveilleux. Si on mange sainement, ça veut dire qu'on peut manger encore plus. Et on ne meurt pas d'une maladie cardiovasculaire à l'âge de quarante ans. On sait tous que Liam s'approche de cet âge.

— Va te faire foutre. Sérieusement. Va carrément te faire foutre. C'est méchant, s'emporta Liam.

— On ne s'est pas tous moqués de lui quand il a eu trente ans avant nous tous ? demanda Aaron, qui se sentait maintenant plus léger qu'il ne l'avait été depuis des jours.

— Si. C'est ça qui est drôle, répondit Benjamin en riant. Il franchira toujours les étapes importantes avant nous. On peut le jalouser pour certaines ou savoir fièrement qu'on peut se moquer de lui pour d'autres.

— Je suis votre aîné, vous êtes censés me respecter, dit Liam en essayant de paraître aussi sévère que possible, bien qu'il soit en train de rire.

— Bien sûr. Si tu le dis, dit Ronin en regardant les travers de porc et le fumoir.

— Vous savez, la disposition de ces travers me rappelle cet épisode d'*Esprits Criminels* qui vient d'être diffusé.

Aaron claqua des doigts et acquiesça.

— C'était ce que je me disais. La secte dans laquelle ils mangeaient les restes des autres ? C'était dégueu, mais ils avaient inventé une sauce barbecue signature et la vendaient dans tout le pays.

— Pourquoi avez-vous parlé de ça ? demanda Lincoln.

— Sérieusement ? renchérit Ethan. On est sur le point de manger et vous parlez de restes humains avec de la sauce barbecue ? Oh, mon Dieu, Marcus, tu as fait venir un autre accro à *Esprits Criminels* dans notre famille ?

— Au moins, tu n'as pas dit *secte*, répondit Ronin.

Ils éclatèrent de rire tout en frissonnant.

— Bon, je ne sais plus si j'ai envie de manger ces travers de porc, dit Marcus. Ça a plus ou moins gâché le moment.

— Je suis sûr que si on continue de boire de la bière et qu'on commence avec le poulet, tout ira bien, proposa Benjamin alors même qu'il semblait en douter.

— Et une fois encore, une discussion sur le cannibalisme et un épisode d'*Esprits Criminels* ont gâché un repas, déclara impassiblement Aaron.

Les autres lui jetèrent des serviettes en papier et des assiettes en carton qu'il esquiva en riant.

Honnêtement, il ignorait ce qu'il allait faire à propos de Madison. Il n'allait certainement pas évoquer le baiser ni ce qu'ils feraient plus tard, ensemble, l'un pour l'autre. Pour l'instant, il allait rire et tenter de se souvenir qu'il faisait ça pour la rendre heureuse, et non pas parce qu'il avait envie de la goûter une nouvelle fois.

S'il mourait d'envie d'elle ? Ce n'était qu'un bonus.

Du moins, c'était ce dont il se convainquait.

CHAPITRE HUIT

Madison ne se préparait pas pour un rencard. Elle se préparait pour son faux rencard. Cela signifiait-il qu'elle faisait semblant de se préparer ?

Elle passa les mains sur son visage fraîchement nettoyé et geignit. Elle complexifiait bien trop les choses, et ça ne faisait qu'empirer. Le fait que ça puisse encore empirer l'inquiétait, étant donné à quel point elle avait déjà plongé avec ce fichu Aaron Montgomery.

Elle n'aurait pas dû accepter. Elle n'aurait rien dû accepter dans cette histoire. Mais elle n'avait pas pu s'en empêcher, sur le moment. Tout ce qu'il avait dit avait été logique. Désormais, voilà où elle en était. Elle s'apprêtait à s'entraîner, lors d'un rendez-vous public, afin que ceux qui espionnaient pour le compte de sa mère sachent qu'ils sortaient bien ensemble et ne faisaient pas juste semblant. Même s'ils jouaient effectivement la comédie.

Ils avaient décidé tous les deux qu'ils devraient sortir dîner et peut-être ensuite faire une balade au clair de lune. Ils se rendraient dans un parc que beaucoup d'autres couples fréquentaient après leur rendez-vous, afin d'être vus ensemble. Madison avait l'impression qu'ils se servaient de ce faux-semblant comme d'une excuse et, honnêtement, elle ne savait quoi en penser. Tout ce qu'elle savait, c'était qu'elle avait accepté. Elle était même convaincue que c'était en partie son idée.

Elle avait un rendez-vous avec Aaron Montgomery. Il était possible que personne n'en soit témoin, qu'aucun de leurs proches ni personne de l'entourage de sa mère ne les voie. Peut-être tout ça pour rien.

Ou bien cela pouvait devenir un véritable rendez-vous.

— Ça n'est pas un rendez-vous, se dit-elle en regardant son reflet dans le miroir avant d'appliquer sa crème hydratante et de commencer sa mise en beauté.

Elle adorait jouer avec le maquillage. C'était d'ailleurs le métier de l'une de ses nouvelles amies, elle avait donc appris quelques astuces grâce à sa chaîne YouTube.

Zia était bien meilleure que Madison ne pouvait espérer l'être un jour. Elle trouvait tout de même qu'elle s'en sortait bien avec l'anticernes et l'ombre à paupières. Elle ne semblait pas trop apprêtée, mais se sentait heureuse et jolie. Elle se maquillait toujours pour le travail, car elle en avait envie et non parce qu'elle avait l'impression de devoir le faire. La plupart du temps, elle finissait par se contenter de baume à lèvres. Mais c'était parce qu'elle travaillait du côté pâtisserie d'un café et que, dans l'arrière-boutique, elle ne supportait pas de sentir les cosmétiques fondre.

Elle enfila rapidement sa robe pour la soirée. Sa tenue était évasée au niveau des hanches et lui donnait l'impression d'être une princesse élégante partant danser. La fine couche de tulle cousue sous le tissu principal lui donna l'impression de danser dans les nuages alors qu'elle se dandinait.

D'autres auraient pu trouver ça ridicule, mais elle se

sentait jolie. Et ce soir, elle avait un rencard (ou plutôt un *faux* rencard) avec ce fichu Aaron Montgomery. Elle porterait donc ce qu'elle souhaitait. Elle devrait sans doute préférer un jean et avoir une allure plus décontractée. Ou un jogging. Il l'avait déjà vue en survêtement par le passé. Elle pouvait en porter un.

Elle devait arrêter de penser à cette tenue-là, car cela suffisait à la faire transpirer.

Elle glissa les pieds dans ses escarpins, mit ses bijoux, se parfuma et se demanda si elle n'avait pas commis une erreur en enfilant de la lingerie sexy. C'était un ensemble en dentelle avec un string, d'une magnifique couleur pêche assortie à sa tenue, pas le genre de chose qu'elle portait tous les jours. Elle adorait la dentelle et la soie, mais elle aimait aussi ses culottes en coton bien couvrantes.

Le fait qu'elle n'en porte pas ce soir prouvait que son subconscient se demandait si quelqu'un allait voir ce qu'elle portait sous sa robe. Ça n'arriverait pas. Ce n'était pas parce qu'Aaron et elle s'étaient embrassés et s'embrasseraient peut-être à nouveau plus tard, lors de leur rendez-vous, que quelqu'un d'autre verrait ses sous-vêtements.

Et si elle avait un accident de voiture et qu'il fallait lui enlever sa robe pour la sauver ? Devait-elle porter d'adorables sous-vêtements pour ça ?

Peut-être pas de la lingerie sexy qui lui donnait l'impression d'être une déesse. Voilà qu'elle réfléchissait trop. Tout allait bien. Aaron n'allait pas voir ses sous-vêtements, mais l'idée qu'elle les porte devant lui la faisait sentir... puissante.

Ou bien elle était en train de perdre la tête. Au choix.

Je fais ça uniquement pour moi.

Elle répétait ce mantra quand la sonnette retentit. Elle se figea, se demandant si Aaron avait bien quarante-cinq minutes d'avance pour leur rencard. Madison était prête, mais ça n'avait aucune importance. Elle avait besoin de temps pour se calmer et se concentrer.

Ses mains tremblaient et elle ne comprenait pas pourquoi. Ce soir, deux amis feraient semblant d'être fiancés. Rien de plus, rien de moins. Un pur mensonge.

Elle ouvrit la porte et fut submergée par un étrange soulagement mêlé de déception.

Bristol se tenait là avec une autre femme qui lui ressemblait.

— Tu es magnifique, constata Bristol en applaudissant. On est en retard pour t'aider à te préparer. Désolé.

— C'est carrément ma faute, déclara l'inconnue. La circulation était horrible pour arriver jusqu'à Boulder. Mais je suis là, maintenant. Et tu es magnifique, Madison.

L'intéressée cligna des yeux à plusieurs reprises.

— Pardon, mais qui êtes-vous ? Et pourquoi es-tu là, Bristol ? Je t'adore, mais je suis perdue.

— Je suis vraiment désolée. Il semblerait que j'ai entamé la conversation en plein milieu. Je te présente ma cousine, Annabelle. Comme son frère est venu à Boulder le week-end dernier pour passer du temps avec les garçons, elle a décidé de passer venir me voir ce soir. J'en suis très heureuse. Et *je* suis là parce que j'aime aider mes amies à se préparer pour leurs rencards. Surtout les premiers qui peuvent être effrayants ou bizarres. Mais on dirait que tu es prête à partir. Tu es effectivement magnifique. Ton maquillage est parfait.

Madison se contenta de cligner des yeux. Elle se surprit à faire un pas en arrière pour que les deux femmes Montgomery entrent dans la maison.

— Je vous proposerais bien un verre, mais Aaron arrive bientôt.

Elle marqua une pause.

— À vrai dire, il sera là dans quarante-cinq minutes. Je me

suis préparée bien trop tôt. Et si je vous servais quelque chose à boire ?

— Qu'est-ce que tu as ? demanda Annabelle d'un regard brillant et charmant.

— Je viens tout juste de préparer de la limonade. Avec de vrais citrons.

— C'est la seule manière de le faire, répondit Bristol. Bien que je ne prépare jamais de limonade. Ça demande beaucoup de temps et d'énergie, et je ne suis pas douée pour ça. Je finis toujours par la faire trop acide ou trop sucrée. Mais oui, oui, oui, oui, de la limonade.

Elles partirent alors dans la cuisine. Quand Madison fut sur le point d'ouvrir la porte de son réfrigérateur, Bristol se pencha en avant et attrapa la limonade.

— Les verres sont sur la première étagère de droite, expliqua Bristol.

Madison resta plantée là, à battre des paupières.

— On ne voudrait pas que tu renverses quelque chose sur ta robe. On est là pour te réconforter quand tu en as besoin. Ou pour te taper sur les nerfs, tout dépend comment tu veux le qualifier, expliqua Bristol.

— Vous êtes envahissantes, mais dans le bon sens du terme, la corrigea Madison.

Annabelle rejeta la tête en arrière et rit. Bristol fit un doigt d'honneur à sa cousine.

— C'est vrai. Tu as entendu parler de ce qui est arrivé à Arden ?

— Du nouveau ? demanda Madison, qui s'inquiétait pour cette femme.

Arden souffrait d'un lupus et traversait une bonne période, mais Madison savait par expérience que ça ne durait pas éternellement.

— Non, excuse-moi. Elle va très bien. Je voulais parler de ce qu'il s'est passé la première fois que je l'ai rencontrée, rectifia rapidement Bristol.

Elle posa le pichet de limonade sur le plan de travail.

— Je ne voulais pas t'inquiéter.

— Ne me fais pas ça.

Madison soupira nerveusement pour diverses raisons.

— Je suis désolée.

— Arden est super, intervint Annabelle pour combler le silence. On a dîné ensemble quand elle est venue rendre visite à ma branche de la famille, à Fort Collins.

— J'avais oublié, dit Bristol. Je suis ravie que tu l'aies rencontrée.

— Je suis sûre qu'on se recroisera. On essaie tous de se voir plus souvent.

Quelque chose dans le ton d'Annabelle poussa Bristol à croiser son regard. Elles échangèrent un coup d'œil que Madison ne comprit pas.

Quelque chose se tramait, avec ces Montgomery. Elle avait toujours pensé que toutes les branches de cousins s'entendaient bien. Mais elle se trompait peut-être. Ou alors elle analysait bien trop la situation. Elle était anxieuse à propos de son rendez-vous ou plutôt son faux – avec Aaron.

— Qu'as-tu fait avec Arden ? demanda Annabelle.

— Je suis allée chez elle, même si je ne l'avais jamais rencontrée, pour l'aider à se préparer avant son premier rencard avec Liam. Je n'ai pas obtenu son adresse de façon illégale, mais ça n'était pas loin.

Annabelle rejeta la tête en arrière et rit à nouveau, dans un bruit joyeux qui rappelait à Madison les anges et les carillons. Elle se contenta de secouer la tête.

— J'en ai entendu parler. Je suis étonnée qu'Arden ne t'ait pas claqué la porte au nez avant de la fermer à clé pour ne plus jamais revoir un Montgomery de sa vie.

— On est obstinés, dit Bristol. En y réfléchissant, dès que j'ai frappé à la porte, je me suis rendu compte que j'avais commis une terrible erreur. Tout le monde ne me trouve pas aussi adorable, gentille et attentionnée que je l'imagine. On a eu de la chance qu'Arden me laisse entrer dans sa vie après que je l'ai surprise.

— Oui, vous avez de la chance. Parce que je crois que si Liam t'avait tuée, ça aurait jeté un froid sur la famille.

— Tu as raison. Mais leur romance a perduré et leur relation est fantastique. En parlant de romance, tu es prête pour ce soir ?

Madison secoua la tête.

— Ce n'est pas réel.

Elle se tourna ensuite vers Annabelle.

— Je veux dire...

Merde. Elle n'était pas douée pour mentir.

À moins qu'elle se mente à elle-même.

Annabelle leva les mains.

— On est au courant. Du moins, Benjamin et moi, on est au courant.

Madison se détendit.

— Merci. Et j'apprécie que vous soyez venues, les filles, mais je vais bien. Je vais seulement sortir dîner et sans doute me promener avec Aaron. On ne fait que passer du temps ensemble.

— En tant que couple fiancé, ajouta Annabelle d'une petite voix.

— Un faux couple fiancé, la corrigea Madison.

— C'est bon. Bref, conclut Bristol en levant les mains. Primo, cette limonade est délicieuse. Je suis jalouse de ne pas savoir faire ça. La prochaine fois qu'on organisera un barbecue en famille, tu dois en rapporter. Marcus adore la limonade.

Ce compliment fit sourire Madison.

— D'accord, je peux le faire.

— Tant mieux. Deuzio, amuse-toi, ce soir. Tu es magnifique. On est venu te motiver avec un discours, mais on dirait que tu es prête à partir.

— Et j'ai enfin pu te rencontrer, ajouta Annabelle en souriant.

— Moi aussi, je suis ravie qu'on se soit rencontrées, dit Madison. Si je me souviens bien, tu as quatre frères et sœurs ?

— Oui, j'ai un jumeau, Archer. Il y a une autre paire de jumeaux, Beckett et Benjamin. Et j'ai une petite sœur qui s'appelle Paige.

Madison écarquilla les yeux.

— Je ne pourrais jamais me souvenir de tous.

— Tu n'as aucune raison de devoir retenir leurs noms, répondit Annabelle en riant. À moins que tu épouses effectivement Aaron. Dans ce cas-là, il y aura un quiz, une fois que tu seras endoctrinée chez les Montgomery.

Madison écarquilla une nouvelle fois les yeux.

— Il y a un test ?

Bristol s'esclaffa.

— Oui, tu dois le passer à ton entrée au collège, si tu es née Montgomery. Mais, entre temps, il y a généralement une nouvelle génération, ou quelqu'un d'autre s'est marié, et ça devient super complexe. On te fera des fiches de révision, et peut-être même un spectacle de sons et de lumières pour que tu retiennes bien les prénoms.

— Heureusement que je n'épouse pas Aaron, alors.

— Heureusement, répondit Annabelle en lançant un regard à Bristol que Madison choisit d'ignorer.

Elle n'avait pas besoin de se souvenir de tous les cousins Montgomery. Elle devait seulement se rappeler ceux qu'elle connaissait actuellement, car elle n'épousait pas Aaron. Même s'ils avaient un potentiel rendez-vous réel ce soir.

Les filles restèrent un peu plus longtemps avant de partir, complimentant une nouvelle fois le look de Madison. Celle-ci se retrouva alors seule à se demander comment elle s'était fourrée dans cette situation. Heureusement, elle n'eut pas le temps de gamberger, car on sonna de nouveau. Elle déglutit tant bien que mal, se demandant ce qu'elle allait lui dire.

Néanmoins, elle n'aurait pas dû s'en préoccuper. Toute pensée l'abandonna quand elle vit Aaron, qui se tenait là, avec un pantalon gris et une chemise immaculée dont les manches étaient retroussées jusqu'à ses coudes pour dévoiler ses avant-bras sexy. Il arborait aussi un sourire malicieux.

— J'ai vu Bristol partir avec ma cousine sur le siège passager quand je me suis engagé dans ton quartier. Devrais-je m'excuser ?

Madison secoua la tête et attrapa sa pochette.

— Non, s'il te plaît. J'adore Bristol. Elle est juste… envahissante, parfois.

— Tu sais qu'on dit la même chose de moi.

Il y eut un moment de gêne avant qu'Aaron se penche en avant et dépose un infime baiser sur ses lèvres.

Elle gémit, ravie de porter un rouge à lèvres mat plutôt qu'un gloss brillant qui se serait étalé.

— Salut. Tu es prête à partir ? demanda-t-il en se raclant la gorge lorsqu'il s'éloigna.

— Je crois que oui. Enfin.

Elle ignorait pourquoi elle avait ajouté ce dernier mot, mais il était impossible de le retirer, à présent. Aaron scruta son visage. Elle dut se rappeler que ce n'était pas réel. Que ça ne pouvait pas l'être.

— Alors, des pâtes ? demanda-t-elle en se demandant si elle pouvait dire quoi que ce soit de plus ridicule.

Il lui sourit et, curieusement, elle eut envie que cette soirée soit authentique. Oui, il l'avait embrassée. Bien sûr, le baiser avait semblé réel. Mais ils jouaient, voilà tout. Ce n'était qu'une comédie.

Pourtant, elle n'arrivait pas à réfléchir clairement.

— Oui, des pâtes. Tu sais, on pourrait aller manger une salade ou quelque chose de léger, mais je veux une dose de glucides qui m'obligera à quitter le restaurant en roulant.

— Je meurs d'envie de manger des pâtes depuis une semaine. Alors, non, je ne vais pas me prendre une foutue salade.

— Ça, j'adore, dit-il en lui serrant la main.

Elle tenta de ne pas se dire que c'était réel, car c'était douloureux.

Ils discutèrent de leur journée, du café et des œuvres d'Aaron. Elle se cala sur son siège tout en l'écoutant parler. Il avait une voix profonde et apaisante qui grondait parfois s'il fatiguait, mais il n'avait pas la voix rauque de ses frères. Il n'était certainement pas aussi bourru que le cousin de Madison. Il semblait davantage aimer la vie. Ou peut-être était-il plus heureux ? Le fait qu'il fasse tout cela pour elle signifiait qu'il avait une assurance qu'elle n'espérait même pas posséder.

Elle l'appréciait sincèrement, ainsi que tout ce qu'il faisait, bien qu'elle ignore comment le lui dire.

Ils s'installèrent dans un box d'angle, avec des dossiers en cuir plus hauts que sa tête. Elle s'y enfonça avec un grand sourire.

— On ne fait plus de box comme ça.

— Non. Et je n'aime pas non plus être assis au milieu du restaurant, j'ai l'impression d'être exposé, dit Aaron avant de grimacer. Enfin, je crois que c'est ce qu'on est censé faire ce soir.

Madison tenta d'ignorer la souffrance provoquée par cette déclaration, car elle était véridique. Elle ne devrait pas se sentir mal.

— On peut toujours prendre une photo et la publier sur les réseaux sociaux. C'est ce que font les couples, non ?

— Ça fait si longtemps que je ne m'en souviens plus. Mais on peut le faire.

Aaron sortit son portable et le tourna face à eux. Il passa ensuite un bras autour des épaules de Madison avant de l'embrasser sur la joue et d'appuyer sur le bouton. Madison vit son propre visage sur la photo, ses yeux écarquillés ainsi que sa surprise évidente. Aaron ricana.

— N'aie pas l'air aussi surprise, c'est censé être réel.

— Oui, bien sûr.

Il prit une autre photo et elle sourit, la joie se lisant dans son regard. Elle espérait que personne n'y verrait la peur, également. La déception.

Car elle savait qu'elles étaient là et elle les voyait clairement.

Visibles comme le jour.

À moins qu'elle ne fasse une projection.

Le serveur arriva et Aaron rangea son portable après avoir publié la photo sur Instagram. Ils commandèrent des hors-d'œuvre ainsi que leur plat principal avec une bouteille de vin à partager.

Madison serait repue. Elle avait hâte.

— Ils ont les meilleures salades. La laitue est parfaitement froide et craquante.

— Je croyais t'avoir entendu dire que tu ne voulais pas de salade ? la taquina Aaron.

— Je mange de la salade. Avec des olives et des oignons rouges. Je suis désolée, mais je dois manger les oignons rouges.

Il rit.

— Moi aussi. Donc, si on a tous les deux une haleine d'oignon, ça ne sera pas un tue-l'amour.

Il fit un clin d'œil à Madison. Elle ignorait si c'était seulement pour la galerie, au cas où quelqu'un serait dans les parages, ou si c'était réel. Ça ne pouvait l'être.

C'était faux. Tout n'était qu'un mensonge.

Ils buvaient leur vin et grignotaient leur gressin quand quelqu'un se racla la gorge devant leur table. Madison leva les yeux, arrachant son regard à Aaron, et battit des paupières. Mais comment cela pouvait-il arriver ?

— Madison.

— Guy ? Que fais-tu là ? demanda-t-elle en sachant qu'elle semblait malpolie, mais c'était ridicule.

— Je suis venu rencontrer des clients pour boire un verre. Je t'ai vue, assise là, ravissante, et j'étais obligé de venir te voir pour te saluer. Après tout, ta mère ne voudrait pas que je reste à l'écart.

— Guy, grommela Aaron dans un véritable grognement cette fois-ci.

Madison n'avait jamais entendu ce ton de sa part, par le passé. Et elle ignorait pourquoi elle l'aimait tant. Il lui provoqua des frissons dans la colonne vertébrale. Elle se concentra tout de même sur Guy, tentant de ne pas perdre la tête parce qu'il était là. Mais n'était-ce pas ce qu'ils souhaitaient ? Cet homme rapporterait leur rencontre à Maeve et celle-ci saurait que sa fille fréquentait Aaron.

Pourquoi Madison avait-elle l'impression que ce moment était souillé ? Comme si Guy avait tout gâché.

— Comme tu peux le voir, nous sommes occupés, dit Madison en essayant de garder une voix douce.

Elle ignorait ce qu'elle pouvait dire d'autre.

— S'il te plaît, transmets mes amitiés à ma mère, insista-t-elle.

Guy haussa un sourcil.

— Je suis sûr qu'on se verra bientôt.

Il lui fit un clin d'œil et s'en alla, la laissant perturbée.

—Je le déteste, gronda Aaron.

—Je ne l'aime pas beaucoup non plus. Je suis désolée.

— Je t'interdis de t'excuser. Nous sommes sur le point de déguster de délicieux oignons rouges et le reste du repas. Profite.

Il se pencha et l'embrassa sur les lèvres. Elle gémit, incapable de se retenir.

Il sourit et coinça une mèche de cheveux derrière son oreille.

—J'aime ce bruit.

Elle déglutit tant bien que mal.

—Oh ?

— Oui. Je passe une bonne soirée, Madison. Rien que toi et moi. Ça te va ?

— Toi et moi.

Il n'y avait pas qu'eux. C'était un mensonge, comme tout le reste. Mais elle pouvait faire semblant. Elle pouvait simplement exister. Lorsqu'elle embrassa Aaron à nouveau, ignorant les salades qui avaient été placées devant eux, elle ne put qu'appuyer sa tête contre lui et faire semblant.

Car elle avait beau avoir envie que ce soit réel, ça ne l'était pas. Ça ne pouvait l'être. Cependant, elle avait toujours ses rêves.

Même si son goût s'attardait sur ses lèvres.

CHAPITRE NEUF

Aaron se tenait dans le salon de Madison. L'odeur de café imprégnait l'air et l'anticipation les parcourait tous les deux. Du moins, elle parcourait Aaron. Certes, il imaginait que c'était aussi le cas pour elle.

Pourquoi était-il ici ? Pourquoi ne l'avait-il pas simplement déposée, s'arrêtant là avant de rentrer chez lui ?

Ça n'avait aucune importance, car il n'en avait rien fait. Et, honnêtement, il n'en avait pas envie.

Madison réapparut avec deux tasses de café à la main. Elle avait retiré ses escarpins et sa robe moulait ses courbes le plus sensuellement possible. Il dut déglutir pour ne pas l'attraper, lui prendre les tasses des mains et la dévorer par terre.

Oui, la dévorer. Voilà les mots qui tournaient dans la tête d'Aaron en ce moment même.

Dévorer, baiser, faire l'amour, coucher avec, posséder... chaque connotation possible lui traversait l'esprit. Il n'avait qu'une envie : la toucher. Il avait besoin d'elle. Il devait la goûter.

Encore une fois, il savait que c'était une erreur, mais il s'en moquait.

Madison lui tendit la tasse de café. Il passa la main autour du mug, laissant la chaleur s'insinuer dans sa peau.

— Merci.

Elle lui sourit. Il aimait ce sourire. Il lui semblait authentique, bien qu'un peu nerveux. Il détestait qu'ils en soient là à cause de ce que sa mère lui faisait subir, mais il devait être honnête avec lui-même : il adorait ça. Non pas le fait que Madison ait été blessée, mais l'idée qu'ils puissent passer du temps ensemble. Il savait qu'il n'était pas prudent de laisser ses envies se transformer en besoins et désirs, mais il ne pouvait plus se retenir.

Même s'il savait qu'il le devrait.

Il avait encore le goût des lèvres de Madison sur les siennes depuis le dîner.

Il se souvenait à peine de ce qu'ils avaient mangé, même s'il savait que la nourriture avait été délicieuse. Il n'arrivait à se souvenir que du goût de Madison, de sa sensation et de son parfum.

Il perdait sans doute la tête. Peut-être devrait-il prendre ses distances. Mais il ne comptait pas le faire. Il sirota plutôt son café, sans jamais quitter la jeune femme du regard.

— Le dîner était sympa, dit Madison après une minute, très probablement pour combler le silence.

Il était ravi qu'elle ait pris la parole en premier, car il ne savait pas quoi dire.

Ce qui ne lui ressemblait pas du tout.

— C'était super. Enfin, j'aurais pu me passer de la présence de Guy.

Il n'avait pas eu envie de dire cela, mais maintenant que c'était fait, il le regrettait sincèrement. Quand Madison grimaça, il reprit la parole.

— Désolé, ne parlons pas de lui. Jamais.

— Non, parlons de lui une seconde. Puis n'évoquons plus jamais son nom.

Elle lui fit un clin d'œil, ce dont il fut ravi.

— Que veux-tu dire à propos de Guy ?

Pourquoi avait-il l'air si grognon ?

— J'ignore pourquoi il était là. Ça pourrait être une coïncidence. C'est un restaurant sympa et il buvait effectivement un verre avec quelqu'un. Ça ressemblait à un rendez-vous professionnel, comme il l'a dit. *Ou alors* ma mère aurait pu engager quelqu'un pour me surveiller et me suivre, et elle a envoyé Guy gâcher notre rendez-vous.

Aaron battit des paupières à plusieurs reprises et secoua la tête.

— Tu sais, je dirais bien que tu extrapoles, parce que cela ressemble à une intrigue que j'ai lue dans un livre, une fois. Mais plus j'en apprends sur tes parents, plus je pense que ça pourrait réellement se produire.

— N'est-ce pas ? C'est un peu inquiétant. Enfin, dans les deux cas, on sait tous les deux que ma mère entendra dire que nous étions en rendez-vous. Qu'on s'embrassait et tout le reste.

Elle déclara cette dernière phrase rapidement. Aaron but une autre gorgée de son café, la chaleur l'envahissant avant qu'il pose la tasse sur la table à côté de lui. Il saisit ensuite celle de Madison.

— Je vais faire quelque chose, uniquement pour tenter le coup. Tu veux bien me laisser faire ?

La curiosité emplit le regard de la jeune femme. Il déglutit péniblement.

— Je devrais dire non. On devrait tous les deux refuser.

— Mais on ne va pas le faire. N'est-ce pas ?

— C'est là que je dis non, alors ?

Il s'approcha, le corps de Madison se retrouvant juste

devant le sien. Sa chaleur était telle une caresse sur la peau d'Aaron. Il posa les mains autour de son visage.

— Tu me fais confiance ? demanda-t-il.

— Bien sûr que oui. Je ne serais pas là, autrement.

Il baissa ensuite la tête et effleura les lèvres de Madison avec les siennes.

Elle gémit et passa les bras autour de lui, lui caressant le dos de haut en bas.

Il sourit contre ses lèvres avant de lui tourner légèrement le cou pour approfondir le baiser. Il avait besoin de son goût, de ses râles et de ses gémissements.

Il passa les mains dans ses cheveux, tirant légèrement sur les mèches blondes et roses afin qu'elles ne soient plus devant son visage et qu'il puisse l'incliner comme il le souhaitait.

Elle laissa échapper un cri de surprise dans sa bouche alors qu'il tirait un peu plus fort. Il s'éloigna, haletant, et scruta le visage de Madison.

— C'est trop ? demanda-t-il, inquiet.

— Non, je ne sais pas. Qu'est-ce qu'on fait ? demanda-t-elle d'une voix essoufflée.

— Tout ce qu'on veut.

— Je croyais que ça n'était pas censé être réel. Si on continue sans que personne ne nous voie, ça le devient.

Un sourire se dessina sur le visage d'Aaron.

— Si on fait ça sous le regard d'autres personnes, on pourrait finir en prison, répondit-il en riant.

La peau de Madison prit une jolie teinte rose assortie à ses cheveux. Il l'embrassa à nouveau.

— Il n'y a que nous. Toi et moi, comme je l'ai dit.

— Nous sommes de faux fiancés, mais nous ne simulons rien d'autre ? demanda-t-elle.

— Ça me va.

Il mit ensuite fin à cette conversation avec un baiser, craignant que s'ils continuent d'en discuter, ils finissent par se convaincre d'arrêter.

La situation était trop pleine d'erreurs potentielles et de pièges qui pourraient tout gâcher. Alors, ils n'en parleraient pas.

Il continua de l'embrasser avant de laisser ses mains parcourir ses courbes, ses hanches. Il les pinça et elle se cambra contre lui. Son érection appuyait contre le ventre de Madison.

Ils gémirent tous les deux, puis il s'éloigna, ayant besoin de respirer.

— Tu me fais confiance ? demanda-t-il à nouveau.

— Je te l'ai déjà dit... Évidemment que je te fais confiance.

Elle plissa les yeux et un sourire se dessina sur ses lèvres.

— Qu'as-tu lu, exactement, dans ces romances ?

Il sourit avant de rejeter la tête en arrière en riant.

— Beaucoup de choses coquines dont tu ne voudras probablement pas pour un premier rencard, dit-il en riant d'autant plus.

— J'ai lu les mêmes livres que toi, merci bien. Duquel parlons-nous ?

Il lui en cita un qu'ils avaient lu tous les deux, bien que ça ne soit pas le plus populaire.

Elle écarquilla les yeux et sourit.

— Je crois qu'une partie pourrait être amusante. Mais on reste amis, n'est-ce pas ? Parce que c'est ce dont nous avons besoin. D'être amis avant tout. Toujours.

Il acquiesça solennellement avant de l'embrasser à nouveau.

— Amis pour toujours, chuchota-t-il avant de baisser les mains et de les glisser sous sa robe pour attraper ses fesses.

Il la souleva alors.

Elle cria et enroula les jambes autour de la taille d'Aaron

avant qu'il ne scelle une nouvelle fois leurs bouches. Il l'embrassait tout en l'emportant vers l'arrière de la maison.

— Je devine que ta chambre est par là ?

— Oui, mais on aurait pu le faire dans le salon, aussi.

— Je crois que je vais avoir besoin d'un peu plus d'espace pour ce que j'ai prévu.

— Oh, chuchota-t-elle.

Ils se retrouvèrent alors dans la chambre. Il la posa lentement, le corps de Madison s'appuyant sensuellement contre le sien alors qu'elle continuait de l'embrasser.

Le cœur d'Aaron accéléra. Il n'avait qu'une envie : la toucher, avoir besoin d'elle. Néanmoins, il voulait d'abord s'amuser un peu. Et il savait que c'était aussi le cas de la jeune femme. Un peu de plaisir ne leur ferait pas de mal au vu de la situation.

Lentement, il passa ses mains dans son dos, défit le lien au cou de sa robe et descendit la fermeture éclair. Pendant tout ce temps, son regard ne quitta jamais celui de Madison.

— Tu es doué pour ça, souffla-t-elle.

— C'est toi qui m'apprends tout, chuchota-t-il en souriant.

— Tu ne comptes pas me dire que tu as beaucoup d'expérience ? répliqua-t-elle en riant.

En guise de réponse, il l'embrassa ardemment. La robe de Madison tomba ensuite au sol. Elle se tenait là, avec un string en dentelle et un soutien-gorge laissant ses tétons visibles.

Il gémit, tituba en arrière et posa une main au niveau de son cœur.

— Tu me tues. Tu as porté ça toute la soirée ?

Elle rougit jusqu'à ses jolis tétons.

— Quoi ? J'avais envie de me sentir jolie.

— Rien que pour toi ? Ou pour moi ? demanda-t-il sans vraiment savoir s'il souhaitait connaître la réponse.

— J'ai menti quand je me suis dit que c'était uniquement pour moi.

— Bonne réponse.

Il lui sauta à nouveau dessus, pour l'embrasser, tant il avait besoin d'elle.

Elle l'aida à retirer sa chemise, puis sa ceinture et son pantalon. Bientôt, il se retrouva en boxer alors même qu'il caressait le corps de Madison.

Lorsqu'il sentit qu'il ne pourrait plus tenir, elle pressa son sexe à travers le coton de son boxer. Il grogna et l'entraîna vers le lit.

Il la souleva avant de la déposer délicatement au milieu. Il sourit quand elle gloussa et glissa les doigts sur sa peau. Il sourit aussi en l'entendant rire tandis qu'elle effleurait sa peau.

Elle était exposée devant lui. Il tendit la main pour frotter doucement son pouce contre un téton qui pointait à travers la dentelle.

— Magnifique, lança-t-il d'une voix rauque.

— Si tu continues de me toucher comme ça, je ne vais pas tenir longtemps.

Il sourit.

— Je croyais que c'était ma réplique.

Il baissa la tête et suçota délicatement le téton de Madison au travers de la dentelle de son soutien-gorge. Elle se cambra contre lui, gémissant, et il laissa une main glisser jusqu'au ventre de la jeune femme. La douceur de la peau le narguait sous sa paume avant qu'il ne la caresse plus bas.

— Aaron, chuchota-t-elle.

Il joua lentement avec la friction de la dentelle avant de déplacer le tissu sur le côté pour taquiner délicatement son entrée.

— Déjà mouillée, chuchota-t-il.

— C'est ta faute.

Il lui fit un clin d'œil avant de l'embrasser à nouveau.

— Tant mieux.

Il la pénétra lentement d'un doigt et le recourba alors qu'elle se contractait autour de lui.

Elle gémit à nouveau. Il recommença à se délecter de ses tétons, tirant la dentelle vers le bas afin de mieux accéder à sa peau sucrée. Il ajouta un deuxième doigt, puis un troisième, la pénétrant vivement alors qu'elle se cambrait, ses hanches quittant quasiment le matelas. Lorsqu'il décrivit d'intenses et rapides va-et-vient, elle jouit enfin sur lui, ses cuisses se resserrant autour du poignet d'Aaron. Il sourit contre la poitrine de Madison avant de capturer sa bouche ainsi que le cri de surprise qu'elle libéra.

Il retira lentement ses doigts, puis croisa le regard de la jeune femme en se les léchant lentement, sachant que ce goût le hanterait jusqu'à la fin de ses jours.

Si sucré, si séduisant.

— Je n'arrive pas à croire que tu aies fait ça, dit-elle en riant.

— Je n'ai pas encore fini.

Il l'embrassa à nouveau, sachant qu'elle percevait son propre goût sur les lèvres d'Aaron. Il se leva ensuite et lui fit un clin d'œil.

— Je reviens tout de suite.

— Tu me laisses comme ça ? demanda-t-elle.

— Oui. Mais je te promets de revenir immédiatement.

Il courut quasiment jusqu'à la cuisine, son érection cloîtrée dans son boxer. Il en était heureux. S'il n'avait pas été couvert, il se serait sans doute blessé compte tenu de la rapidité avec laquelle il se déplaçait.

Il prit un bol, le remplit de glaçon et trouva une serviette en lin parfaitement repassée dans un tiroir. Il retourna dans la chambre et retint un rire en la voyant assise sur le lit, le regard noir.

— Tu as pris de la glace ? demanda-t-elle d'une voix légèrement sévère.

— Tu verras.

Il posa le tout au pied du lit et s'approcha d'elle tel un prédateur, l'embrassant avec force et lui tirant les cheveux.

— Tu as dit que tu me faisais confiance.

— Et tu m'as laissée après m'avoir provoqué un orgasme. Ce n'est pas très gentil.

— Je te promets de t'en provoquer un autre.

Il l'embrassa à nouveau avant de la pousser à s'allonger sur le dos.

Il attrapa la serviette en lin et haussa un sourcil.

— Tu vas m'attacher ?

— Non, pas aujourd'hui.

Il l'embrassa et noua délicatement la serviette autour de ses yeux.

La respiration de Madison se coupa. Elle entrouvrit les lèvres et il l'embrassa à nouveau, sachant qu'elle ne pouvait le voir.

— Trop serré ?

— Non. J'aime bien.

— Si tu n'aimes pas quelque chose, préviens-moi.

— C'est promis.

Il détacha le soutien-gorge de Madison et sa poitrine lui tomba dans les mains. Il la lécha et la suçota, appréciant la manière dont la jeune femme gesticulait sous son corps.

Après avoir saisi le bol, il récupéra un glaçon et laissa les gouttelettes glacées tomber sur sa poitrine.

Madison haleta. Il sourit avant de tracer le contour de son téton avec le glaçon, appréciant les grimaces de sa partenaire. Elles le faisaient terriblement bander. Il souffla de l'air frais sur sa peau avant de la lécher et de la suçoter avidement, l'excitant au point qu'il la savait impatiente de le sentir en elle.

Elle bougea et chercha à l'atteindre. Il la laissa faire. Il ne comptait pas vraiment la contraindre. Ce n'était pas ce qu'il souhaitait. Il voulait qu'elle le touche. Qu'elle le guide. Il avait simplement envie de jouer. Et il savait qu'elle aussi.

Lorsqu'il lui retira sa culotte, elle l'aida en relevant les fesses. Immédiatement, il se retrouva entre ses jambes, le sexe de la jeune femme devant son visage. Néanmoins, avant de le lécher, il appuya délicatement un glaçon sur son clitoris.

Elle cambra vivement les hanches au-dessus du lit. Il recula, riant avant de sceller sa bouche contre l'intimité de Madison pour donner des coups de langue et le suçoter.

— Aaron !

Il ne cessa de lécher, alternant entre sa bouche et le glaçon, au point où il savait qu'elle jouirait vivement et rapidement.

Mais c'était amusant. Tant qu'elle souriait et riait avec lui, et qu'elle grognait également sa frustration, il continuerait. Il ferait tout ce qu'elle souhaitait. C'était la raison de sa présence, après tout. N'est-ce pas ?

Car il ferait n'importe quoi pour elle.

Il chassa ces pensées, redoutant le chemin sur lequel elles l'emmèneraient, et continua de jouer avec Madison, tour à tour avec le glaçon et la chaleur de sa bouche.

Lorsqu'elle jouit à nouveau, il avala son plaisir avant de se pencher en arrière et de poser le bol par terre. Il retira ensuite son boxer. Il se releva et défit le bandeau noué autour des yeux de la jeune femme.

Elle battit des paupières, ses yeux assombris par le désir. Elle se lécha alors les lèvres tout en posant les yeux sur le sexe d'Aaron. Il jura que ce dernier tressauta sous son attention.

— Tu peux te rapprocher ?

— Si je le fais, je vais jouir dans ta bouche et ce n'est pas là que je veux finir.

Elle lui fit un clin d'œil.

— Pour me faire goûter ?

— Comment puis-je te le refuser ?

Il posa sur l'oreiller à côté de Madison le préservatif qu'il avait précédemment sorti de son pantalon. Elle hocha la tête avant qu'il s'agenouille devant son visage. Elle tendit la main vers lui. Le premier contact de sa main douce sur son érection manqua de le faire jouir immédiatement, mais il grinça des dents et se retint.

Elle décrivit de nouveaux va-et-vient avant de s'allonger sur le côté et de le prendre entièrement en bouche.

Il glissa une main dans les cheveux de Madison et laissa sa tête retomber en gémissant.

— Mon Dieu.

Elle fredonna autour de lui, creusant les joues et la gorge afin de le prendre plus profondément, hochant légèrement la tête... juste assez pour lui donner envie d'entamer des coups de reins. Mais il n'en fit rien. Il souhaitait qu'elle prenne le contrôle, cette fois-ci.

Lorsque ses testicules se crispèrent et qu'il faillit jouir, il s'éloigna, haletant, et tendit la main vers le préservatif.

— J'ai besoin d'être en toi.

— J'ai aussi besoin de toi.

Il s'empara une nouvelle fois des lèvres de Madison avant de dérouler le préservatif sur sa longueur. Il se positionna ensuite avec elle sur le lit, allongé sur le dos, tandis qu'elle se penchait au-dessus de lui.

— Chevauche-moi.

— Tout ce que tu veux, Aaron. Enfin, je croyais que c'était toi, qui devais prendre les rênes, aujourd'hui.

— On n'est pas dans un livre. Il n'y a que toi et moi,

affirma-t-il. C'est pour toi. Tu es sur le devant de la scène. Compris ?

Une émotion sillonna le visage de la jeune femme. Il craignit d'avoir dit ce qu'il ne fallait pas. Il ignorait d'où lui étaient venus ces mots, mais ils étaient désormais sortis et il ne pouvait les reprendre.

— J'aime ça. Eh oui, il n'y a que toi et moi.

Elle s'abaissa ensuite sur lui et il fut perdu.

Il s'agrippa à ses hanches avec une intensité farouche et s'obligea à retenir ses coups de reins. Elle se pencha en avant, sa poitrine oscillant devant le visage d'Aaron alors qu'elle tremblait.

— Ta queue est si large. Accorde-moi une seconde.

— Prends tout le temps dont tu as besoin, murmura-t-il avant de lécher les tétons devant lui.

Il écarta ensuite les fesses de Madison. Quand elle fut prête, il décrivit d'ardents va-et-vient. Inutile d'y aller lentement, d'avancer centimètre par centimètre.

Car ils en avaient besoin tous les deux.

Il l'écarta d'une main avant de laisser l'autre lui caresser le dos et de lui tirer les cheveux. Il avait besoin de la positionner dans un angle parfait pour atteindre son cou, sa poitrine et sa bouche.

Elle venait à la rencontre de chacun de ses mouvements. Quand les testicules d'Aaron se crispèrent et qu'il jouit, elle eut un orgasme au même moment. Ils gémirent dans la bouche l'un de l'autre, couverts de sueur et presque satisfaits, enfin.

Il roula sur le côté, alors qu'il était encore profondément en elle, pour continuer de l'embrasser et de la toucher.

— C'était peut-être le meilleur « faux » ébat que j'ai jamais eu, chuchota-t-elle.

Il rit, toujours enfoncé jusqu'à la garde. Il l'enlaça ensuite, ayant besoin de la toucher. Il craignait ce qu'il se passerait, s'il ne le faisait pas.

Il avait si peur.

— Il n'y avait rien de faux, là-dedans. J'espère que ça n'a pas été le cas.

Il la fessa vivement. Elle s'esclaffa avant de l'embrasser ardemment à nouveau.

— Il n'y a rien de faux, là-dedans.

Une lueur d'appréhension traversa de nouveau les yeux de Madison. Une crainte identique à celle d'Aaron.

Ils s'aventuraient maintenant en terrain inconnu. Sur un chemin qui pourrait les blesser tous les deux.

Mais il ignora cette pensée, et il savait qu'elle devait en faire de même. Puis il l'embrassa encore avant de bouger lentement en elle, un petit moment. Ils pouvaient bien simuler et inventer des promesses l'un envers l'autre pour le monde extérieur, mais ici, maintenant, tout était authentique.

À un tel point que cela l'effrayait.

Mais il ne comptait pas y penser. Il ne voulait pas s'autoriser à y croire.

Ce n'était que pour ce soir. Et peut-être pour demain. Quand elle aurait besoin qu'il s'en aille, il le ferait.

Simplement, il ne savait pas qui il serait à ce moment-là.

CHAPITRE DIX

Les hanches de Madison se balançaient au rythme de la musique alors qu'elle se concentrait sur sa tâche. Les cupcakes devant elle la narguaient, avec leur odeur de glaçage à la fraise et au fromage frais. Ses cupcakes décadents et fondants au double chocolat, avec leur crème à la fraise et au fromage frais, étaient un succès, le genre de délice dans lequel elle aurait pu plonger la tête la première. Elle s'en abstiendrait. Si elle commençait, elle finirait avec une rage de dents, parce qu'elle ne pourrait s'arrêter à un seul.

Elle mangerait peut-être une cuillerée de glaçage. Ou un bol. D'accord, peut-être pas autant.

Elle se focalisa sur le glaçage et la musique qui résonnait dans ses écouteurs, fredonnant dans sa barbe alors qu'elle s'affairait.

Brynn était dans la boutique, avec deux autres de ses employés, chacun travaillant sur la préparation des cafés ou le nettoyage des tables, participant ainsi à l'atmosphère globale de *Péché mignon*.

Madison adorait ce travail et les personnes avec lesquelles elle travaillait.

La seule ombre à ce tableau exaltant était le souvenir de sa mère, qui traitait son activité comme si ce n'était rien et qui affublait de noms grossiers son établissement et son personnel, tout en critiquant son poids.

Mais elle chassa ces pensées, car elle avait des sujets bien plus importants en tête.

Comme Aaron.

Non, pas lui. Aujourd'hui, elle se concentrait uniquement sur ses cupcakes. Voilà tout. Rien de plus, rien de moins.

Elle s'empara de la dernière fournée et commença à y mettre du glaçage, en tentant de ne pas imaginer le rouge qui lui montait aux joues quand elle pensait à Aaron.

Elle avait déjà eu des rapports sexuels, par le passé.

Des rapports phénoménaux.

Elle avait fait avec son dernier petit ami la plupart des choses qu'elle avait faites avec Aaron. Elle aimait les actes coquins, bien qu'elle apprécie aussi le côté plus doux, joyeux et ludique.

D'une manière ou d'une autre, Aaron avait mélangé tout cela pour créer une nuit d'extase parfaite qui l'effrayait.

Car même si elle avait expérimenté toutes ces choses avec quelqu'un d'autre, ça n'avait pas été pareil avec Aaron.

Ce qui l'effrayait encore davantage. Sans doute parce qu'elle ne s'y était pas attendue.

Il avait vécu en périphérie de sa vie pendant des années. Lincoln et Ethan étaient meilleurs amis depuis aussi longtemps que Madison s'en souvenait. Honnêtement, elle n'imaginait pas un moment où les Montgomery n'avaient pas fait partie de sa vie. Quand Lincoln avait eu envie de l'éloigner quelque peu de ses parents et de l'approcher autant que possible de sa vie à lui, elle était devenue une Montgomery honoraire, en quelque sorte. Elle les avait acceptés autant qu'ils l'avaient acceptée. Elle connaissait certains secrets familiaux, leurs blessures, ce qu'ils aimaient et n'aimaient pas. Tout comme ils savaient des choses à son propos.

Et Aaron avait toujours été présent. Il était celui avec lequel elle riait et plaisantait.

Mais elle ne s'était jamais autorisée à le considérer comme plus que cela. Il était le petit frère d'Ethan. Celui qui parlait vite, mais pas autant qu'Ethan. Celui qui aimait *Esprits criminels* et dont l'autrice préférée de tous les temps était Lisa Kleypas. C'était lui qui faisait toujours de son mieux pour s'assurer que sa fratrie était heureuse, en s'oubliant parfois au passage.

Elle avait observé tout cela depuis la touche, et bien que les Montgomery aient tout fait pour l'extirper de là, elle avait toujours su où elle se sentait le plus à l'aise.

Et pourtant, la voilà projetée au centre du terrain dès qu'il s'agissait d'Aaron.

Elle était du genre à avoir besoin d'étiquettes, de véritables exemples et de cases dans lesquelles où tout ranger, et tout le monde. C'était le seul moyen pour elle de se concentrer sur ce qu'elle devait faire du reste de sa vie. Elle possédait une maison qu'elle adorait, un boulot qu'elle adorait, et elle travaillait dur pour que tout reste comme elle le souhaitait. Elle avait passé de nombreuses nuits blanches au moment de la concrétisation de ses rêves. Et bien que trouver l'amour ait toujours été d'actualité, ça n'était jamais réellement arrivé.

Peut-être à cause de sa relation avec sa famille. Mais c'était également sa faute. Elle n'avait pas trouvé ce qu'elle désirait.

Elle ne disait pas qu'elle aimait Aaron. Non. Elle n'était pas prête pour ça. Elle savait qu'à la fin de leur fausse relation, quel que soit le nom qu'ils leur donnaient, elle devrait apprendre à s'éloigner tout en le gardant dans sa vie. D'une manière ou d'une autre, elle était devenue membre de cette famille grâce à Lincoln. Ils l'avaient accueillie à bras ouverts et l'avaient bien mieux traitée que la plupart des gens partageant sa chair et son sang. Une fois cette mascarade avec Aaron terminée, elle n'était pas sûre de pouvoir les affronter... ou de pouvoir l'affronter, lui. Elle devrait sans doute partir pour de bon. Couper tous les ponts.

Ce qui ferait d'elle une épave brisée, quelqu'un qui ne savait plus où était sa place.

Elle avait besoin de ces étiquettes. Pourtant, elle ignorait ce qu'elle était avec Aaron, à présent. Étaient-ils de faux fiancés ? Sortaient-ils réellement ensemble ?

Ou se fréquentaient-ils sans s'engager alors même qu'elle portait sa bague ?

En ayant fini avec les cupcakes, elle posa la poche à douille et saisit cet anneau pendu à une chaîne qu'elle portait sous sa chemise.

Elle déglutit tant bien que mal et baissa les yeux vers le diamant, admirant comme il scintillait, presque comme s'il se moquait d'elle. Elle tenta de respirer, mais elle n'arrivait pas à reprendre son souffle.

Elle était fiancée.

Et ça n'était pourtant pas réel.

Elle ignorait si ce qu'elle avait partagé avec Aaron au lit était authentique. Cela lui avait semblé réel : sa sensation, son goût, son contact.

Mais si rien d'autre ne l'était ?

Il avait dit « rien que toi et moi » et elle l'avait accepté. Mais ce n'était pas une étiquette. Ce n'était pas ce dont elle avait besoin. Le problème était qu'elle ignorait totalement ce dont elle avait besoin. Réclamer une définition de leur relation risquait d'aboutir sur une explosion de vide qui la blesserait. Ou, pire encore, elle le blesserait. C'était un chic type qui essayait seulement d'aider. L'idée de le faire souffrir à cause de ses propres incertitudes l'effrayait plus que tout. Elle préférerait partir seule et affronter le brasier de la colère de sa mère plutôt que de faire du mal à Aaron.

— Tu as fini avec ces cupcakes ? demanda Brynn en arrivant précipitamment dans l'arrière-boutique. Les clients en raffolent déjà et on vient d'avoir une nouvelle commande.

— Cette fournée est prête, répondit Madison en s'arrachant à sa rêverie.

Elle ne pâtissait pas toujours, mais aujourd'hui, elle avait eu envie de se concentrer sur les cupcakes et sur une routine, comme remplir chaque moule avec une part d'elle-même.

Brynn avait semblé le comprendre et avait assumé aisément les responsabilités de l'accueil.

Si Madison décidait un jour d'ouvrir une seconde boutique à Fort Collins – éventualité à laquelle elle avait pensé –, elle y enverrait indubitablement Brynn comme gérante si celle-ci acceptait.

L'idée de perdre Brynn ou de voir sa carrière évoluer l'effrayait. Néanmoins, c'était dans ses projets, et Brynn le savait.

Les choses changeaient. Madison avait l'impression de se noyer.

Elle détestait ça.

— Tu as l'air triste ou pensive. Et tu jouais encore avec ta bague. Je peux la voir ? demanda Brynn en se rapprochant.

Madison acquiesça avant d'aller se laver les mains. Elle retira ensuite la bague et la tendit à Brynn. Celle-ci s'extasia dans des *ohh* et des *ahh* devant le diamant, puis sourit.

— Aaron a des goûts merveilleux. Et elle te ressemble parfaitement. J'aimerais juste que tu puisses la porter plus souvent sur ta main.

Madison baissa les yeux vers son annulaire nu et le remua un peu.

— On ne voudrait pas la perdre dans un cupcake.

— À moins que tu essaies d'organiser une demande en mariage. Mais bon, dans ce cas, tu ne la mets pas dans la pâte, tu la poses au-dessus du glaçage pour que la femme ne meure pas en s'étouffant.

— C'est morbide, comme fiançailles, répondit Madison en riant et en reprenant l'anneau que Brynn lui tendait.

— Mets-la à ton doigt et viens dans la boutique. Certaines de tes amies sont passées te voir.

Madison glissa la bague autour de son annulaire, se demandant pourquoi elle y avait sa place alors même qu'elle ne devrait pas s'y trouver.

— Mes amies ?

— Les Montgomery. Ou du moins, celles qui sont liées aux Montgomery. Une autre de leurs amies que je ne connais pas est là, aussi. Mais je viendrai les rencontrer. Sors. Je vais pâtisser. Va faire tes miracles dans la boutique.

Madison se renfrogna avant de retirer son tablier, s'assurant qu'elle n'avait pas de farine ou de glaçage sur elle.

Satisfaite de son examen rapide, elle partit à l'avant du café et sourit à celles qui étaient attablées dans le coin. Arden, Holland, Bristol et une autre femme que Madison ne reconnaissait pas étaient installées et lui souriaient.

— Tu peux faire une pause ? demanda Arden.

Madison acquiesça.

— Oui, laissez-moi prendre quelque chose. Vous voulez manger un morceau ?

— Brynn s'est occupée de nous. Viens. On a une ribambelle de cupcakes.

Madison éclata de rire et se servit un verre d'eau aromatisée au concombre avant de rejoindre la table.

— De l'eau au concombre ? demanda Bristol en soupirant. Je pensais que tu opterais pour quelque chose de sucré avec beaucoup de crème fouettée.

— J'ai peut-être mangé une bonne quantité de glaçage dans l'arrière-boutique avant de venir, avoua honnêtement Madison.

Les filles éclatèrent de rire.

— Ça ne va pas à l'encontre des règles d'hygiène ? la taquina Holland avec un regard pétillant.

— J'avais un bol de glaçage dédié dans la salle de pause, je te remercie. Mais je t'en prie, crie-le encore plus fort, répondit-elle en riant.

— Désolé. Je te présente une amie d'Ethan, Julia, dit Holland.

La dernière femme sourit et agita légèrement la main.

— Salut. En fait, je travaille avec Ethan. Je sors aussi avec l'ami de Marcus, Ronin. Comme si la situation n'était pas déjà assez compliquée.

Madison fit le calcul complexe et gloussa.

— J'ai rencontré Ronin et je connais Ethan et Marcus. Donc, techniquement, tu es une Montgomery, répondit-elle rapidement.

Elle se figea ensuite quand les filles la dévisagèrent.

— Je veux dire, tu as été endoctrinée dans le réseau, ou la secte, ou je ne sais quoi. Oh ! *Clan*, c'est un bon mot, ajouta-t-elle rapidement, s'embourbant dans ses explications.

— Oui, une fois que tu es amie avec la famille, tu es apparemment l'une des leurs. J'ai entendu dire que tu étais fiancée à Aaron. Magnifique bague. J'imagine que tu es vraiment une Montgomery maintenant, non ?

La culpabilité submergea Madison et elle fit de son mieux pour ne pas regarder les autres. Elles savaient qu'elles étaient au courant de la duperie, contrairement à Julia. Madison détestait mentir, mais plus les gens sauraient que ce n'était pas réel, plus sa mère aurait du mal à la laisser tranquille.

Madison se contenta donc de sourire. Elle ne savait quoi dire.

— Bon, parle-moi de ces cupcakes, lui demanda Arden en se léchant les lèvres. J'ai déjà entendu parler du double chocolat avec le glaçage fraise et fromage frais, mais qu'y a-t-il d'autre ?

— Nous avons un chiffon cake au citron, un autre façon tarte au citron vert, un autre aux vermicelles sucrés avec une petite touche insolite de champagne, et du red velvet. Oh, et le cake aux carottes, énuméra Madison qui était soulagée de pouvoir changer de sujet si rapidement.

Heureusement, Julia ne lui donnait pas l'impression que la conversation était gênante.

— On voulait simplement passer te dire bonjour et voir comment tu allais après ton rencard, dit Bristol, qui dansait quasiment sur sa chaise.

— Vraiment ? demanda Madison. Tu comptes être aussi directe que ça ?

— Comment ça, ton *rencard* ? demanda Julia, qui semblait sincèrement confuse.

En revanche, les autres femmes aidèrent à dissimuler la vérité. Madison savait qu'elle ne pourrait poursuivre cette mascarade très longtemps. Pas quand elle compliquait déjà excessivement les choses avec Aaron.

— On aime se mêler des affaires des autres. Bristol et notre cousine étaient chez Madison, l'autre jour, pour l'aider à se préparer avant son rendez-vous avec Aaron... Bristol aime faire ça avec tout le monde.

Julia s'esclaffa.

— Je suis contente d'être déjà en couple avec Ronin et que nous n'ayons pas besoin d'ajouter une troisième personne dans notre relation. Autrement, je parie que Bristol arriverait dans la minute pour m'aider à me trouver un rendez-vous.

Le ton employé par Julia poussa Madison à hausser un sourcil tandis que l'autre femme rougissait. Les autres ne firent aucun commentaire.

Quelque chose se tramait, mais Madison n'avait nullement l'intention de fouiner.

Leur conversation se poursuivit alors qu'elles évoquaient leur famille et leur travail, sans aborder leurs conjoints, heureusement. Madison n'eut donc pas besoin de mentir à tout le monde, y compris à elle-même, quant à ce qu'il se passait entre Aaron et elle.

Elle laissa les filles à leur table, comme elle devait reprendre le travail. La porte s'ouvrit alors une nouvelle fois. Elle retint un grommellement.

Guy entra d'un pas assuré, élégant comme jamais dans un costume sur mesure hors de prix. De nombreux regards se tournèrent vers lui, et Madison fit de son mieux pour paraître nonchalante. Elle n'avait aucune envie de lui parler et, de toute façon, elle ne savait pas quoi lui dire.

— Madison, c'est bon de te revoir.

— Comme c'est ma boutique, c'est plus ou moins là où tu me trouveras, la plupart du temps.

— C'est bon à savoir, répondit-il en lui adressant un clin d'œil.

— Bref, il faut que je retourne dans l'arrière-boutique pour finir mes pâtisseries. Bonne journée.

Il tendit la main et lui attrapa le bras avant qu'elle puisse partir. Elle baissa les yeux, ébahie qu'il passe au-dessus du comptoir pour la toucher.

— Je suis désolé, dit-il d'un air sincère alors qu'il la relâchait en levant la paume. Je voulais te parler. Je n'avais pas l'intention de te surprendre.

Elle savait que les autres les observaient et n'avait pas envie de faire un scandale, car sa famille en était la spécialiste. Comme Guy était apparemment en lien avec sa mère, il devait aussi être doué pour ça.

— Je travaille, Guy. Mais je t'en prie, choisis un cupcake. Cadeau de la maison.

— Tu n'es pas obligée. Mais merci. Je vais être contraint de me laisser tenter par l'une de tes délicieuses douceurs.

Elle s'interdit de grommeler face à ce sous-entendu grossier. Il n'avait même rien de subtil.

— Bonne dégustation.

— Tu devrais sortir avec moi, dit-il.

Elle entendit Brynn s'étouffer à côté d'elle. Madison soupira.

— Je suis fiancée, mentit-elle bien qu'elle n'ait plus autant l'impression que ce soit un mensonge.

Mais elle n'y songerait pas maintenant.

— Je t'en prie, tu peux dire à ma mère que tu as tenté le coup.

— Ça n'a aucun rapport avec ta mère, Madison.

— Ça a tout à voir avec elle. Au revoir, Guy, dit-elle avant de repartir à l'arrière, ne voulant plus s'occuper de lui.

Elle se plongea à nouveau dans le travail, ravie qu'il n'ait pas réussi à se faufiler jusqu'à la cuisine.

L'audace de cet homme la laissait pantoise. Elle ignorait ce que sa mère détenait contre lui ou ce qu'elle lui avait promis en échange d'un mariage avec Madison, mais elle ne voulait rien avoir à faire avec ça. Il était peut-être séduisant, ils avaient peut-être des points communs, pourtant, à ses yeux, il était juste flippant. Et comme il acceptait de suivre les ordres de sa mère ? Non, merci.

Elle termina ses pâtisseries avant de retourner dans son

bureau pour travailler sur de la paperasse. Après sa journée, elle avait déjà mal à la tête.

Elle baissa les yeux vers son portable et vit que les filles avaient écrit dans leur fil de discussion commun pour prendre de ses nouvelles.

Elle était surprise qu'elles ne soient pas venues dans l'arrière-boutique, mais Brynn les en avait peut-être empêchées. Après tout, personne ne voulait d'un scandale. Elle, encore moins.

Madison : *Ça va. Je travaille. Merci beaucoup d'être venues, aujourd'hui. C'était bon de vous voir.*

Arden : *Tu es sûre que ça va ?*

Bristol : *On doit faire du mal à quelqu'un de ta part ? Parce qu'on le fera. Ou on enverra l'un des mecs.*

Holland : *On pourrait carrément s'en occuper, Bristol.*

Madison sourit.

Madison : *Je vais bien. Sincèrement. C'est juste le mec avec qui ma mère a essayé de me caser.*

Elle regarda le nom du fil de la discussion et fut ravie qu'il n'y ait qu'elles, sans Julia, car elle aurait alors dû gérer un autre mensonge.

Arden : *On organise une soirée entre filles et tu viens. On pourra parler de ton rencard et de tout ce dont tu n'aurais peut-être pas envie de discuter. Tu es l'une de nous, maintenant, même si tu ne le crois pas.*

Des larmes picotèrent les yeux de Madison. Que pouvait-elle répondre ?

Bristol : *Une bonne soirée entre filles où je promets de ne pas être agaçante.*

Madison gloussa.

Holland : *Elle fera de son mieux, haha.*

Bristol : *Tu sais que je suis assise dans la voiture, à côté de toi. Je pourrais te faire du mal, Holland.*

Madison éclata de rire.

Madison : *Une soirée entre filles, génial. Faites attention et ne vous faites pas de mal mutuellement.*

Elles échangèrent leurs au revoir. Madison sourit et reposa son portable sur le bureau, près de son ordinateur. Lorsqu'il sonna, elle décrocha sans regarder, se demandant si c'était l'une d'elles.

— Allô ?

— Madison. Je n'arrive pas à croire que tu aies rejeté Guy de cette manière. Comment as-tu pu ?

Madison grommela, sachant que c'était entièrement sa faute, car elle n'avait pas regardé le téléphone. Sincèrement, elle le méritait.

— Mère.

— Ne m'appelle pas *Mère* sur ce ton. J'ai une proposition pour toi.

— J'endure encore la dernière, déclara-t-elle d'un air fatigué.

Elle se pinça l'arête du nez.

— Surveille ce ton.

— Travaille d'abord sur le tien, répliqua Madison, qui était fière d'elle.

— La proposition, comme je l'ai dit. Tu viendras au séminaire de ton père au chalet. Pas d'excuses. Amène Aaron. Et si je donne mon approbation, je dirai à Guy de laisser tomber. Mais tu as intérêt à te tenir correctement.

— Maman, non. J'ai une vie. Je dois travailler. Aaron doit travailler. On ne peut pas tout laisser tomber et venir au chalet.

Elle détestait cet endroit. Il était toujours rempli de personnes qui souhaitaient profiter de sa famille et donc d'elle. Elle ne comptait pas jeter Aaron en pâture aux loups. Et elle savait qu'ils souhaiteraient sa présence. C'était un artiste montant, et sa famille fréquentait des cercles que ces gens brûleraient d'intégrer. Non, elle ne lui ferait pas subir ça.

— Je m'en moque, lui répondit Maeve.

— Mère.

— Fais-le et nous arrêterons. Nous te laisserons tranquille. Fais-le maintenant, autrement, nous n'arrêterons jamais. Nous ne voulons que ce qu'il y a de mieux pour toi.

Madison ferma les yeux et compta jusqu'à cinq, essayant de respirer. Elle aurait bien compté jusqu'à dix, mais elle savait que sa mère ne lui accorderait jamais ce temps-là. Il semblait que Maeve reconnaissait à demi-mot avoir franchi une limite. Madison croyait-elle que cela changerait quoi que ce soit ?

Elle n'en était pas sûre.

Si Madison et Aaron annulaient toute cette histoire de fausses fiançailles, sa mère laisserait-elle réellement tomber ? Madison avait envie de le croire, mais elle n'en était pas convaincue.

— Rien que cette fois, répondit-elle en se détestant. Si Aaron peut prendre du temps et laisser son projet de côté. Et si je peux demander à Brynn et à mes employés de me remplacer, je viendrai.

— Tu es la patronne et c'est un artiste. Vous pouvez tous les deux faire le nécessaire.

— Je vais faire de mon mieux.

— Ton *mieux* a intérêt à suffire.

Sa mère raccrocha sans prendre la peine d'ajouter quoi que ce soit, pas même un au revoir. Certainement pas un *je t'aime*.

Madison soupira et reposa le portable en se frottant les tempes alors que sa migraine empirait.

Elle pouvait y arriver. Elle pouvait se rendre au séminaire. En revanche, elle ne se comporterait pas comme sa mère le souhaitait. Si Aaron avait envie de venir, elle l'emmènerait. Autrement, elle s'y rendrait peut-être quand même, car elle devait accomplir cet ultime acte. Elle devait leur montrer qui elle était sans reculer. Après tout, c'était le but de toute cette mise en scène : lui donner le temps de se défendre seule. Et c'était exactement ce qu'elle allait faire. En face à face avec sa mère. Et si cela coïncidait avec la fin des conneries de Maeve ? Elle le ferait.

Elle ne se laisserait plus jamais marcher dessus.

Même si cela la brisait.

CHAPITRE ONZE

— Encore merci. Sérieusement. Je suis sincèrement surprise que tu aies accepté. Je te suis si redevable.

Aaron regarda Madison alors qu'elle continuait de radoter ses remerciements. Il secoua la tête avant de prendre le virage vers la route de montagne sur laquelle se trouvait le chalet.

— Tu dois vraiment arrêter de me remercier, lui dit-il alors qu'un sourire se dessinait sur ses lèvres. Enfin, à moins que tu veuilles le faire avec des faveurs sexuelles. Dans ce cas, on peut s'arranger.

Il n'avait pas besoin de la regarder pour savoir qu'elle rougissait jusqu'à la pointe des oreilles.

— Aaron Montgomery.

— C'est mon prénom. Je suis sûr que tu l'as crié, la nuit dernière.

Elle poussa légèrement son genou. Il se contenta de sourire.

— Tu n'as pas à me remercier pour ça. Je vais pouvoir séjourner dans un chalet luxueux dans lequel j'ai toujours voulu aller depuis que j'ai entendu dire que la vue y était magnifique. Et on ne va jamais dans ce genre d'endroit.

— Parce que Liam a son propre chalet en pleine montagne, répondit Madison en riant.

— Je crois que c'est plutôt une cabane dans les bois. Un manoir en rondins, si tu préfères. Il laisse certains de ses cousins la lui emprunter, parfois. Et nous avons dormi là-bas, récemment, pour notre week-end entre mecs.

— Je m'en souviens. Je suis encore jalouse de n'avoir jamais mis les pieds là-bas.

Elle lui fit un clin d'œil et Aaron sourit de nouveau.

— Je suis certain qu'on pourrait arranger ça, dit-il avant de marquer une pause. Tu sais, pour un grand rassemblement familial ou ce genre d'événement.

Il le déclara rapidement, puis se sentit immédiatement gêné. Il savait qu'elle le remarquait. Partir en week-end, juste tous les deux ? Ça n'aurait rien de faux, n'est-ce pas ? Se fréquentaient-ils réellement, maintenant ?

Avoir une véritable conversation à ce sujet aurait été agréable et leur aurait simplifié la vie. Néanmoins, il n'y avait rien de simple dans ce qu'ils étaient l'un pour l'autre et dans ce qu'ils faisaient. Car, dès qu'ils en discuteraient, il était probable qu'ils s'éloignent. Aaron le savait. Il n'avait pas envie qu'elle prenne ses distances avec lui. Il ne savait pas exactement ce qu'il souhaitait, mais il avait la certitude que ça n'était pas ça. Alors, ils improviseraient en espérant follement de tout cœur faire ce qu'il fallait.

Même s'il avait conscience que ce n'était pas le cas.

— Peut-être. Bon, aujourd'hui, on passe la journée au chalet. Il va y avoir beaucoup d'investisseurs de mon père et encore plus de gens qui, il l'espère, investiront. Il y aura aussi des hommes qui aiment simplement l'argent et se roulent dans les billets quand personne ne regarde. Ou peut-être quand les autres regardent. Je ne connais pas vraiment les règles.

Aaron ricana avant de prendre le prochain virage. Il n'était pas un grand fan de cette route. Elle était étroite et ils pouvaient sans doute basculer dans le ravin d'un moment à l'autre. Il devait prêter attention à ce qu'il faisait pour éviter de partir dans le décor. Quoique... cela serait peut-être préférable à ce que ce week-end leur réservait.

Mais il ne ferait jamais rien pour blesser Madison. C'était d'ailleurs le but de toute cette mascarade, n'est-ce pas ?

— Alors, je suis censé faire de la lèche avec les invités ou simplement passer du temps avec toi ? demanda Aaron en gardant les deux mains sur le volant et en s'y accrochant comme si sa vie en dépendait.

— Aucune idée. Je préférerais que tu restes auprès de moi tout le temps pour qu'on ne se retrouve pas seuls. Je n'arrive pas à croire que j'ai accepté.

— Moi, je le crois, marmonna-t-il.

— Parce que je ne sais pas me défendre seule ? demanda-t-elle d'un ton légèrement vexé.

Ravi qu'ils soient sur une ligne droite, Aaron tendit la main pour saisir celle de Madison et la serrer.

— Ce n'est pas ce que je voulais dire. Je crois en ce que tu fais. Tu m'as dit que tu le faisais parce que tu tenais tête à ta mère et que tu prévoyais d'être toi-même ce week-end. Je suis totalement partant. Et si, par la même occasion, on peut manger de bons repas et même profiter d'un peu de vacances, pourquoi pas ?

— Mais tu as dit que tu avais rendez-vous avec un gros client. Tu vas le manquer.

Aaron secoua la tête, retirant sa main afin de reporter toute son attention sur la route.

— Il a toujours été prévu par téléphone. Le client vit à New

York et ne peut pas constamment prendre l'avion. Il souhaite simplement discuter de quelques détails. Pas même par vidéo. Ça devrait rendre mon travail artistique plus intéressant, non ?

— Je n'arrive pas à croire que tu crées de telles œuvres avec tes mains. C'est dément. J'ai toujours eu envie de faire quelque chose comme ça, mais le mieux que je peux faire, c'est décorer mes cupcakes.

— Primo, tu sais exactement ce que je sais faire avec mes mains, susurra-t-il.

— Aaron.

— Je dis ça comme ça. Si tu tends une perche pour une blague coquine de ce genre, tu dois en assumer les conséquences.

— Ne fais pas ce type de blagues devant mes parents, c'est tout.

— Tu me prends pour quel genre d'hommes ? demanda-t-il, alors qu'il se sentait étrangement offensé.

— Tu as raison. C'est juste que je réfléchis trop et que je suis nerveuse.

— Pour être honnête, moi aussi, je suis un peu nerveux. Sans doute pas pour les mêmes raisons que toi.

Le chalet se trouvait au bout du virage. Il en était heureux, car il souhaitait la regarder quand il parlait, ce qui n'était pas chose aisée quand il essayait de ne pas tomber du flanc de la montagne.

— Pourquoi serais-tu nerveux ? Et pourquoi ce serait différent de *ma* nervosité ?

— Primo, je suis anxieux à l'idée de faire quelque chose qui poussera ta mère à me détester et qui gâchera tout ce qu'on essaie de faire.

C'était inévitable, comme il ignorait les intentions de Maeve.

— Ma mère te détestera uniquement si elle n'a pas l'impression d'avoir orchestré une partie de tout ça.

—Oui.

Il ne savait quoi dire d'autre, car, pour commencer, il détestait se retrouver dans cette situation avec elle. Il exécrait la manière dont Maeve traitait Madison. Néanmoins, ils tentaient de changer ça ou, du moins, la réaction de la jeune femme face à tout ça. Ce qui était la raison principale de sa présence. Ce n'était pas du tout parce qu'il souhaitait être encore plus proche de Madison.

Pas du tout.

— Alors, c'est tout ce qui te rend nerveux ? Parce que moi aussi, c'est ce qui me fait stresser. Seulement, j'ai peur que ce soit *moi*, qui gâche tout. Parce qu'il faut que je lui tienne tête et je vais le faire. Je ne fais pas ce qu'elle veut, mis à part venir ici.

— Difficile de lui tenir tête si tu n'es pas devant elle pour le faire, commenta-t-il honnêtement. J'imagine que c'est logique.

— Peut-être un peu, répondit Madison.

Il lui sourit une seconde avant de reporter son attention sur la route.

Elle lui sourit également.

—Autre chose te rend nerveux ?

—C'est surtout ça.

Il n'était pas certain de devoir ajouter quoi que ce soit, mais il était déjà à mi-chemin. Autant faire le grand saut.

—Je dois être au courant d'autre chose ?

— Pas vraiment. Je suis stressé par la rencontre normale entre le mec et les parents de sa petite amie.

Comme s'il y avait quoi que ce soit de normal dans ce qu'il ressentait et dans ce qu'ils faisaient.

—Je vois.

Elle demeura silencieuse un moment, comme pour réfléchir.

— Mais tu les as déjà rencontrés.

— Tu as raison. Donc je ne suis pas nerveux du tout, répliqua-t-il avant d'éclater de rire. Bon, d'accord, je suis stressé parce que c'est bien plus long qu'un dîner. Mais on peut y arriver. On y arrive *déjà*.

Madison gloussa tandis qu'Aaron se repassait son propre petit discours.

— Je voulais parler des fiançailles. Enfin, ça aussi, on le fait déjà.

— Merci de m'avoir fait rire, rétorqua-t-elle en gloussant.

— Attends, tu te moques de ma performance ? Dans ce cas, je me gare tout de suite pour te montrer ce que je veux dire.

Il la regarda se mordre la lèvre et retint un grognement.

— Non, Aaron. Pas d'ébats dans la voiture alors qu'on est en route pour retrouver mes parents.

Il acquiesça.

— Ça veut dire qu'on peut s'envoyer en l'air dans la voiture à d'autres moments ?

Elle secoua la tête en riant, bien plus heureuse que lorsqu'ils avaient entamé ce trajet. Il en était le responsable. Curieusement, il avait aidé Madison à se sentir plus légère. S'il trouvait un moyen de continuer à le faire, il donnerait son maximum. Simplement, il craignait que ça ne suffise pas.

Il chassa ces pensées en se garant devant le bâtiment à l'extrémité de la route sinueuse.

— Waouh. Cet endroit est plus grand qu'il en a l'air, sur Internet.

Madison soupira en regardant par la vitre.

— Mon père adore le chalet. Il aime avoir l'air d'un grand magouilleur quand il est ici. Mais c'est un bel endroit et la nourriture est excellente. Je devrais laisser mes sentiments de côté. Tu es sur le point d'être dorloté. On te demandera probablement aussi si tu souhaites investir dans une affaire. Ou bien ces gens voudront entrer dans ton cercle privé pour dire qu'ils connaissent les célèbres Montgomery.

— Ça me semble amusant, dit-il au travers de ses dents serrées.

— On peut faire demi-tour maintenant, si tu le souhaites, chuchota-t-elle.

— Tu sais, je pensais à la même chose pour toi. On peut s'en aller et passer des vacances de notre côté.

— J'ai pris un congé uniquement parce que j'essaie de prouver à ma mère que je peux être heureuse sans qu'elle orchestre toute ma vie. Et je sais que je donne l'impression de faire le contraire, en étant là où elle veut que je sois, mais elle a besoin de me voir heureuse, tu vois ?

— Oui. C'est la raison pour laquelle je suis là avec toi. Alors, allons-y, ma fiancée.

Elle sourit.

Le valet ouvrit la portière de la voiture sans qu'Aaron le lui demande. Soudain, ils se retrouvaient au milieu de tout ça. Tout comme ils l'avaient été chez les parents de Madison. Des gens prenaient leurs sacs, leur remettaient un ticket sur un bout de papier de qualité très élégant et les escortaient vers l'entrée du chalet.

La mère de Madison était là. Elle discutait avec deux femmes portant des perles et de jolies robes. Aaron figea donc un sourire sur son visage avant de passer un bras autour de la taille de Madison.

Elle leva les yeux vers lui, mais ne sursauta nullement.

Cela devait être un bon signe indiquant qu'ils s'habituaient l'un à l'autre.

Ou peut-être cela signifiait-il que, comme ils s'habituaient bien trop l'un à l'autre, ils souffriraient encore davantage à la fin.

Il devrait avoir peur de s'acclimater à la présence de

Madison à ses côtés. Car lorsqu'ils mettraient fin à tout ça, il ignorait comment il se sentirait. À vrai dire, il ne savait même pas ce qu'il ressentait *en ce moment*. Mais cela n'avait pas d'importance, pour le moment, parce qu'il avait un rôle à jouer, celui du fiancé dévoué. Il devait aider Madison à traverser cette épreuve. Car elle en était capable. Il le savait, le cousin de Madison le savait, les Montgomery le savaient. Maintenant, il fallait juste qu'elle s'en rende compte elle aussi.

— Madison, chérie, la salua Maeve McClard en avançant sur des escarpins.

Aaron avait mal aux chevilles rien qu'en les voyant.

— Mère, dit Madison en se penchant pour embrasser sa mère sur la joue.

Manifestement, il s'agissait des personnes que Maeve McClard souhaitait impressionner. Elle adoptait donc son meilleur comportement maternel.

Ce week-end serait intéressant.

— Ah. Joyce, Miranda, je vous présente ma fille, Madison. Je suis sûre que vous vous souvenez d'elle. Et voici son fiancé, Aaron Montgomery.

— *Le* Aaron Montgomery ? demanda Joyce ou Miranda.

L'intéressé n'était pas certain d'apprécier la manière dont ce week-end commençait. Madison se pencha légèrement vers lui, comme pour le soutenir, alors que cela aurait dû être le contraire. Merde.

— Oui, cet Aaron Montgomery. Son frère est Liam Montgomery. Vous savez, l'écrivain ? Cet ancien mannequin qui vient d'avouer au monde entier ce qu'il écrivait sous son nom de plume. Nous sommes si reconnaissants que cette famille fasse partie de la vie de Madison. Oh, il a également une sœur, Bristol Montgomery. Vous avez assisté à son concert, je crois. Nous y sommes allés l'année dernière, quand nous passions l'été dans les Hamptons. Tu ne t'en souviens pas, chérie ? demanda Maeve à Madison.

Cette dernière se contenta de battre des paupières, comme si elle était ébahie que sa mère fasse ainsi étalage de ses relations.

Même Aaron était quelque peu stupéfait.

— Ma famille est talentueuse. Cependant, j'ai dû gérer leurs disputes pour savoir qui s'assiérait à l'avant quand nous étions plus jeunes, bien avant l'époque des sièges auto. Alors, disons que je ne les vois pas tout à fait comme le reste du monde.

Les femmes ricanèrent, bien que Maeve ait légèrement plissé les yeux comme si elle était peu amatrice de l'humour d'Aaron.

S'améliorerait-il ? Peut-être. Dirait-il à cette femme d'aller se faire foutre avant la fin du week-end ? Très probablement.

Ce fichu séminaire serait véritablement interminable.

— J'étais ravie de vous rencontrer. Mère, nous devons nous installer dans nos chambres.

— Nous ne vous avons réservé qu'une seule chambre, chérie. Vous êtes fiancés, après tout. Et nous ne sommes pas aussi démodés.

Sa mère lui adressa un clin d'œil. Aaron battit des paupières à plusieurs reprises, se demandant quelle direction prenait cette conversation et ce qu'il était censé dire ou faire.

— Mère, la réprimanda Madison.

Son ton ressemblait tant à celui de Maeve qu'Aaron cligna des yeux. Madison dut s'en rendre compte également, car elle eut un mouvement de recul et déglutit tant bien que mal.

— Bref, merci. Vous savez, devoir se faufiler dans la chambre de l'autre au milieu de la nuit n'aurait probablement pas été idéal.

Les autres femmes éclatèrent de rire tandis que Maeve plissait les yeux encore davantage.

— Comme si j'allais t'obliger à faire la *marche de la honte*, répondit Aaron en riant sincèrement. C'est moi qui devrais repartir discrètement, bien sûr. Mais je n'oublierais sans doute pas ma clé comme la dernière fois que je me suis retrouvé en serviette dans le couloir. C'était gênant.

— Au moins, ta serviette n'est pas retombée cette fois-ci, rétorqua Madison en riant.

Il se pencha en avant et déposa un baiser sur sa tempe, sans même se préoccuper qu'ils aient un public. Cependant, le fait qu'ils aient un public était exactement la raison pour laquelle il aurait dû commencer par ça. N'est-ce pas ?

Seigneur, il s'y prenait mal. Il allait sans doute commettre une succession d'erreurs, mais ils arriveraient à surmonter ça. Car Madison montrait qui elle était, avec son humour et son désir furieux.

Il pouvait y arriver.

— Rejoignez votre chambre. Installez-vous. Et rafraîchis-toi peut-être un peu.

— Merci pour le compliment, répondit sèchement Madison.

Aaron ignora cette pique. Il commençait à s'y habituer. Malheureusement.

— Ton père et moi nous sommes déjà occupés de votre arrivée. Il a la clé. Pourquoi n'iriez-vous pas le voir pour être sûrs que tout est prêt ? Il est en compagnie des maris de Joyce et Miranda, quelque part de l'autre côté de l'auberge. Tu vas les adorer, Aaron. Ils aimeraient discuter de quelques sujets avec toi. Je sais que tu es jeune, mais bientôt, tu devras penser à investir à plein temps, et ce sont exactement les personnes à qui tu dois t'adresser.

Joyce et Miranda hochèrent la tête tandis que Maeve lui portait le coup de grâce.

— Après tout, il est temps de s'assurer que tu es sur la bonne voie et à la hauteur, si tu comptes épouser ma petite fille.

Elle sourit comme un piranha aux dents aiguisées. Il se contenta de faire rouler ses épaules en arrière et de lui décocher son sourire le plus ravageur. Joyce et Miranda semblèrent le remarquer, car il vit leurs lèvres s'entrouvrir très légèrement.

Oui, il savait ce qu'il faisait et il s'en moquait.

— Bien sûr, je sens que le week-end sera intéressant, dit-il sèchement.

— Nous verrons si nous aurons le temps pour tout ça, Mère, dit Madison en lui tirant le bras. Merci de nous avoir enregistrés dans notre chambre, ça nous soulage d'un poids.

— Aucun problème, chérie. Oh, j'ai failli oublier. Guy sera présent, ce week-end. Passe du temps avec lui. Nous ne voudrions pas qu'il se sente rejeté.

Évidemment que Guy serait là.

C'était parfaitement logique.

— Je suis sûre que Guy peut s'occuper tout seul, Mère. C'est un grand garçon.

— Tu ne voudrais pas être malpolie, chérie.

— Personne ne le souhaiterait, n'est-ce pas, Mère ?

Aaron réprima un ricanement et pressa la hanche de Madison.

— Sur cette note, allons chercher notre clé et visiter notre chambre. Cet endroit est magnifique. J'ai hâte de voir le reste.

Il hocha la tête en direction des femmes.

— Mesdames.

Il entraîna Madison en luttant pour ne pas éclater de rire.

— Elle est sans gêne, chuchota-t-elle dans sa barbe.

— Complètement. Je suis sûr que je vais être comme une expérience scientifique pour ces gens.

— Je les repousserai pour toi.

— Je croyais que c'était mon boulot, murmura-t-il, bien qu'il apprécie qu'elle souhaite le défendre.

— On peut le faire l'un pour l'autre. On est ensemble dans cette histoire. Amis avant tout, non ?

Il manqua de trébucher. Il baissa les yeux vers elle et déglutit tant bien que mal.

— Amis avant tout. Rien d'autre ne se mettra entre nous.

Il n'avait pas voulu dire cette dernière partie de phrase, mais il se rendit compte que c'était exactement la chose à dire quand elle lui décocha un petit sourire et se mit sur la pointe des pieds pour l'embrasser sur les lèvres. Il s'appuya contre elle, ne souhaitant pas l'embarrasser en allant plus loin alors même qu'il avait besoin de son goût.

Il était vraiment dans de beaux draps.

À mesure que la soirée progressait, tout le monde fit exactement ce qu'il avait supposé : ils voulaient son argent et une part de lui. Il craignait ce qui allait lui arriver. À elle. À eux.

Personne ne cherchait vraiment à le connaître ou n'avait vraiment envie de lui parler.

Non, ils voulaient son argent. Celui de son frère. Se rapprocher de sa famille pour le nom, rien de plus.

Ils voulaient un morceau de lui, alors que tout ce qu'Aaron voulait, c'était Madison.

Ce qui l'effrayait plus que tout. Car tout cela était faux. Ça n'était pas authentique.

S'il ne commençait pas maintenant à se le rappeler, Madison et lui finiraient par en souffrir. Et il était terrifié à l'idée de finir en mille morceaux lorsqu'elle partirait.

Honnêtement, il ignorait qui il serait après ça.

CHAPITRE DOUZE

— Sérieusement, on pourrait croire qu'elle aurait fini par apprendre de quel genre de Botox elle a besoin, après toutes ces années. On ne peut pas simplement choisir le moins cher et s'attendre à ce que nos sourcils restent en place.

Madison but une gorgée de son martini et s'éloigna lentement de la conversation, ne sachant que dire pour aider ou donner son avis. Quelques-unes de ses amies d'université utilisaient maintenant du Botox et elle n'y voyait aucun inconvénient. Chacun faisait ce qu'il souhaitait de son corps tant qu'il était heureux.

Peut-être essaierait-elle un jour, mais elle devrait alors effectuer des recherches plus approfondies pour savoir ce qui était bien ou non. Cependant, elle n'était pas d'humeur à écouter ces femmes se plaindre des injections de Botox d'une autre et la dénigrer.

Madison souhaitait plutôt être chez elle et passer du temps avec ses amis. Honnêtement, elle n'avait qu'une envie : être avec Aaron.

Ce qui devrait sans doute l'effrayer.

C'était sincèrement le cas, car sa relation avec lui n'était pas authentique. Et si elle ne se le rappelait pas toutes les dix minutes environ, elle finirait sans doute brisée.

Elle devait simplement se souvenir que c'était faux. Ils se sépareraient en tant qu'amis, même s'ils couchaient ensemble et profitaient de la compagnie de l'autre. D'une manière ou d'une autre, ils y arriveraient. Si c'était possible.

— Je n'arrive pas à croire qu'elle n'ait pas fait cette abdominoplastie, critiqua une autre femme.

Madison but une gorgée de son martini et traversa la pièce, s'éloignant de sa mère et de ses amies commères.

— Sérieusement, mais pour qui se prend-il en étant avec une femme *et* un homme ? Je ne comprends pas comment Maeve peut supporter d'avoir ce genre de personnes dans sa famille.

Madison manqua de trébucher en entendant la conversation et se retourna vers les trois femmes au coin de la pièce qui discutaient de Lincoln, de toute évidence. Lincoln, Ethan et Holland. Trois des plus belles âmes que Madison ait jamais connues. De merveilleuses personnes qui l'aimaient et s'aimaient mutuellement. Que ces femmes aillent au diable. Elle comptait bien le leur dire.

— Excusez-moi ? demanda Madison d'une voix calme.

Elle en était au deuxième martini. C'était sans doute la raison pour laquelle elle prenait la parole. C'était d'ailleurs la raison de sa présence, non ? Montrer au monde et à sa mère qu'elle avait du cran. Voilà qu'elle en faisait usage.

— Oh, chérie. Tu es là. C'est une si belle... robe.

Madison perçut la pause avant le mot *robe*, mais elle ne s'en préoccupa nullement. Elle se trouvait superbe et ce petit habit rouge avait assombri le regard d'Aaron quand elle était sortie de la chambre. Tous les autres pouvaient bien aller se faire voir.

Madison était si fatiguée de tout ça. Pourquoi était-elle là ? Elle ne soutenait nullement son père. Il n'avait pas besoin de sa présence. Sa mère voulait simplement faire défiler Aaron devant ses semblables. Ou alors elle comptait convaincre d'une manière ou d'une autre sa fille de tomber sous le charme de Guy. Mais non, Madison tombait amoureuse d'Aaron.

Cette dernière battit des paupières et chassa ces pensées. Non, non, non, elle ne pouvait pas tomber amoureuse d'Aaron Montgomery. Elle pouvait faire semblant d'être en couple avec lui, mais elle ne pouvait tomber amoureuse de lui. Elle avait besoin de protéger son cœur, même si cela lui semblait impossible.

— Nous parlions justement de ton charmant cousin. J'ai l'impression qu'il n'est pas là.

— J'en suis ravie, répondit Madison.

Lincoln et sa famille n'avaient pas été invités. S'il n'avait pas déjà trouvé les amours de sa vie, Maeve aurait trouvé un moyen de l'attirer ici afin de se servir de ses relations et de sa célébrité. Mais maintenant qu'il était en trouple ? Impossible qu'il soit convié à ce genre d'événements.

Madison détestait le fait d'être présente.

Enfin, plus maintenant. Elle en avait assez de tout ça. Elle n'avait pas envie d'aider ses parents et n'était même plus certaine de vouloir qu'ils l'aiment. Ils ne l'avaient jamais aimée comme elle l'avait souhaité, dans tous les cas. Elle en avait assez.

— Je ne suis pas sûre qu'il voudrait être ici, de toute façon, continua Madison. Compte tenu du genre de personnes qu'on y croise, visiblement.

— Excuse-moi ? dit l'une des femmes.

Joyce. Elle s'appelait Joyce. La femme qui avait dévoré le corps d'Aaron du regard à leur arrivée.

Non, merci.

— Je sais *exactement* qui est ici. Et Lincoln n'a pas besoin de participer à tout ça. Bon sang, je crois que je n'en ai pas besoin non plus. Et si je vous entends encore parler de lui et de sa famille de cette façon, vous aurez affaire à moi.

— Et que peux-tu faire, exactement, Madison McClard ?

— Peut-être pas grand-chose envers une personne comme toi. Mais c'est bien là le problème, non ? Je me fiche de ce que vous faites tant que vous n'évoquez plus le nom de famille de mon cousin et ce qui le regarde.

Sur ces mots, elle tourna les talons et s'en alla alors qu'elle était à deux doigts de trembler.

Elle savait que sa mère serait mise au courant, mais elle s'en moquait. Elle ne devrait pas être ici. Elle devrait rentrer chez elle et considérer que c'était tant pis. Elle n'aimait pas la personne qu'elle devenait, quand elle fréquentait ces gens. Elle était gentille. Elle aimait rendre les gens heureux. Voilà le but de son café et de ses cupcakes. Et pourtant, elle s'en prenait à une autre femme qui avait osé parler de Lincoln. Lui se serait sans doute contenté de l'ignorer, car il aurait pensé qu'elle ne méritait pas son temps.

Maeve lui lança un regard noir à travers la pièce. Madison se hâta de s'éclipser, refusant d'affronter les conséquences. Honnêtement, si elle devait lui faire face maintenant, elle risquait de dire des choses qu'elle regretterait plus tard. Non pas parce qu'elles seraient fausses, mais parce que Madison ne voulait pas faire d'esclandre. Elle n'avait pas besoin de blesser sa famille pour prouver qui elle était. C'était à eux de s'en rendre compte tout seuls.

Elle monta à l'étage, attristée qu'Aaron soit avec son père, Guy et le reste des hommes. Ils buvaient du scotch et fumaient sans doute, même si elle doutait qu'Aaron s'y risque, lui qui plaisantait sur le fait de tousser comme un adolescent avec sa première cigarette dès qu'il touchait à un cigare.

Mais il traînait quand même avec eux, à faire semblant d'être le fiancé parfait.

Elle se servait de lui.

Elle devrait changer cela.

Elle entra dans la suite qui lui coupait le souffle chaque fois qu'elle mettait un pied à l'intérieur. Tout était élégant et donnait l'impression de se trouver au Ritz de Paris plutôt que dans un chalet à Boulder, dans le Colorado.

C'était bien le goût de sa famille : élégant et prétentieux.

Cependant, elle ne comptait pas faire la fine bouche. Elle profiterait de ce qu'elle avait, même si elle se faisait hurler dessus plus tard. Et elle se défendrait ensuite comme elle l'avait fait toute la journée.

— Je vais prendre un bain, se dit-elle.

Elle profiterait d'un agréable bain moussant, en attendant qu'Aaron en ait fini et se libère des autres. Ils regarderaient ensuite un film ou auraient des ébats torrides.

Bon, ce dernier martini lui était peut-être monté à la tête.

Mais c'était bien ça, le plus amusant. Elle avait chaud et se sentait en confiance, comme si elle pouvait dominer le monde.

Elle pouvait peut-être avouer à Aaron ce qu'elle ressentait.

Non, impossible. Parce qu'elle n'en savait rien.

Et le lui dire gâcherait tout.

Elle partit vers la salle de bain de la suite et manqua de trébucher sur ses talons. Elle les retira et regarda l'immense panier posé au milieu du lit.

Elle n'avait rien commandé. Elle se demanda donc si elle avait réussi à entrer dans la mauvaise chambre. Elle regarda autour d'elle et vit sa valise à côté de celle d'Aaron. Elle fronça les sourcils.

— D'accord, chuchota-t-elle en se demandant qui avait envoyé le cadeau.

Il venait peut-être d'Aaron.

Étourdie et un peu trop fiévreuse à cette idée, elle se dirigea vers le lit et baissa les yeux vers le panier. Son corps entier se figea.

Si c'était de la part d'Aaron, la nuit serait intéressante.

Le panier était rempli à ras bord de divers sex toys, vibro-masseurs, culottes comestibles, préservatifs, lubrifiants, liens en velours, masque et Dieu seul savait quoi d'autre.

— Oh, mon Dieu, chuchota-t-elle avant de commencer à fouiller dans le panier.

Elle se demanda alors si ce n'était qu'une plaisanterie. Ou Aaron avait-il en tête des choses pour lesquelles elle serait prête ?

— Est-ce que c'est un... ? Oui, c'est un plug anal, chuchota-t-elle en le sortant du panier.

Tout était neuf et encore emballé. Elle cligna des yeux, se demandant ce qu'avait pensé le pauvre employé qui avait été obligé de mettre ça dans leur chambre.

Aaron l'avait peut-être apporté lui-même ?

Le corps vibrant d'anticipation, elle regarda enfin le petit mot. Son visage prit une teinte cramoisie alors qu'elle était purement mortifiée.

C'est pour toi, passe un très bon moment. Ne nous demande pas comment on a su. On a vu ton visage. On sait. Ne fais rien qu'on ne ferait pas. Bon, fais tout ce qu'on ferait. Beaucoup de choses. Mais ne nous raconte pas tout parce que... beurk.

Madison fut secouée d'un rire alors qu'elle regardait le mot et les cadeaux de Bristol, Arden, Holland et Zia.

Apparemment, les filles souhaitaient qu'elle passe un très bon week-end. Le fait que Bristol ne veuille rien savoir de plus tombait sous le sens.

Madison écarquilla les yeux. Elle jeta un coup d'œil à un sex-toy particulièrement épais au milieu. Elle le déballa, faisant de son mieux pour en faire le tour avec son majeur et son pouce.

— J'ignore si ça va entrer, marmonna-t-elle en se retenant de rire.

— On pourrait toujours tenter le coup.

Elle se figea et se retourna lentement pour regarder Aaron. Il se tenait là, les mains dans les poches de son costume, le contour de son érection poussant contre sa braguette de façon flagrante. Il avait retroussé ses manches jusqu'aux coudes. Elle en avait l'eau à la bouche.

Elle adorait ses avant-bras.

— Salut, dit-elle d'une voix bien trop essoufflée.

— Salut. Je vois que tu as pris de quoi passer un bon week-end, dit-il alors que son regard pétillait autant d'amusement que de désir et d'envie.

— Euh, c'est un cadeau. Des filles. Tout est neuf. Et maintenant, je vais me cacher sous le lit.

— Oh, non, je ne crois pas.

Il avança vers elle comme un prédateur. Un putain de prédateur. Elle se pencha en arrière quand il lui tira les cheveux et écrasa sa bouche contre la sienne. L'épais godemichet était coincé entre eux. Elle le serra sans le vouloir. Aaron recula et baissa les yeux vers le gland boursouflé.

— Tu sais, je suis certain que tu n'auras pas besoin de sex-toy tant que je serai dans les parages, lui promit-il alors que ses yeux brillaient joyeusement.

— J'ignore d'où sort cette réplique, mais je ne m'attendais pas à ce que tu dises quelque chose de ce genre, répliqua-t-elle en riant.

— C'est vrai.

Il scruta le visage de Madison et coinça une mèche de cheveux derrière son oreille.

— Tu es vraiment ivre, là ?

Elle haussa un sourcil.

— J'ai perçu le goût de la vodka et du citron. Ça se mélangeait assez bien avec mon whisky.

— Je ne suis pas du tout ivre. Je suis parfaitement sobre après ce regard.

— Tant mieux. Très bien. Je n'ai bu que deux verres, mais je suis sûr que je peux m'enivrer avec autre chose.

— Devrais-je te demander à quel point tu es ivre ? chuchota-t-elle en serrant les cuisses par anticipation.

— Je ne le suis pas du tout. Bon, avec quoi veux-tu jouer, aujourd'hui ? demanda-t-il à voix basse.

Ce grondement affecta directement le sexe de Madison.

— Euh, peut-être pas le gode. Honnêtement, j'ai l'impression qu'il pourrait me faire mal.

Aaron sourit et lui caressa la mâchoire.

— Pourquoi pas ce tout petit plug que je vois ?

Elle écarquilla les yeux avant de regarder une nouvelle fois le panier et de déglutir péniblement.

— Il ne m'a pas l'air tout petit.

— Eh bien, si tu veux ma queue dans ton beau petit cul, un jour, il va falloir qu'on s'entraîne avec quelque chose d'un peu plus petit.

Elle le regarda en clignant des yeux, serrant une nouvelle fois les cuisses.

— C'est quelque chose que tu voudrais faire ? demanda-t-elle sans savoir quelle réponse elle souhaitait.

Il passa la main autour de sa taille et vint lui pincer les fesses avant de les écarter légèrement sous sa robe.

— Je suis partant pour tout ce que tu veux faire. Mais oui, l'idée de glisser ma queue dans ton charmant petit cul... J'ai clairement envie d'essayer, un jour. Si tu m'y autorises.

— Oh.

Il ne cessait de dire « un jour » et de parler au futur, ce qui la faisait autant mouiller que l'idée qu'il la pénètre.

Allait-elle finir par souffrir à cause de tout ça ? Très probablement. S'en préoccupait-elle en ce moment ? Pas le moins du monde.

— D'accord, chuchota-t-elle.

Il se figea.

— D'accord, quoi ?

— D'accord, on peut s'entraîner avec le... Tu vois.

Il sourit.

— Non, je ne vois pas. Tu vas devoir me l'exposer clairement.

— Aaron.

— Madison, geignit-il en riant.

— D'accord. J'adorerais que tu mettes ce plug anal dans mon cul pour me préparer, si je te laisse un jour me prendre par ce trou. Ça te va ?

Il rejeta la tête en arrière et rit. Elle le repoussa au niveau du torse avant qu'il n'écrase une nouvelle fois sa bouche contre la sienne. Elle fondit contre lui.

— J'adore quand tu me balances des détails techniques et des obscénités.

— Un jour, je vais m'arracher les cheveux à cause de toi.

— C'est faux. Tu aimes passer du temps avec moi. Et tu aimes mon goût. Et tu aimes que je te touche.

À vrai dire, elle adorait ça.

Et elle était pétrifiée à l'idée de tomber sous son charme. Et pas seulement sous le charme de son érection.

Néanmoins, elle ne pouvait rien en dire.

Pas quand cela pouvait tout gâcher.

— Touche-moi ? chuchota-t-elle.

— Commençons.

Il l'embrassa lentement. Puis ils se déshabillèrent mutuellement, avec douceur. Elle se cambra contre lui, tant elle avait besoin de son contact, de tout.

Elle se retrouva sur le dos, la tête d'Aaron entre ses jambes alors qu'il léchait, suçait et lui procurait du plaisir.

Le bruit sec d'un emballage la fit déglutir. Aaron lui adressa un clin d'œil avant de se lever et de tout préparer.

— Continue de toucher ta poitrine et ton clitoris et assure-toi d'être prête pour moi. Je vais simplement faire en sorte que tout soit agréable et sûr pour toi.

Elle hocha la tête, glissant la main entre ses jambes. Elle riva son regard sur lui et uniquement sur lui alors même qu'elle pensait à ce qu'il allait lui faire.

Ce qu'il lui faisait déjà.

Il réapparut, posant subitement la bouche sur son intimité pour lécher et suçoter. Quand il finit de la préparer et que le plug appuya doucement contre son entrée, elle se crispa une minute. Aaron souffla alors sur son sexe et joua avec son clitoris avant de croiser son regard.

— Détends-toi pour moi, prends tout.

Elle déglutit tant bien que mal et obéit. Lorsqu'il la pénétra, elle remua sous l'effet de la pression, appréciant la sensation tout en ignorant ce qu'elle ressentait.

Aaron la lécha et la suçota alors. Lorsqu'il appuya sur son clitoris, décrivant des cercles fermes sur le bourgeon de nerfs, elle jouit dans une explosion, son corps entier tremblant.

Il s'agenouilla, se lécha les lèvres et se déshabilla lentement en ne cessant de la regarder.

— Magnifique, chuchota-t-il.

— Aaron.

— Oh, on n'en a pas fini.

Il tendit la main vers un autre objet qu'il avait préparé et elle écarquilla les yeux.

— J'ai toujours voulu essayer ce genre de vibromasseurs, lui expliqua-t-il.

Les vibrations se propagèrent en elle, faisant durcir ses tétons et la rendant totalement humide.

Elle avait l'impression qu'elle allait jouir à l'instant même.

Tout était presque trop intense, et pas seulement les sensations physiques avec Aaron ou les jouets.

Lorsqu'il appuya le vibromasseur contre son clitoris, elle décolla du lit. Il rit, dans un gloussement rauque qui résonna dans tout son être. Elle lui sourit avant de grommeler, puis de crier son nom.

Elle explosa tel un canon, jouissant si fort qu'elle en fut presque embarrassée.

Honnêtement, il n'y avait aucune honte à avoir avec Aaron. Elle n'avait pas le temps pour ça.

Il s'assurait toujours qu'elle obtienne ce qu'elle souhaitait. Ce dont elle avait besoin. Des choses qu'elle n'avait même pas eu conscience de désirer.

Lorsqu'il la fit jouir à nouveau, elle eut l'impression que son corps devenait si mou qu'elle ne pouvait plus rien supporter. Mais Aaron se pencha ensuite au-dessus d'elle.

— Je vais te baiser avec ce plug dans ton cul. Ça te va ?

— J'ai simplement besoin de toi en moi, haleta-t-elle.

— D'accord. Tout ce que tu veux. Je suis juste ici.

Il la pénétra lentement, centimètre par centimètre, avec tant de tendresse et d'attention qu'elle faillit en pleurer.

Lorsqu'il recueillit ses larmes avec sa langue et l'embrassa sur les joues, elle réalisa qu'elle pleurait réellement. Elle savait qu'elle devait rompre leur lien et prendre ses distances, mais elle en était incapable.

Pas quand il était là. Pas quand il lui procurait autant de sensations. Pas avec tant de... Aaron.

Elle bougea au même rythme que lui, se sentant comblée, satisfaite et tellement aimée.

Cette dernière idée n'était peut-être qu'un pur produit de son imagination. Tout cela pouvait être faux, elle s'en moquait.

Elle se cambra plutôt pour lui. Cette fois-ci, quand elle jouit, les larmes coulèrent plus intensément tant les sensations la dépassaient.

Tout était trop.

Il jouit en même temps qu'elle, remplissant le préservatif alors qu'elle ne s'était même pas rendu compte qu'il en avait mis un. Il cria le nom de Madison et lui chuchota des mots doux qu'elle ne comprenait même pas.

Ça n'était pas réel. Ça ne pouvait pas l'être. Ils n'étaient qu'amis et il prenait seulement soin d'elle. Elle était venue s'affirmer, mais elle en était incapable avec lui. Elle avait si peur.

Tellement peur.

Quand il s'occupa d'elle ensuite, les nettoyant tous les deux, elle laissa échapper un petit gémissement et se blottit dans ses bras, submergée par l'émotion.

—Je suis là, Madison. Je ne partirai jamais. Je suis là.

Elle souhaitait tant que ces mots soient réels, mais elle n'arrivait pas à y croire. Parce qu'ils avaient débuté cette relation sur un mensonge. Comment cela pouvait-il être une réalité ?

Comment cela pouvait-il être autre chose qu'un rêve ?

Pendant qu'elle s'endormait dans ses bras, elle eut l'impression d'entendre des mots qui voulaient dire bien plus. Mais ça n'était pas le cas.

Ce n'était qu'un rêve. *Il* n'était qu'un rêve.

Lorsqu'ils prendraient leurs distances l'un avec l'autre, elle en mourrait sûrement.

Il emporterait les miettes qu'il lui restait de son âme.

Elle oublierait donc pendant un moment. Et respirerait.
Puis elle trouverait ce qu'elle devait faire.
Plus tard.

CHAPITRE TREIZE

Aaron laissa sa tête retomber en arrière en glissant les doigts dans les cheveux de Madison et en grognant pendant qu'elle le suçait profondément. Il ouvrit les yeux et observa les cheveux blonds et roses flottant au-dessus de sa verge. La bouche de Madison était une chaude étuve humide qui lui donna envie de jouir dans l'immédiat. Mais il se retint, ne voulant pas que cela se termine.

Il s'était réveillé avec une furieuse érection et le besoin de jouir, mais il s'était retenu et s'était lentement placé entre les cuisses de la jeune femme. Il l'avait réveillée avec un orgasme, la dévorant jusqu'à ce qu'ils soient tous les deux en sueur et en manque. Plutôt que de plonger en elle comme il en avait eu envie et de s'envoyer en l'air pour vivre la meilleure des matinées, il avait roulé sur le dos face à l'insistance de Madison. Il vivait désormais sa meilleure vie tandis qu'elle s'affairait sur sa verge et le suçait comme si elle avait attendu une éternité pour le faire.

Il n'arrivait pas à respirer ni à se concentrer. Il n'avait

qu'une envie : rester au lit avec Madison pour le reste de la journée, même s'il savait que c'était impossible.

C'était le bonheur.

Un putain de pur bonheur.

Ils avaient des choses à faire, aujourd'hui, un programme bien chargé à cause du séminaire et de tout ce qui avait un rapport avec la raison de leur venue au chalet. Mais tout cela fut chassé de son esprit, car il voulait seulement pénétrer la femme au-dessus de lui. Pour voir combien de temps ils pouvaient continuer à se faire jouir mutuellement, peut-être jusqu'au coucher du soleil.

Madison fredonna autour de son sexe et creusa les joues pour le serrer encore davantage.

Il grogna, relevant inconsciemment les hanches. Il tenta ensuite de les abaisser pour lui donner le contrôle. Elle appuya les mains contre sa cuisse et gronda. Elle avait manifestement besoin de plus.

Elle lécha et suça, mais, lorsqu'elle saisit ses testicules, il fut perdu. Il lui tira les cheveux pour l'éloigner.

Elle releva la tête et se lécha les lèvres. Face à ce regard, celui d'une femme comblée et satisfaite, il jouit et plaqua la main sur l'extrémité de sa verge pour s'y déverser, plutôt que sur les tétons de la jeune femme, comme il le souhaitait plus ou moins. Il ne lui avait pas demandé la permission et ne comptait pas jouir au fond de sa gorge ou n'importe où ailleurs sans son autorisation.

Madison se lécha les lèvres à nouveau et lui sourit. Il tendit sa main propre pour lui caresser la hanche, puis le haut de sa cage thoracique avant de passer à la courbe délicate de sa poitrine.

— Bonjour, dit-il d'une voix légèrement rauque.

— Bonjour. J'imagine que c'est une façon comme une autre de se réveiller.

Il rit et secoua la tête avant de l'attirer vers lui pour l'embrasser.

— J'imagine. Je crois qu'on est en retard.

Elle s'éloigna et regarda le réveil sur la table de nuit.

Elle jura.

— Ma mère va nous tuer.

— Peut-être. Ou alors, elle ne le remarquera pas, comme elle sera trop occupée avec les autres invités. On peut se faufiler discrètement par l'arrière.

— On a vingt minutes pour descendre et prendre le petit déjeuner. Et j'ai une coiffure post-coïtale.

Il sourit et lui tira légèrement les cheveux.

— Oh que oui ! De beaux et magnifiques cheveux bien décoiffés par le sexe.

— On dirait que tu as baisé mes cheveux toute la nuit, plutôt que moi.

Aaron grimaça.

— D'accord. Je ne suis pas doué avec les mots, le matin, sans mon café. Enfin, même si me faire réveiller de cette manière, c'est plus ou moins la meilleure des façons.

— Je crois que c'est toi qui m'as réveillée en mettant la tête entre mes cuisses.

— C'est vrai, il faudra que je recommence.

Il ignora le pincement agaçant dans son cœur à cette pensée. Leur mascarade s'achèverait-elle une fois qu'ils quitteraient le chalet ? Madison s'affirmait déjà tellement au point où il savait qu'elle voyait désormais comme lui : une femme forte et confiante qui n'avait plus à subir sa famille.

Il ignorait ce qu'ils faisaient, en ce moment. Jouaient-ils simplement ensemble ou ignoraient-ils volontairement qu'ils ne savaient pas ce qu'il se passait ?

Il chassa ses pensées, car il avait passé une merveilleuse matinée, jusqu'ici, et ne voulait pas la gâcher avec la réalité.

Ils sortirent du lit et se douchèrent rapidement ensemble. Non pas parce qu'il n'avait pas envie de coucher avec elle, de la toucher, de la goûter ou de lui faire d'autres choses pour prolonger le moment, mais parce qu'ils étaient vraiment en retard.

Il entreprit de sortir les vêtements de la jeune femme, surtout parce qu'elle avait mentionné ce qu'elle comptait porter, tandis qu'elle se séchait les cheveux. Il parcourut la suite, vêtu d'une simple serviette, préparant tout pour leur journée. Il espérait s'y prendre comme il le fallait. Autrement, il pouvait arranger ça, mais il ne voulait pas que Maeve soit encore plus agacée contre Madison qu'elle ne l'était déjà par sa simple existence.

Il ricana à cette idée avant de retourner vers le miroir, à côté de Madison, pour débuter sa routine.

Les cheveux de la jeune femme étaient secs et rassemblés en un chignon à l'arrière de son crâne, quelques mèches encadrant son visage.

— J'aime bien cette coiffure.

Elle gloussa.

— Ils ne sont pas complètement secs et ondulent un peu, mais comme ça, je peux cacher le rose.

— Je déteste l'idée que tu sois obligée de le cacher.

— Moi aussi. En temps normal, je m'en ficherais, mais ça facilite les choses. Pas nécessairement pour ma mère, mais pour les autres. Je n'aime pas trop me retrouver au centre de l'attention.

— Tu es tout de même magnifique, alors qu'est-ce que j'en sais ?

Il la fessa par-dessus sa culotte et elle plissa les yeux en le regardant.

— Ne sois pas si fringant avec moi. On est vraiment en retard.

Il se pencha et l'embrassa ardemment sur les lèvres.

— On s'habitue encore à se préparer l'un à côté de l'autre. C'est assez difficile quand tu me distrais.

— Tu sais, je ne me suis jamais préparée aux côtés d'un homme, avant. Je n'aime pas le fait que tu sois presque prêt alors que je dois encore me maquiller et choisir mes vêtements.

— J'ai sorti ce que tu m'as dit vouloir mettre hier soir. Ça te convient ? demanda-t-il en se penchant en avant pour vérifier s'il n'avait pas de trace de dentifrice sur le visage.

— Oh, génial. C'est génial.

Elle rougit et il fronça les sourcils.

— J'ai fait quelque chose de mal ? Tu te séchais les cheveux, autrement, je t'aurais prévenu de ce que je faisais.

— Non, tu as tout bien fait. Je ne suis pas habituée à la vie en couple, c'est tout. Même si je crois qu'on ne forme pas un couple. Si ? Non, ne réponds pas. Je t'en prie, ne réponds pas.

Elle partit précipitamment dans la chambre. Aaron resta planté là, clignant des yeux alors qu'il regardait dans le miroir.

— Merde, chuchota-t-il dans sa barbe.

Ils n'étaient pas prêts pour cette conversation, surtout parce qu'il connaissait la réponse. Il prendrait ses distances avec elle, mais ne saurait quoi faire ensuite.

Car tout était faux. Toute cette histoire n'était qu'un faux-semblant. Une idée grâce à laquelle ils faisaient semblant pour qu'elle découvre qui elle était. Et elle le faisait. Elle était belle et brillante, mais elle n'était pas pour lui.

Bien qu'il pense être déjà amoureux d'elle.

— Merde, chuchota-t-il à nouveau avant de secouer la tête.

Il se lava le visage et se prépara pour sa journée.

Ils furent ensuite prêts à partir, elle vêtue de sa robe légère et lui ayant revêtu son pantalon kaki et une chemise blanche boutonnée avec les manches retroussées. Elle enfila ses escarpins, se mit sur la pointe des pieds et l'embrassa délicatement sur la bouche.

— Je suis désolée.

Il se renfrogna.

— Pourquoi ? demanda-t-il.

— Je te suis reconnaissante de faire tout ça pour moi. Mais je ne te traite pas convenablement. Je m'y prends mal. Donc, après ce week-end, on discutera. Mais pour l'instant ? On continue ce qu'on faisait et on s'amuse.

Il déglutit tant bien que mal et acquiesça.

— Je peux le faire. Et, Madison ? Tu ne profites pas de moi. Cet endroit offre de la bonne nourriture et une vue imprenable ; j'y trouve également de l'inspiration pour mon travail. En plus, j'adore passer du temps avec toi. Nous sommes amis. Toujours.

Elle lui sourit et il espéra sincèrement qu'il n'était pas en train de se mentir à ce propos. Parce qu'il l'aimait.

Et il était foutu.

Ils descendirent dans la salle à manger et entrèrent en se tenant la main, tout en saluant les autres invités d'un hochement de tête.

Bien qu'ils aient une vingtaine de minutes de retard, les autres s'installaient tout juste pour le petit déjeuner. Aaron en fut ravi.

— On dirait que tout le monde a plus ou moins fait la grasse matinée, chuchota-t-elle.

— Merci mon Dieu.

— Tu as raison. Je n'aurais pas voulu gérer mon retard en plus d'une coiffure à moitié faite.

— Tu es quand même canon.

— Merci. Honnêtement, je m'en moque. J'aurais bien laissé le rose dévoilé, mais pour ça, j'aurais dû me lisser les cheveux et je n'en ai pas l'énergie, aujourd'hui. Quelqu'un m'a épuisée.

Aaron roula presque des mécaniques en direction d'une table libre. Dès qu'ils s'en approchèrent, Mark les invita d'un geste de la main.

— Madison, viens t'asseoir avec ta mère et moi.

— Super, chuchota-t-elle dans sa barbe.

Aaron fit de son mieux pour ne pas éclater de rire.

— Salut, papa, murmura Madison avant d'embrasser son père sur la joue. Bonjour.

— Bonjour à vous deux. Je suis ravi que vous ayez décidé de pointer le bout de votre nez.

Le père observa Aaron en haussant les sourcils et ce dernier évita autant que possible de jouer avec son col, sachant que l'homme se doutait de ce qu'il s'était passé la nuit dernière.

Seigneur, pourvu qu'il ne devine pas tout. C'était un sujet qu'Aaron n'avait pas besoin d'aborder avec qui que ce soit, à l'exception de Madison.

Car avec toutes les obscénités dans lesquelles ils s'étaient lancés hier soir, il avait passé la meilleure nuit... De sa vie.

Désormais, il avait l'impression que le père de Madison savait tout et qu'il le jugerait. Avant sans doute de le tuer et de l'enterrer dans les bois derrière le chalet.

Cela pouvait se produire.

Il avait lu des livres à ce sujet.

Mais compte tenu de tout ce qu'il avait fait à Madison la nuit dernière ?

Oh, oui, Aaron le méritait probablement. Voire pire.

— On dirait que tout le monde prend son temps, ce matin, constata Mark en baissant les yeux vers son portable. Ce qui ne me dérange pas. Je déteste me lever à l'aube.

Aaron tira la chaise de Madison et la laissa s'asseoir avant de s'installer face à elle.

Elle ricana en entendant la déclaration de son père.

— Tu as travaillé tôt tous les matins, d'aussi loin que je me souvienne. À vrai dire, je ne te crois pas, quand tu dis que tu détestes te lever à l'aube.

Mark lui lança un regard qui aurait provoqué une crise de nerfs à n'importe qui, mais elle se contenta de tenir ses positions.

C'était sa Madison. Plus forte qu'elle ne le réalisait.

Non, elle n'était pas à lui, se rappela-t-il. Jamais.

— J'allais travailler tôt pour rentrer à la maison et vous retrouver, ta mère et toi, le soir. Ce n'est pas parce que je le faisais que j'aimais ça.

Sa confession sembla le mettre mal à l'aise, puis il reporta son regard sur son portable. Madison le pointa du doigt à plusieurs reprises, la confusion marquant ses traits.

Il ne lui en voulait pas. C'était presque une déclaration d'amour de la part de l'homme qui n'avait sûrement jamais prononcé ces mots, selon Aaron.

Ou alors, il cherchait trop loin.

Il était doué pour ça.

— Où est Mère ? demanda Madison alors que le serveur passait avec du café.

Aaron ajouta du lait dans le sien avant de boire une grande gorgée. Il avait besoin de caféine après la nuit qu'ils avaient passée. Ils n'avaient pas beaucoup dormi. Quand Madison but également une grande gorgée de café, il sut qu'elle le ressentait également. Avec un peu de chance, son père ne le remarquerait pas.

— Elle ne va pas tarder. Elle devait discuter avec Joyce de l'un des comités qu'elle supervise.

Il semblait mépriser les activités de Maeve McClard, mais Aaron se trompait vraisemblablement. Après tout, il n'aimait pas cet homme. Il tolérait encore moins sa femme. Mais ça ne signifiait pas pour autant qu'il les comprenait. Et il détestait leur façon de traiter Madison. Ou lui-même, d'ailleurs.

— Bon, tu sais ce qui est prévu aujourd'hui ?

— Aucune idée. J'ai des rendez-vous avec quelques clients, la majeure partie de la journée, mais je sais que ta mère a prévu quelque chose. Elle te dira ce que tu dois faire.

— Et je lui dirai si je suis disponible.

— Peu importe. Évite juste de la mettre en colère. Je ne suis pas d'humeur pour ça.

Il se reconcentra sur son portable, envoyant des SMS aussi rapidement qu'un adolescent. Aaron échangea un regard avec Madison.

Elle ne dit rien et se contenta de secouer la tête. Quand Maeve arriva enfin à table, elle n'était pas seule.

Non, Guy était là.

Avec un sourire narquois.

Aaron détestait réellement ce gars.

— Bonjour, chérie, dit Maeve en faisant la bise à Madison. J'ai remarqué que Guy était sur le point de s'asseoir à une table, seul. C'est impensable. Il va se joindre à nous pour le petit déjeuner.

Guy tira sa chaise et Maeve s'installa. Mark plissa les yeux en voyant ce geste, mais se reconcentra ensuite sur son téléphone.

— Bonjour, Guy. Mère. J'espère que tu as passé une bonne soirée.

Aaron eut envie de maudire le ton conciliant de Madison, mais il savait qu'elle faisait des efforts. Tout comme lui.

— Je suis sûre que la tienne a été mouvementée, répondit sèchement Maeve.

Si Aaron voulait croire qu'elle faisait allusion à ce que Madison et lui avaient fait cette nuit-là, il avait plutôt l'impression que cela concernait l'altercation avec Joyce.

Il était heureux de ne pas avoir été présent. Autrement, il

n'aurait sans doute pas été aussi gentil que Madison, et pour une fois, elle n'avait pas été tendre.

Il n'arrivait pas à croire que ces gens aient autant d'audace, mais il ne pouvait pas non plus altérer leurs opinions.

Madison avait néanmoins défendu sa famille. Que les autres aillent donc se faire foutre. C'était un refrain habituel pour lui, ces derniers temps, mais il ne pouvait s'en empêcher. Les humains l'épuisaient tant.

— Bref, j'ai réglé ce qu'il s'est passé avec Joyce, hier soir. Elle a simplement supposé que tu avais bu trop d'alcool. Tu sais ce que c'est.

— Ce n'est pas ce qui s'est passé, Mère.

— C'est bon, tu connais Joyce. C'est elle, qui a trop bu.

Madison leva les yeux au ciel et Aaron réprima une grimace, se demandant ce que Maeve avait voulu sous-entendre. Défendait-elle Madison ? Ou jouait-elle simplement la comédie ? Il ne comprenait pas cette femme qui le perturbait plus que jamais.

— Oh, bien, le serveur est là. J'aurais bien besoin de café.

Ils passèrent commande et toutes les tasses furent remplies, à l'exception de celle de Maeve qui buvait encore la première.

Aaron était fatigué, sans doute un peu trop pour supporter cette femme et ses manigances. Mais Madison avait besoin de lui. Sa manière de s'appuyer contre lui, de rire et de le regarder comme s'il était son monde entier lui donnait l'impression que c'était authentique. Que ça n'était pas faux.

Elle ne jouerait jamais ainsi avec lui. Il en était convaincu.

Il était difficile d'en vouloir plus quand il ne savait déjà pas ce qu'ils partageaient.

Ou alors il réfléchissait trop.

Ils discutèrent de banalités, surtout du travail de Mark et

des investissements de Guy. Aaron hochait la tête, prêtant principalement attention à Madison et à personne d'autre.

Lorsqu'elle en fit de même avec lui, il eut l'impression de dominer le monde.

Cependant, il craignait ce qui se produirait lorsque la réalité les écraserait et que la gravité les précipiterait vers leur perte.

— Madison, Guy nous parlait d'un petit café qui lui a fait penser au tien. Tu devrais l'accompagner pour voir ça.

Aaron cligna des yeux, s'extirpant de ses pensées alors que Madison se figeait à ses côtés.

— Oh, il est comme le mien ?

— Oui, répondit Guy d'une voix suave et distinguée.

— Tu as évoqué le fait de vouloir lancer une franchise. Ça pourrait être un bon moyen de débuter. Du moins, de tâter le terrain. Qu'en penses-tu, chérie ? insista Maeve.

Aaron ignorait totalement à quel jeu jouait cette femme. Pourquoi donnait-elle subitement l'impression de s'intéresser au travail de Madison ? Avait-elle décidé de tourner la page ? Peu probable. Non, on aurait plutôt dit qu'elle voulait que Guy se retrouve seul avec Madison. C'était de la manipulation pure et simple.

Néanmoins, Aaron remarqua la curiosité dans le regard de Madison et sut qu'elle ne concernait pas cet homme. Impossible. Guy était sympa et il la faisait rire, tout comme Aaron, mais elle ne le désirait nullement. N'est-ce pas ? Non, ça n'était qu'une jalousie absurde qui n'avait aucun rapport avec le fait qu'ils se parlent. Elle voulait en savoir plus sur le café. Voilà tout. N'est-ce pas ?

— Ça me semble merveilleux, dit Madison en regardant Aaron. Qu'est-ce que tu en dis ? Tu veux y aller ?

Aaron grimaça.

— J'adorerais. Tu sais que j'aime tes cupcakes et ton café.

Il lui sourit, puis fut sur le point de déposer un baiser sur ses lèvres avant de se rappeler où ils se trouvaient. Il coinça plutôt une mèche de cheveux derrière son oreille.

— Mais...

Elle lui sourit, le regard étincelant.

— Qu'est-ce qui ne va pas ?

— J'ai ce rendez-vous avec mon client. Je ne peux pas me décommander.

— On va attendre, alors.

— Non, non, dit Maeve. Tu ne devrais pas être obligée d'attendre. C'est la journée idéale pour voir et visiter la boutique. Tu peux y emmener Aaron à un autre moment. Je suis sûre qu'il a suffisamment vu ton café. N'est-ce pas, monsieur Montgomery ?

Monsieur Montgomery ?

À quoi jouait cette femme ?

Il n'arrivait pas à la cerner, mais il n'était pas certain d'en avoir vraiment envie.

— Tu devrais y aller, affirma Aaron après s'être raclé la gorge.

Il saisit la main de Madison pour l'embrasser.

— Tu parles de te développer depuis un moment. Voir un café dans un tel endroit pourrait être parfait pour toi.

— Je préférerais le voir avec toi, chuchota-t-elle.

Aaron avait conscience que les autres écoutaient, mais il ne savait quoi dire.

Quelle importance s'ils entendaient ? C'était le but de toute cette mascarade, n'est-ce pas ?

Il détestait simplement voir cela comme une mascarade.

Que faisait-il ?

Pourquoi s'autorisait-il à tomber ainsi sous son charme ?

Il ne le devrait pas.

Cela ne ferait que les blesser tous les deux, pour finir.

— Tu devrais y aller, répéta-t-il. Amuse-toi. Tu me raconteras. Et on pourra y retourner plus tard.

Elle sourit et hocha la tête, scrutant son visage avant de se retourner vers Guy.

— J'adorerais le visiter.

Guy lui sourit, plus narquois que jamais. Mais après tout, c'était aussi le cas de Maeve.

Aaron eut le sentiment terrible de s'être fait piéger par cette femme.

Mais quelle importance ?

Elle commençait manifestement à s'intéresser à la vie de Madison et, même si ça n'était pas véritablement le cas, celle-ci s'affirmait. Le plan se déroulait sans accroc.

Aaron avait réussi à détourner la pression de Madison.

Et quand elle s'éloignerait, il devrait comprendre quoi faire des sentiments qui enveloppaient son cœur. Des sentiments qui ne partiraient pas, même s'il se répétait sans cesse qu'ils ne signifiaient rien.

Qu'ils jouaient simplement la comédie.

Car, au plus profond de lui-même, il savait qu'il n'y avait rien de faux dans ce qu'il ressentait pour Madison.

Il était tellement foutu.

CHAPITRE QUATORZE

Madison était perdue. Pourquoi Aaron avait-il semblé si étrange pendant le petit déjeuner ? C'était peut-être à cause de la même raison pour laquelle *elle* se sentait bizarre.

Elle tombait amoureuse de lui. Il était uniquement censé être son ami. Celui sur lequel elle pouvait se reposer tandis qu'ils vivaient dans ces circonstances bizarres, mais elle tombait amoureuse de lui et elle ne le devrait pas.

Il s'en irait, au moment voulu, et elle devrait le laisser faire. Il faisait tout ça parce qu'il était quelqu'un de bien et parce qu'il aimait aider les autres. Elle ne pouvait entraver son chemin et l'obliger à l'aimer. Elle s'interdirait de reconnaître ce qu'elle ressentait pour lui plus qu'elle ne l'avait déjà fait. Dès qu'elle le ferait, elle se briserait en un millier de morceaux, tout ça parce qu'elle était incapable de se concentrer.

— Pourquoi cet air triste ? demanda Guy, à côté d'elle, avec son air suave et débonnaire.

Elle leva les yeux vers cette mâchoire sculptée, ces yeux gris perçants et la barbe de trois jours qui lui conférait une allure encore plus sexy.

Elle ignorait encore pourquoi il avait accepté d'être pris dans le piège de sa mère. Elle se méfierait toujours de lui, mais il semblait sympathique. Il lui aurait peut-être plu dans d'autres circonstances et elle aurait peut-être accepté d'être avec lui. Mais pas actuellement. Surtout pas quand son cœur appartenait à Aaron.

— Je réfléchis, c'est tout. La matinée a été longue.

Ce n'était ni vraiment la vérité, ni vraiment un mensonge.

— Je suis sûr qu'Aaron est ravi d'avoir du temps pour se concentrer sur ses clients. Après tout, il a besoin de travailler et de ne pas passer tout son temps avec toi.

Elle se renfrogna à cause du ton de Guy et leva les yeux vers lui.

— Je n'ai jamais pensé qu'il devait passer tout son temps avec moi.

Elle en avait seulement envie parce qu'elle aimait être à ses côtés, qu'elle aimait le son de sa voix et ce qu'il lui faisait ressentir.

Même si elle ne pouvait mettre le doigt sur ce que c'était, exactement. Une émotion inconnue la traversa, lui indiquant qu'elle voulait qu'Aaron reste à ses côtés pour toujours.

Était-ce de l'amour ? Une obsession ? Ou un déni du fait qu'il ne lui appartiendrait jamais ?

— Madison ? Tout va bien ?

Elle sortit de sa rêverie et regarda Guy.

— Désolé, allons voir ce café. Comment s'appelle-t-il, déjà ?

— Tasse de Boulder.

— Tasse de Boulder ? demanda-t-elle en fronçant les sourcils. Vraiment ?

— Le café et les pâtisseries sont bien meilleurs que le nom.

— C'est si difficile de trouver un nom de café, de nos jours. Tous les bons sont déjà pris.

— Je ne sais pas, le tien sonne comme un délice, lança-t-il presque en ronronnant.

Elle faillit rougir, mais ce n'était pas Aaron qui venait de lui dire cela. Elle se contenta donc de hausser les épaules.

— Mes amies ont toujours dit que mes cupcakes étaient des péchés, voilà comment j'en suis arrivée là.

— Tu sais, je n'ai jamais goûté tes... cupcakes.

Il marqua une pause avant le dernier mot. Elle résista difficilement à l'envie de lever les yeux au ciel.

Lourd, non ?

Elle était fiancée. Ça n'était peut-être pas réel, mais Guy l'ignorait. Elle n'appréciait pas qu'il soit si direct et agisse comme si elle n'était pas déjà prise. Comme s'il pouvait flirter avec elle autant qu'il le souhaitait.

Elle s'assura qu'il y ait assez d'espace entre eux, même s'il se rapprochait constamment d'elle.

Elle s'occuperait de ça rapidement, verrait l'installation de Tasse de Boulder et déciderait si elle voulait vraiment franchiser son affaire. Elle ne pensait pas finir dans un tel endroit. Elle irait sans doute dans une autre ville universitaire, telle que fort Collins. Néanmoins, si elle décidait de se développer dans un style qui ressemblait plus à une boutique de montagne, ce serait un bon début.

Dans tous les cas, elle adorait se rendre dans différents cafés. Seulement, elle aurait aimé y aller en compagnie d'Aaron, plutôt qu'avec Guy.

Elle savait qu'Aaron devait travailler et le fait qu'il soit venu au séminaire était déjà merveilleux. Il n'avait pas été obligé de l'accompagner au chalet, bien qu'elle en ait l'impression.

Il avait un boulot et ce n'était pas comme s'il pouvait emporter son four et sa canne à souffler partout. Oui, elle savait qu'il dessinait nombre de ses pièces avant de les créer, mais ce n'était pas ce qu'il faisait en ce moment. Non, il discutait avec un client par téléphone depuis un hôtel, tout cela parce qu'elle avait eu besoin de lui et qu'il était venu la soutenir.

Oui, elle était amoureuse d'Aaron Montgomery. Et elle ne savait quoi faire.

— Nous y voilà, dit Guy après un moment.

Elle observa la minuscule ville de montagne dans laquelle ils se trouvaient. Tout lui sembla pittoresque.

Ce lieu était particulièrement touristique, mais cela fonctionnait. Les extérieurs des bâtiments semblaient tous similaires, bien qu'elle imagine qu'ils se distingueraient par leur intérieur. Dans les villes de montagnes comme celles-ci, même un McDonald's était obligé d'adopter une architecture et une esthétique spécifiques pour correspondre à l'ambiance, plutôt que de ressembler à un fast-food ordinaire.

Ils entrèrent dans *Tasse de Boulder* et elle admira les sculptures sur bois aux murs ainsi que les magnifiques chevrons en bois teinté. Elle se demanda si elle pourrait ajouter un cachet similaire à son commerce. Pas tant qu'elle n'avait pas sa deuxième localisation en tête et qu'elle n'avait pas pris quelques notes après des heures de recherche.

Elle devrait en discuter avec son cousin et Aaron afin d'avoir leur avis.

L'idée qu'elle ait envie d'en parler avec ce dernier devrait la surprendre, bien que ça ne soit pas vraiment le cas. Il était facile de lui parler, sauf quand il s'agissait d'évoquer ses sentiments. Mais tout le reste ? C'était comme s'il la comprenait totalement.

— Alors, qu'est-ce que tu vas prendre ?

Madison étudia le menu parfaitement écrit à la main et sourit.

— Laisse-moi voir ça. Un latte, mais ils ont tant de délicieuses saveurs. Peut-être un latte à la guimauve grillée ?

Ils étaient en plein été, mais cette boisson lui semblait tout de même délicieuse.

— Ils l'ont en version glacée, si c'est trop chaud pour toi.

Guy le suggéra comme s'il y avait un sous-entendu. Madison en fut perplexe. Elle le laissa tout de même faire ce dont il avait besoin. Elle ne comprenait pas ce qu'il souhaitait de sa part, mais ne comptait rien lui donner, dans tous les cas.

Il commanda pour elle. Elle n'en fut pas particulièrement ravie, mais le laissa faire. Elle serait cependant intervenue s'il l'avait obligée à prendre la version glacée. Lorsqu'il paya, elle ne dit pas un mot, car il aurait sans doute fait un scandale si elle avait protesté.

Elle se montrerait sympathique. Non pas parce que sa mère le souhaitait, mais parce qu'elle était quelqu'un de correct. Guy était manifestement un chic type, qui faisait simplement plaisir à la mère de Madison, mais celle-ci ne comprenait toujours pas quel avantage il tirait de toute cette histoire. Il ne voulait pas d'elle. Peut-être comme un trophée, mais pas de la manière dont elle avait besoin d'être désirée.

Pas de la manière dont elle voulait Aaron. Ou dont elle espérait qu'il la désire.

Elle chassa rapidement ces pensées, sachant qu'elle ne pouvait se lancer sur cette voie. Cela serait injuste pour eux deux, si elle s'autorisait à penser qu'il pourrait y avoir plus que ce qu'il y avait.

Elle s'installa avec Guy sur une table en terrasse. Ils y étaient entourés par les montagnes et le pur air frais.

— J'adore cet endroit. Ils ont un emplacement génial.

— C'est vrai. Et ils envisagent de vendre.

Elle se figea et le regarda.

— Vraiment ?

— Vraiment. Le café est la propriété d'un vieux couple qui veut bientôt prendre sa retraite. Leurs enfants n'ont pas du tout envie de s'engager dans l'affaire familiale. Cet endroit s'est réincarné de nombreuses fois au fil du temps, mais ça a toujours été le même propriétaire.

— Comment sais-tu tout ça ?

— J'ai mes méthodes, dit-il avec un sourire qui l'inquiéta.

Elle n'aimait pas cette expression.

Et elle ignorait pourquoi.

— Je suis loin d'être prête à acheter un tel lieu. Et je ne sais même pas si je souhaite m'installer ici ou commencer à Fort Collins comme j'avais prévu de le faire.

— Pourquoi voudrais-tu aller dans une ville universitaire crasseuse quand tu peux avoir un tel endroit ?

Elle plissa les yeux.

— Fort Collins est une belle ville. Tout le Colorado l'est. Et les affaires marcheront sans doute mieux là-bas.

— Si tu as envie de gérer une clientèle d'étudiants et toute cette racaille...

— Je crois que nous avons des définitions très différentes de ce qu'est la *racaille*, dit-elle entre ses dents.

— Peut-être.

Elle but son café, dont la température était parfaite pour sa langue et son humeur. La boisson était sucrée et le café à la fois fort et parfaitement infusé. Elle était jalouse de ne pas le proposer dans sa boutique. Elle devrait sans doute créer sa propre version... sans copier, mais pour se rappeler à quel point c'était bon.

Elle but quelques gorgées supplémentaires, percevant les notes subtiles, et songea à un cupcake qui l'accompagnerait.

Un cupcake guimauve et chocolat ? Avec de la guimauve

grillée sur le dessus ? Ou peut-être à l'intérieur ? Un genre de pâte à la guimauve ?

— À quoi penses-tu pour avoir l'air si belle ? demanda Guy.

Elle leva les yeux en gloussant

— Vraiment ? C'est ta réplique ?

— Quoi ?

— Peu importe. Mais tu n'es pas obligé de continuer ton manège, Guy. Je suis fiancée. Rien de ce que tu dis ne changera ça.

Il ricana.

— Nous savons tous les deux que ça n'est pas réel.

Elle cligna des yeux et le regarda, oubliant toute pensée sur la guimauve.

— Excuse-moi ?

— Un fiancé secret, pile au moment où ta mère te trouve enfin un partenaire ? Non, ta mère et moi, on sait que c'est faux. Je comprends que tu aies peur d'épouser un homme que tu ne connais pas. Mais je suis l'homme parfait à embrasser sous le gui. Sans vouloir faire de jeu de mots. Ta mère m'a assuré que plus j'apprendrais à te connaître, plus je saurais à quel point c'est factuel.

Madison fut ravie d'avoir pris son café dans un gobelet à emporter. Elle se leva.

— Merci.

Il fronça les sourcils.

— Pour quoi ?

— Merci de m'avoir montré ce café, mais surtout, pour m'avoir confortée dans l'idée que je prenais la bonne décision.

— Excuse-moi ?

— Je ne suis pas faite pour toi. Nous le savons tous les deux. J'ignore quel est ton but ultime, mais je ne veux pas de cet endroit et je ne veux pas de toi.

— Tu ne sais pas ce que tu rates.

— Je vois clairement ce que je raterai. Et ce n'est pas grand-chose. Retourne voir ma mère et dis-lui que tu as échoué. Je ne veux rien avoir à faire avec toi. Je vais l'en informer aussi. Et tu ne peux pas me faire changer d'avis.

— Tu n'es pas réellement fiancée. J'ignore pourquoi tu continues de faire comme si c'était le cas.

— Et j'ignore pourquoi toi, tu t'acharnes.

Elle tourna les talons et entama le long trajet de retour, sans savoir ce qu'elle allait dire à sa mère. Elle était tellement furieuse. Elle détestait que ce Guy ne soit qu'une autre personne souhaitant la contrôler.

Elle avait Lincoln et sa nouvelle famille. Ils ne l'avaient pas élevée, mais ils étaient la seule véritable famille qu'elle possédait. Elle le savait depuis bien trop longtemps, bien qu'elle ait choisi de l'ignorer. Qu'avait-elle fait à la place ? Tout son possible pour que sa famille biologique l'aime.

Pour que sa famille *l'apprécie.*

Elle se faisait du mal, ainsi qu'aux autres, pour y parvenir alors que cela n'arriverait jamais.

Elle tourna au coin d'une rue quand quelqu'un l'attrapa par le coude, lui faisant lâcher son café. Il éclaboussa le trottoir en ciment autour d'elle et le gobelet roula dans la rue. Du café lui brûla les jambes et elle poussa un cri de surprise avant de reculer de quelques pas. Du moins, elle essaya. Néanmoins, Guy la tenait par le coude et l'attirait vers lui.

— Lâche-moi.

— Va te faire foutre. Comment oses-tu ?

— Comment j'ose quoi ? demanda-t-elle en tremblant.

— Comment oses-tu me parler comme ça ? Ta mère a arrangé tout ça et c'est ce qu'il y a de mieux pour toi. Si tu n'avais pas la tête dans le cul et dans les nuages, tu te rendrais peut-être compte que ce serait bénéfique pour toi. Tu ne vas pas changer ce qui m'a été promis.

La peur remonta le long de la colonne vertébrale de Madison. Elle lutta contre la poigne de Guy, mais il ne la lâchait pas. Elle savait qu'elle aurait sans doute des ecchymoses, plus tard.

— Lâche-moi, répéta-t-elle.

Elle aurait aimé que quelqu'un soit dans les parages, mais ils étaient juste assez isolés pour que personne ne l'entende crier.

— Je vais finir par t'avoir. J'obtiens toujours ce que je veux. Toujours.

Il la relâcha enfin et elle tituba en arrière, trébuchant sur le couvercle de son café. Elle manqua de tomber, mais se redressa avant de se retourner, se retrouvant face à l'endroit qu'il avait déserté.

Guy l'avait laissée, mais elle ignorait où il était parti.

Elle devait retourner au chalet.

Elle avait besoin de voir Aaron.

Elle n'avait eu aucune idée de ce que Guy cachait sous la surface. Maintenant qu'elle l'avait vu, elle ne voulait rien avoir à faire avec tout ça.

Elle n'avait qu'une envie : retrouver Aaron.

Elle souhaitait que tout cela se termine.

Elle se figea. Non, pas que cela se termine complètement.

Car, dès qu'elle rentrerait chez elle, tout serait effectivement fini.

Elle en avait assez de jouer la comédie. Elle en avait assez de mentir pour ne pas avoir à affronter les conséquences.

En revanche, elle allait maintenant devoir affronter la réalité.

Aaron s'en irait dès que tout cela serait terminé et elle se retrouverait seule.

Elle courut quasiment jusqu'au chalet, espérant que Guy ne la retrouverait pas en chemin.

Il s'était simplement mis en colère. Il ne lui ferait pas vraiment de mal, n'est-ce pas ?

Elle était inquiète de ne pas connaître la réponse, mais elle irait trouver Aaron quoi qu'il arrive. Elle se rendit aussi vite que possible au chalet. Aaron l'aiderait. Ou, du moins, il l'aiderait à se défendre elle-même.

Elle trouverait quoi faire après l'avoir serré dans ses bras.

CHAPITRE QUINZE

Aaron était de très mauvaise humeur et il ne savait comment arranger ça. Madison était partie avec Guy. Ils buvaient sans doute un café ensemble en apprenant à se connaître.

Guy ne semblait pas si terrible, bien qu'il suive manifestement le plan de Maeve. Néanmoins, il n'avait pas l'air d'être un trop gros con, d'après les constatations d'Aaron. Du moins, grâce au peu qu'il en savait sur cet homme. Guy serait peut-être quelqu'un de bien pour Madison. Pour ce qu'en savait Aaron, ils avaient peut-être plus en commun que Madison et lui-même. Si elle sortait avec Guy, ça ne gâcherait pas son amitié avec Aaron, comme elle craignait que cela se produise s'ils ne faisaient pas attention, tous les deux. Elle faisait quasiment partie de sa famille et voilà qu'il entachait leur relation parce qu'il ne pouvait s'en empêcher.

Il était un vrai salopard. Il devait éviter de lui faire du mal. Guy était peut-être la réponse.

Il grommela, termina son unique bière de la journée et s'enfonça dans les coussins du canapé de leur suite.

Il avait déjà dormi dans de belles suites et chambres d'hôtel au fil des années, grâce à sa carrière et au fait que son frère le gâtait, mais il ne s'était jamais rendu dans un endroit aussi joli. Ils avaient un foutu salon dans cette suite, avec un canapé assez grand pour l'accueillir. Aaron était grand, mesurant plus d'un mètre quatre-vingt, et avait une large carrure musclée. Il avait besoin de force, dans son métier, et faisait toujours de son mieux pour se sculpter aussi bien que ses frères.

Donc, si ce canapé était confortable *et* qu'il pouvait accueillir son corps entier ? Cela signifiait qu'il était carrément immense. Bien qu'il n'envahisse pas la pièce. Cette suite devait être l'une des plus grandes et des plus jolies dans lesquelles il était entré.

Il ignorait ce qu'il faisait ici.

Les choses se compliquaient tant, avec Madison. Il aurait dû savoir que cette histoire tournerait ainsi. Il avait annoncé leurs fiançailles avant même de l'avoir consultée. À quoi avait-il pensé ? À des marguerites, du bonheur et à ce que tout se passe bien dès le départ ? Raté.

Il devait discuter avec Madison. Il le savait. Car dès qu'ils quitteraient ce chalet, la mascarade serait terminée. Immanquablement. Elle n'était plus la même personne que quelques jours plus tôt. Ou bien, en réalité, elle était toujours la même que depuis le début, mais ne se cachait plus derrière de nombreux masques.

Il ignorait où était sa place dans les plans de Madison, ce qui l'inquiétait.

Il détestait la situation, mais ne savait comment l'arranger. Pas encore. À moins qu'ils parlent, tous les deux, ce qui devrait bientôt arriver.

La porte s'ouvrit. Il sortit de ses pensées et se reconcentra sur le présent en levant les yeux vers Madison, qui se tenait maintenant sur le seuil, les yeux écarquillés. Il ne comprenait pas ce que signifiait ce regard, mais le soulagement inonda le visage de la jeune femme dès qu'elle le vit. Elle se précipita ensuite vers lui et l'enlaça avec force.

— Salut, toi, dit-il d'un air confus.

Il l'embrassa sur le sommet du crâne.

— Salut.

— Il était comment, ce café ? demanda-t-il d'une voix rauque et quelque peu agacée, curieusement.

Il n'aimait pas le fait qu'elle ait passé l'après-midi avec Guy. Il s'agaçait, car il avait l'impression de pouvoir quasiment sentir son parfum sur elle, bien que ce soit impossible.

Pourquoi avait-il des pensées dignes d'un salopard jaloux ?

Étaient-ils réellement en couple ? Il n'en savait rien. Franchement, pourquoi en discuteraient-ils pour se faciliter la vie ?

Elle glissa les mains dans le dos d'Aaron et soupira.

Il n'aimait pas ce bruit. S'était-elle amusée, alors ?

— Le café n'était pas mauvais.

— Pas mauvais, répondit-il en sachant qu'il avait l'air grognon.

— Oui, j'ai pris un latte à la guimauve.

— C'est bon, la guimauve.

Vous voyez ? Il ne se comportait pas comme un enfant. Il pouvait entretenir une véritable conversation sans grogner. Grognait-il ? Oh, oui, plus ou moins.

— J'envisage d'ajouter des cupcakes à la guimauve au menu, dans ma boutique. Peut-être un cupcake chocolat-guimauve.

Son estomac gargouilla quand il y songea, ce qui la fit rire.

— Apparemment, je meurs d'envie de manger de la guimauve.

— Un délice fondant au milieu ? demanda-t-elle.

— Devrais-je dire un délice crémeux ? répliqua-t-il alors

que sa verge durcissait dans son pantalon et appuyait contre le ventre de Madison.

Elle écarquilla les yeux. Il se pencha et lui tira légèrement les cheveux. Lorsqu'elle entrouvrit les lèvres, son regard s'assombrissant, il écrasa sa bouche contre celle de Madison tant il avait besoin d'elle.

— Tu es peut-être sorti avec lui, aujourd'hui, mais tu es ici avec moi, maintenant.

Elle s'éloigna et lui lança un regard perplexe.

— Ce n'était pas un rencard. Loin de là.

— D'accord.

Il l'embrassa à nouveau, sachant qu'il se comportait comme un salopard. Mais il voulait la goûter. Elle l'embrassa en retour et tira sur sa chemise. Il s'écarta, la laissant détacher les boutons avant de faire tomber le vêtement au sol. Il glissa les mains le long de ses cuisses et fit passer la robe par-dessus sa tête dans un rapide mouvement.

Elle haleta et il baissa les yeux vers sa minuscule culotte ainsi que le soutien-gorge qui lui permettait de percevoir les tétons sous le tissu.

— Tu portais ça alors que tu es sorti avec lui ? Est-ce qu'il a su ce que tu portais sous cette robe ? demanda-t-il d'une voix grondante.

Il lui pinça le téton au travers de la dentelle et elle laissa échapper un cri de surprise avant de soupirer et de retirer ses chaussures, ce mouvement frottant son corps contre l'érection bien trop dure d'Aaron.

— C'est seulement pour toi. Je te le promets.

— On verra ça.

Il passa la main autour d'elle pour lui pincer les fesses avant de claquer vivement ces globes de chair.

Elle s'exclama à nouveau et il lui sourit.

— Tu as aimé ?

— Tant que tu ne me punis pas. Parce qu'il est hors de question que je te laisse le faire.

Elle lui lança un regard étrange. Il fronça les sourcils avant de l'embrasser à nouveau, tout en caressant la zone qu'il avait fessée.

— Jamais de punition. Uniquement du plaisir. C'est promis.

Il savait qu'ils aimaient tous les deux le sexe physique, tout autant que la douceur. Mais il ne lui ferait jamais de mal. Merde, quoi qu'il arrive, il ne lui ferait jamais de mal. Même si cela signifiait s'effacer complètement quand leur histoire s'effondrerait.

Mais pour l'instant, il ne voulait qu'elle. Son goût. Il en mourait d'envie.

— Bon, de quoi parlions-nous ? De délice chaud et fondant ? demanda-t-il en glissant lentement les doigts sur sa fente.

— J'ignore si je serai capable de préparer ces cupcakes à la guimauve, si tu continues de parler comme ça.

— Je crois que tu devrais en faire. Chaque fois que j'en lècherai un, je croiserai ton regard et tu sauras ce à quoi je pense.

— Tu vois ? Je ne suis pas sûre de pouvoir préparer ces cupcakes.

— Alors, je vais devoir m'assurer que tu les fasses.

Il marqua une pause, ignorant pourquoi il prononçait ces mots-là.

— À moins que tu préfères les manger avec Guy.

Elle se figea avant de le pousser.

— C'est quoi ton problème ?

— Je dis ça comme ça. On dirait que vous vous entendez bien.

Pourquoi disait-il cela ? Il agissait comme un salopard jaloux.

— Non. Je suis avec toi, abruti. Du moins, pendant qu'on trouve une solution à tout ça. Arrête. Je suis quasiment nue devant toi, tu as la main sur mon sexe et tu parles d'un autre mec ? Mais qu'est-ce qui ne va pas chez toi ?

— Tout va bien pour moi. Je dis simplement des conneries que je ne devrais pas dire. Je suis vraiment désolé.

Il l'embrassa à nouveau. Elle croisa les bras sous sa poitrine généreuse avant de fondre contre lui.

— Je n'ai pas envie de parler de Guy. Il n'y a que toi et moi. Comme tu l'as promis. D'accord ? On réglera tout plus tard.

Il ignorait ce qu'ils devaient régler, mais il obéit avant de se pencher pour l'embrasser, plus délicatement cette fois-ci. Il glissa les mains le long de son corps pour pincer ses hanches.

— Je suis sincèrement désolé.

— Moi aussi. Embrasse-moi, maintenant. J'aime quand tu es grognon. Je n'aime pas quand on se dispute.

— Je croyais que les disputes pouvaient me rendre grognon, la taquina-t-il.

— Contentons-nous de faire l'amour pour nous réconcilier et passons à autre chose. J'ai vraiment besoin de toi.

— Tu te sers de moi ?

— Ce n'est pas ce que je voulais dire, répondit-elle rapidement en rougissant.

— Je sais, chérie. Je le sais.

Il l'embrassa à nouveau, la soulevant pour lui faire traverser le salon en direction de la chambre. Elle enroula ses jambes autour de la taille d'Aaron, tout en l'embrassant délicatement alors qu'il la caressait avant de la poser sur le lit.

Il s'agenouilla, l'attirant pour que ses fesses soient au bord du lit, puis il souffla sur son intimité par-dessus son string en dentelle.

— Si jolie et mouillée, chuchota-t-il.

— Aaron. Arrête de regarder. C'est gênant.

Il lui pinça la cuisse, ce qui la fit crier de surprise.

— Il n'y a pas de quoi être gênée. J'aime chaque centimètre de toi.

Elle se figea. Il sut alors qu'il venait de faire une bourde. Il n'avait pas voulu prononcer le mot *aimer*, même dans un contexte aussi décontracté. Ni l'un ni l'autre n'était prêt pour ça. Il sut qu'elle ne le serait peut-être jamais. Il n'était qu'une distraction, rien qu'un substitut en attendant qu'elle soit prête pour la prochaine phase de sa vie.

— Tu es si sexy, ajouta-t-il d'une voix grave en tentant de donner l'impression qu'il ne parlait que de son corps et de rien d'autre.

Elle se décontracta et il déglutit tant bien que mal, se demandant pourquoi c'était douloureux. N'avait-elle pas envie de savoir ce qu'il ressentait ?

Bien sûr que non. Honnêtement, lui-même n'en était pas certain.

Il tira le string sur le côté, révélant sa chair avant de se pencher et de suçoter son clitoris. Les hanches de Madison décollèrent du lit. Il la repoussa donc, tant il avait besoin de la goûter.

Tant il mourait d'envie d'elle.

Il grogna et joua avec sa fente avant de continuer à la lécher.

— Tu es si sucrée. Comme un cupcake.

— Aaron, le réprimanda-t-elle.

Il gloussa d'une voix rauque contre le sexe de Madison, sachant que sa barbe la griffait et que cette sensation lui provoquait sans doute des vibrations jusqu'aux tétons. Elle le lui avait expliqué, une fois. Il continuait donc de le faire, sachant qu'elle adorait ça.

Il apprenait ce qu'elle appréciait, ce qu'elle aimait, ce dont elle avait encore envie.

Il commençait à avoir besoin d'elle de toutes les façons possibles. Ce qui l'inquiétait. Terriblement. Mais il était impossible de revenir en arrière, à présent. Du moins, pas pour lui.

Il suça à nouveau, la léchant et donnant de longs coups de langue contre son intimité. Lorsqu'elle jouit, elle faillit tomber du lit tant elle tremblait. Il sourit et recula légèrement.

Se levant et posant la main au-dessus de l'érection sous son pantalon, il s'approcha de la valise près du lit et en sortit de nouveaux jouets.

Madison haletait tandis qu'elle caressait sa poitrine par-dessus son soutien-gorge et s'humidifiait les lèvres.

— Tu es prête ? demanda-t-il en levant le plug.

— Seulement pour toi.

Il n'avait pas envie de penser que c'était vrai, car il serait alors trop difficile de prendre ses distances. Il se pencha donc et l'embrassa, lui coupant le souffle avant d'enfoncer lentement le plug, l'insérant délicatement pour ne pas lui faire mal. Il ne voulait jamais lui faire de mal. C'était la seule promesse qu'il pouvait lui faire et tenir.

Quand elle se cambra pour lui, il sourit et l'embrassa à nouveau avant de tendre la main dans le dos de Madison pour détacher le soutien-gorge.

La poitrine de cette dernière se libéra. Il la suçota, lui pinçant vivement les tétons jusqu'à ce qu'ils se muent en petits pics, passant de l'orange pêche au rouge cerise.

— Si sexy, gronda-t-il contre sa poitrine.

— J'ai besoin de toi. Laisse-moi voir.

Elle tendit la main vers lui et empoigna sa verge au travers de son pantalon. Il grogna en s'éloignant.

— Aaron, geignit-elle.

— Je dois d'abord mettre un préservatif.

Il déglutit laborieusement et se déshabilla entièrement, sa verge venant claquer contre son ventre. Madison écarquilla les yeux, alors que le désir assombrissait son regard.

Elle était si sexy qu'il était difficile pour Aaron de respirer.

Il déroula le préservatif sur son érection, sachant qu'elle observait chacun de ses mouvements.

Il se rapprocha ensuite du bord du lit et la tira par les hanches pour qu'elle soit plus proche de lui. Il la retourna sur le ventre.

— Aaron, haleta-t-elle.

— À quatre pattes, chérie. J'ai hâte de voir ton petit plug danser pendant que je te prends violemment.

Le plug était orné d'un diamant rose à son extrémité qui brillait pendant qu'Aaron baissait les yeux vers elle et lui écartait les fesses.

— Si magnifique. Toute décorée pour moi. Tu es prête ?

— Plus que ça. Prends-moi, maintenant, lui ordonna Madison.

Il sourit et lui pinça une nouvelle fois la hanche avant de s'écraser brutalement en elle.

Ils grognèrent tous les deux. La sensation de son érection la comblant, l'étirant jusqu'à ses limites, les fit trembler tous les deux. Il se pencha au-dessus d'elle, léchant sa colonne vertébrale avant de lui mordiller l'épaule. Elle gémit, se cambrant contre lui tout en remuant les fesses. Il sourit avant de se retirer presque entièrement pour frapper à nouveau en plein dans le mille.

— Aaron !

Elle ne cessait de pousser vers l'arrière tandis qu'il s'écrasait vers l'avant pour la prendre brutalement – avec plus de vigueur que jamais. Il savait qu'il lui provoquerait sans doute des bleus, mais elle continuait de pousser et de le supplier de poursuivre. Il s'exécutait donc. Il laisserait peut-être des marques, mais il ne lui ferait jamais de mal. Elle obtiendrait ce qu'elle souhaitait, rien de plus, rien de moins.

Il ne voyait pas le visage de Madison, dans cette position, et ne pouvait donc déceler les secrets dissimulés dans ses yeux. Verrait-il de l'amour ? S'agirait-il simplement de désir ?

Il ignorait s'il souhaitait le voir. Il la garda donc à quatre pattes et lui tira les cheveux, bien qu'il ne voie pas son visage.

Ou peut-être restait-il dans cette position parce qu'il ne voulait pas qu'elle voie son visage à lui. Il ne pourrait dissimuler ce qu'il ressentait. Pas en ce moment. Ce qui l'effrayait.

Finalement, elle se brisa et jouit en prononçant son nom. Il l'imita peu de temps après en tremblant. Il avait besoin de respirer.

Il faillit tomber sur elle. Il lui fallut un moment pour arrêter de trembler et bouger. Le dos de Madison était collé contre son torse alors qu'ils s'allongeaient. Il était encore profondément en elle et l'enlaçait.

Il soupira avant de caresser ses hanches couvertes de sueur. Il soupira ensuite avant de s'emparer de sa poitrine tant il avait besoin de la toucher.

— Je me sens encore si comblée, chuchota-t-elle d'une voix douce et rêveuse.

Il lui mordilla le cou avant de l'embrasser à nouveau.

Il adorait la façon dont elle inclinait la tête pour qu'il puisse atteindre ses lèvres en se tordant le cou.

— J'aime savoir que tu as apprécié, lui murmura-t-il.

— Je ne m'attendais pas à faire ça en arrivant. Mais j'adore quand même.

— Tant mieux, chuchota-t-il.

— Tu vas encore m'embrasser ? lui demanda-t-elle à voix basse.

Il acquiesça avant de se retirer d'elle, puis de grogner.

Le corps de Madison trembla. Il s'occupa du préservatif avant de revenir pour la serrer contre lui.

Il l'embrassa et la caressa délicatement. Il mourait toujours d'envie d'elle. Il en voulait davantage.

— Waouh, chuchota-t-il.

— Waouh.

Elle le regarda dans les yeux. Il eut envie de parler, bien qu'il ne soit pas certain d'en être capable.

— Allons-y doucement, alors.

— Doucement, répéta-t-elle.

Le cœur d'Aaron se serra.

— On réglera ça. Toi et moi, d'accord ?

— D'accord. Ça me va.

Il l'embrassa à nouveau. Ils firent l'amour encore une fois, l'érection d'Aaron incroyablement dure bien que leur dernière session soit si récente. Ils y allèrent lentement, cette fois-ci, et leur contact fut douloureusement tendre. Aaron grommela, sachant qu'il l'aimait.

Et il ignorait ce qu'il ferait quand il serait obligé de prendre ses distances.

CHAPITRE SEIZE

Le lendemain matin, les cuisses endolories, Madison se séchait les cheveux avec sa serviette. Elle secoua la tête en voyant Aaron dévorer son corps du regard.

— Vraiment ? On vient de s'envoyer en l'air dans la douche. Plusieurs fois. Je crois que je vais finir par marcher avec les jambes arquées pour le reste de la journée, au point où j'en suis.

— Ta mère a mentionné qu'elle voulait tenter l'équitation, aujourd'hui, si la météo se maintient.

Madison leva les yeux au ciel.

— Non, ne mentionne pas ma mère quand on parle de sexe.

Aaron frissonna. Elle s'esclaffa, sachant qu'il le méritait.

— Je n'arrive pas à croire que tu aies évoqué ça.

— C'est toi qui as parlé de ma mère. Je dis ça comme ça.

— D'accord. Je vais m'abstenir de te toucher. Comme ça, tu peux arrêter de marcher avec autant de précautions.

Il tendit la main et tira légèrement sur la serviette de Madison. Elle fut soulagée d'avoir coincé les pans assez fermement

au-dessus de sa poitrine pour qu'elle ne tombe pas si facile-
ment au sol.

— Aaron.

— Quoi ? Je n'ai pas le droit de regarder ?

— Si tu regardes, je vais m'agenouiller et te sucer.

— Voilà que j'ai encore envie de bander, mais je crois que je
suis complètement à sec. Tu m'as bien pompé.

Ils frissonnèrent tous les deux après ce mot.

— Oh, mon Dieu, ne prononce plus jamais cette phrase.

— Je suis vraiment désolé, répondit Aaron en riant et en
feignant l'horreur. Je ne sais pas à quoi je pensais. C'était
horrible, voire atroce de dire ça.

— C'est vrai. On va devoir trouver du sel et le jeter par-
dessus nos épaules avant de tourner deux fois sur nous-même
pour être certains que ça ne reviendra pas nous hanter.

— Habillons-nous. On a un tas de trucs à faire pour que je
ne gâche pas la soirée, dit Aaron avant de froncer les sourcils.
Qu'y a-t-il de prévu, aujourd'hui ?

Elle déglutit péniblement, ne sachant quoi dire. Elle aurait
dû lui parler de ce qu'il s'était passé la veille avec Guy, mais il
avait agi étrangement. Elle avait eu envie de se concentrer sur
Aaron, sur elle et sur ce qu'ils étaient ensemble. Elle n'avait pas
souhaité penser à la peur qui l'avait saisie quand elle s'était
retrouvée avec Guy.

Aaron se renfrogna.

— Parle-moi. Qu'est-ce qui vient de mettre cet air sur ton
visage, à l'instant ?

Il l'enlaça et elle laissa échapper un profond soupir, ayant
besoin d'inspirer son odeur de propre. Elle avait besoin de
respirer. Elle savait qu'elle ne devrait pas autant se reposer sur
lui. Car une fois qu'elle commencerait, s'éloigner deviendrait
follement douloureux. Mais elle ne pouvait plus s'arrêter, à

présent. Pas quand elle avait besoin de respirer. Et qu'elle avait besoin de lui.

— C'est ta mère ? Elle t'a dit quelque chose, quand tu es partie avec Guy ?

Madison frissonna en entendant ce nom. Aaron la serra davantage contre lui.

— Parle-moi, chérie.

— Il faut que je m'habille. Je n'ai pas envie de parler de ça en étant nue.

Elle se sentait déjà exposée. Quand Aaron ne fit aucune plaisanterie sur leur nudité à tous les deux, elle sut qu'elle l'avait inquiété. Elle était elle-même anxieuse.

Elle enfila rapidement un jean que sa mère n'approuverait jamais, mais qui la rendait heureuse, ainsi qu'un haut fluide confortable pour elle. Aaron mit également un jean ainsi qu'une chemise en coton qui moulait ses muscles. À n'importe quel autre moment, elle l'aurait enlacé tant elle aurait voulu sentir ces muscles au travers du coton. Mais elle n'en fit rien.

Elle passa plutôt les bras autour de son propre corps, reconnaissante quand Aaron s'approcha pour l'étreindre.

— Hier, Guy est devenu un peu trop tactile et a refusé de me lâcher. Il a été possessif et étrange.

Aaron se figea, son corps entier se crispant alors qu'elle lui racontait exactement ce qu'il s'était passé en dehors du café. Aaron recula et tira sur le bras de Madison. Il lui retroussa sa manche, le tissu fluide s'accumulant autour du coude de la jeune femme. Il fronça ensuite les sourcils, la colère marquant son visage.

— Je n'ai pas laissé ces bleus, chuchota-t-il. J'ai vu les marques sur tes hanches. Elles viennent de moi. Mais c'est lui qui a provoqué celles-ci ? demanda-t-il d'une voix tremblante.

Elle baissa les yeux vers la trace de paume.

— Je ne l'avais même pas remarquée. Je savais qu'il m'avait sans doute blessée, mais je n'avais pas remarqué.

— Je vais le tuer, lança-t-il d'une voix rauque.

— Non.

Elle tendit la main pour lui attraper le bras, puis elle se figea quand elle remarqua que Guy en avait fait de même avec elle. Aaron jura dans sa barbe avant de saisir délicatement le visage de Madison entre ses mains.

— Tu ne m'as pas fait mal. Tu ne m'as jamais fait mal.

— J'ai laissé des bleus sur tes hanches.

— Ce à quoi j'ai consenti. Tu m'as demandé à chaque étape ce que je voulais et j'en ai fait de même avec toi. Tout ce qu'on a fait était en accord mutuel.

— Guy t'a laissé un bleu.

— Je sais, répondit-elle d'une voix tremblante. Et je déteste ne pas vraiment avoir pu me défendre. Il m'a laissée presque impuissante. Le but de notre démarche, à toi et moi, c'était que je trouve ma force. Et puis je l'ai laissé...

— Non, tu ne l'as pas laissé faire, l'interrompit Aaron. À notre retour à Boulder, j'en discuterai avec mes cousins. Ils pourront me conseiller sur la personne à contacter pour des cours d'autodéfense. J'en suivrai avec toi.

— Vraiment ?

— Moi non plus, je ne sais pas me battre, je ne connais que les bagarres amusantes de gamins. On suivra des cours, on apprendra à se défendre et on ne se sentira plus jamais impuissant. Mais je vais le tuer, putain.

— Non, s'il te plaît. Ne parlons plus de lui. Et ne lui parlons plus. Je vais raconter à ma mère ce qu'il s'est passé et, tant qu'elle ne me le reproche pas, avec un peu de chance, elle arrêtera avec cette idée de mariage.

— Pourquoi ne m'en as-tu rien dit, hier ? demanda Aaron à voix basse.

— On a été distraits, répondit-elle en rougissant.

Elle avait souhaité être distraite. Elle n'avait pas voulu discuter de ce qu'il s'était produit, car elle n'avait pas voulu se rendre compte que c'était réel.

Mais maintenant qu'elle en avait parlé à Aaron, cela semblait bien trop réel.

— D'accord, c'est juste que... Je ne sais pas quoi faire, maintenant.

— On rentre à la maison, lança-t-il vivement.

Elle leva la tête.

— Je veux rentrer à la maison. Je pense que c'est la raison pour laquelle j'ai mis ce jean.

— Tant mieux. On s'en va. Je vais te faire un câlin et te donner de la crème glacée. On découvrira ce qu'on fera ensuite.

— Je pensais que toi et moi, on avouerait tout à mes parents, aujourd'hui, lâcha-t-elle énergiquement.

Il se figea.

— Tu veux parler du mensonge ?

— Eh bien, on n'est pas fiancés, mais on est... je ne sais quoi. Bref. Je veux simplement rentrer à la maison.

Heureusement, il ne reprit nullement ce dont elle venait de parler. Elle ne savait pas ce qu'il voulait et elle n'était pas prête pour cette conversation, pas quand elle avait tant d'autres choses en tête.

Un éclair déchira le ciel et Aaron fronça les sourcils en regardant par la fenêtre, Madison sur ses talons.

— Merde, je savais qu'une tempête était imminente, mais j'ignorais qu'elle viendrait aussi vite ou aussi fort.

Ni l'un ni l'autre ne fit de plaisanterie graveleuse, ce qui aurait dû mettre la puce à l'oreille de la jeune femme.

— Je crois qu'on devrait aller trouver ma mère, pour savoir ce qu'elle a prévu. On verra déjà si on peut rentrer à la maison sous cette tempête.

Aaron hocha la tête, enlaça Madison et l'embrassa sur la tempe.

— Oui, tu as raison. Ta mère doit être mise au courant pour Guy. On peut lui parler de toi et moi plus tard.

Le non-dit était clair : *une fois qu'on aura défini ce qu'on est.*

Madison l'aimait. Ça, elle le savait. Mais elle devait démêler ses pensées et sentiments pour voir ce qu'il y avait de mieux pour elle, pour lui… et ce qui serait mieux pour *eux*.

Elle attrapa son sac et entrelaça ses doigts avec ceux d'Aaron alors qu'ils quittaient la pièce pour rejoindre la salle à manger où, avec un peu de chance, sa mère s'apprêtait tout juste à prendre son repas.

Sa mère se tenait effectivement là, les yeux plissés, alors qu'elle les observait tous les deux dans leur jean bien trop décontracté pour le séminaire.

— Qu'est-ce que vous croyez faire ? demanda sa mère d'une voix plaisante, bien qu'agacée.

— On allait essayer de rentrer à la maison, aujourd'hui, commença Madison, mais je ne crois pas que la tempête nous laissera faire.

— Vous ne pouvez pas simplement partir, s'emporta Maeve.

Madison fut heureuse que personne ne soit aux alentours pour les entendre.

— Si, on le peut. On est venu, on a fait de la lèche et on peut partir. Malheureusement, avec cette tempête, on est peut-être coincés ici encore un jour ou deux.

— Tu es si ingrate, rétorqua sa mère.

— Non, je crois que toi, tu l'es. Mais ce n'est ni l'endroit ni le moment pour cette conversation.

— Et où avez-vous mis Guy ? Je ne l'ai pas vu depuis votre petite visite du café. J'ignore totalement comment ça s'est passé.

— Tu veux dire qu'il ne t'a pas fait son rapport ? demanda Madison d'une voix méprisante, alors même que la peur la submergeait.

Où était Guy ? Était-il parti ? Rôdait-il dans les parages ? Il la surveillait constamment, chose qu'elle n'avait pas comprise avant qu'il ne l'attrape par le bras, hier.

Était-il venu sur demande de Maeve ou parce qu'il était simplement louche ?

La mère de Madison ouvrit la bouche pour parler quand son père les rejoignit, renfrogné. Un éclair fendit le ciel avant que le tonnerre gronde encore plus fort que précédemment. Le lustre au-dessus de leur tête vacilla. L'électricité se coupa alors.

Quelques cris et suffocations se firent entendre. Aaron glissa un bras autour de la taille de Madison.

— C'est super, dit-elle.

— Ne parle pas sur ce ton, chuchota sa mère.

Madison faillit éclater de rire. Ils étaient dans le noir, sans électricité, alors qu'une tempête faisait rage dehors, et il n'y avait aucune échappatoire.

Et, bien sûr, sa mère lui en voulait.

Néanmoins, Madison s'en moquait éperdument. Ce qui n'était pas rien. Peut-être que toute cette histoire de faux fiancé avait fonctionné. Elle avait tenu tête à sa mère et était désormais prête à s'éloigner sans un regard en arrière. Si seulement Mère Nature les y autorisait.

Ou peut-être que Mère Nature lui accordait une seconde chance de trouver sa voie avec Aaron.

Un nouvel éclair apparut tandis que le vent soufflait. Les invités commencèrent à crier. Toute pensée pour Aaron et ce qu'ils signifiaient l'un pour l'autre s'envola, remplacée par un sentiment de mauvais augure.

L'orage n'était que le début.

Elle le sentait jusqu'au fond de ses os.

CHAPITRE DIX-SEPT

Aaron jura dans sa barbe avant de serrer la hanche de Madison. Il ne la relâcha que pour lui attraper la main et entrelacer leurs doigts.

— Tu vas bien ? demanda-t-il.

Il baissa les yeux vers elle. La lumière extérieure suffisait à peine pour qu'il distingue son visage.

— Je vais bien. Maman ? Papa ?

— Nous allons bien. Je n'arrive pas à croire qu'un tel endroit n'ait pas de générateur de secours. Que font-ils de notre argent s'ils ne prennent pas soin de nous quand nous en avons besoin ? demanda Maeve.

Aaron aurait pu croire que cette femme se plaignait par pur plaisir, mais il percevait également la peur dans sa voix.

Manifestement, quand elle était effrayée, elle se déchaînait. Ce qui était logique. Aaron n'était pas particulièrement à l'aise non plus, avec la tempête et sans électricité. Les invités commencèrent à fourmiller autour d'eux, les grandes baies vitrées à chaque extrémité de la pièce laissant pénétrer la majorité de la lumière.

— Chérie, je suis sûr que le manager nous aidera bientôt. Tu connais Ralph, il a toujours été un ami de la famille.

Le ton de Mark McClard annonçait qu'il ne s'amusait pas non plus. Jamais Aaron n'avait autant compris ce couple. Ils n'aimaient pas que les choses échappent à leur contrôle, d'où le fait qu'ils tentent de maîtriser leur fille. Lorsqu'elle se défendait, ils insistaient davantage.

Aaron détestait le fait qu'ils l'aient fait souffrir au passage.

— Bon, qu'allons-nous faire ? demanda Maeve.

Aaron cligna des yeux bien qu'ils ne le voient pas. Il n'était pas convaincu qu'elle ait déjà prononcé une telle phrase dans sa vie. Compte tenu de la façon dont Madison se crispa à ses côtés, il devina qu'elle ne l'avait jamais entendu dire ça non plus.

Très intéressant.

Le manager s'avança, une lampe-torche à la main.

— La tempête semble nous avoir frappés plus fort que la météo ne l'avait prédit, expliqua Ralph. Toutes nos excuses. Nous allons réunir tout le monde sur un point de rassemblement. Mon équipe et moi-même travaillons pour trouver une solution en ce moment même. Manifestement, quand un arbre est tombé et a coupé l'alimentation électrique, il a aussi heurté notre générateur.

Tout le monde commença à parler en même temps. Aaron s'assura que Madison restait près de lui alors que d'autres les cernaient pour attirer l'attention de Ralph.

Les invités évoquèrent un remboursement ou posèrent des questions sur des sujets et d'autres. Honnêtement, Aaron s'en moquait complètement. Il avait Madison à ses côtés et les parents de cette dernière n'étaient pas loin. Tous ceux avec qui il avait un lien étaient en sécurité. Il gardait seulement un œil ouvert pour Guy. Avec un peu de chance, cet homme était déjà parti.

Dans le cas contraire ?

Aaron devrait lui botter le cul, tempête ou pas.

— Si tout le monde pouvait venir de ce côté de la pièce, nous pourrions mieux vous surveiller. S'il vous plaît, ne partez pas seuls et ne retournez pas encore dans vos chambres. Nous attendons toujours le retour de la lumière et nous ne voulons pas que vous soyez blessés.

— Je vais vous coller un procès au cul, grommela quelqu'un derrière eux.

Aaron crut qu'il s'agissait de l'époux de Joyce.

Mon Dieu, Aaron, se retrouvait avec une bande d'incapables qui n'avait jamais eu à s'occuper d'eux-mêmes et qui s'emportait quand ils étaient sur les nerfs.

La soirée serait intéressante.

— Le générateur devrait bientôt se mettre en marche. Je vous en prie, suivez-moi.

La tempête faisait rage et le vent soufflait. Aaron baissa les yeux vers son portable, jurant quand il remarqua qu'il n'y avait pas de réseau.

— Pas de réseau, impossible d'appeler.

— C'est le début d'un film d'horreur, marmonna Madison.

— Inutile de paniquer, lui dit sa mère alors qu'elle donnait elle-même l'impression de paniquer.

— Maeve, arrête de délirer, lui dit Mark.

C'était un certain enfer. Un véritable enfer auquel Aaron ne pouvait échapper.

— J'espère qu'il n'y aura pas d'inondation, grommela Madison.

— Il faut encore qu'on jette du sel par-dessus notre épaule, commença-t-il. Parce qu'en cas d'inondation... Tout ce pan de montagne partira avec. Après la saison sèche et cet incendie ? Le terrain est mûr pour une coulée de boue.

Il marmonna ces mots pour que seule Madison les entende.

Inutile de lancer un mouvement de panique. Néanmoins, il avait l'impression que d'autres invités, ceux qui avaient les idées claires, se disaient la même chose.

La tempête n'était pas censée être aussi terrible. S'il l'avait su, il ne serait pas venu. Mais, après tout, il avait eu la tête dans les nuages à cause de Madison et n'avait pas vraiment prêté attention à tout ça.

Son imprudence pourrait finir par blesser quelqu'un.

— On sortira vite d'ici, chuchota-t-il avant d'embrasser Madison sur le sommet du crâne.

Il ne cessait de la toucher et de l'embrasser comme s'ils formaient un vrai couple. Et c'était peut-être le cas, cependant, pour le moment, il ne s'inquiétait que d'une chose : qu'elle soit en sécurité.

— Excusez-moi, monsieur Montgomery ? demanda Ralph en s'approchant.

— Oui ? Comment puis-je vous aider ? demanda Aaron, qui ne comprenait pas pourquoi l'homme le prenait à l'écart.

— Puis-je vous parler un instant ? demanda-t-il en lui montrant un coin où se trouvaient moins d'invités.

Aaron hocha la tête et Madison l'accompagna. Il n'en fut nullement dérangé. Il ne souhaitait pas la laisser seule. Pas avec cette tempête ni avec Guy, qui rôdait éventuellement.

— Désolé de vous éloigner de votre famille.

— Ma famille est juste ici, répondit-il sans réfléchir, en montrant Madison.

Elle lui lança un regard étrange, qu'il distingua malgré l'obscurité régnant dans la pièce. Il s'obligea tout de même à se tourner vers Ralph et à ne pas s'attarder sur les mots qu'il venait tout juste de prononcer.

— Nous aurions vraiment besoin de votre aide avec le générateur.

Aaron fronça les sourcils.

— Et comment puis-je vous aider ?

— Vous travaillez avec un four, n'est-ce pas ? Et vous avez un générateur ? Mon technicien de maintenance est malade. Honnêtement, je ne sais pas ce que je fais. Je pourrais avoir besoin d'une deuxième paire de mains et vous l'avez peut-être remarqué, mais les clients présents ne sont sûrement pas sortis d'un bureau depuis un moment.

Il chuchota cette dernière phrase d'une voix si basse qu'Aaron sut qu'il n'avait pas envie d'offenser sa clientèle.

Cela ne lui posait pas de problème de donner un coup de main. Aucun problème. Il espérait simplement en être capable.

— Bien sûr. Laissez-moi m'assurer que Madison est en sécurité avec ses parents, puis je vous suivrai dehors.

Le soulagement se lut sur le visage de Ralph alors qu'un éclair apparaissait à nouveau dans le ciel et illuminait la pièce.

Quelques personnes s'écrièrent quand le tonnerre suivit. Aaron secoua la tête.

— Nous allons rapidement avoir besoin de lumière, ici.

— Ne m'en parlez pas.

— Bon, je vais te raccompagner auprès de ta mère, dit Aaron à Madison.

— Je n'ai pas besoin d'être dorlotée ou maternée, chuchota-t-elle.

— J'ignore où est Guy. Donc, si, je vais m'assurer que tu es avec tes parents. Tu n'as pas le choix, dit-il à travers ses dents.

Madison se figea. Il jura dans sa barbe.

— Je suis désolé. Je ne voulais pas te faire peur.

— Non, c'est toute cette tempête et ce glissement de terrain potentiel qui me font peur. Et penser à tout le reste. Ça a fini par s'imposer dans mon esprit. Il faut que je sois alerte. Beaucoup plus que je ne le suis maintenant. Merci.

Il se pencha et l'embrassa vivement, lui tirant suffisamment les cheveux pour qu'elle entrouvre les lèvres.

— Fais attention. Je reviens tout de suite.

Il expliqua la situation aux parents de Madison, qui la placèrent entre eux comme s'ils tenaient la garde. Il partit ensuite vers le générateur avec Ralph.

Dehors, la pluie tombait si dru qu'elle lui fouettait le visage et lui picotait la peau. Elle tombait même si fort qu'il craignait de finir avec des ecchymoses, mais ils poursuivirent.

Le vent hurlait. Ils devaient s'égosiller pour communiquer et faire avancer les choses. Le déluge faisait rage et les éclairs se dessinaient au-dessus d'eux. Aaron craignait qu'ils ne soient électrocutés, s'ils ne prenaient pas garde.

Le générateur était dans un petit bâtiment annexe, derrière le chalet principal. Honnêtement, Aaron ne pensait pas qu'il suffise à alimenter tout cet endroit.

— C'est tout ?

— On en a quatre de plus, mais le cinquième a été trop endommagé. Et maintenant, ceux-là ont un problème.

— Je vais faire ce que je peux, répondit Aaron. J'en ai un comme celui-là, chez moi. Mais merde, ce n'est pas facile de travailler avec ça.

— C'est ce que j'ai découvert. Vous pouvez parier tout ce que vous voulez que je vais apprendre leur fonctionnement de fond en comble la prochaine fois que j'en ai l'occasion. Plus jamais je ne finirai dans cette situation.

Aaron appréciait ce Ralph. Bientôt, ils allumèrent tous deux les générateurs. Le corps d'Aaron le faisait souffrir tant il était épuisé.

Passer de bâtiment en bâtiment n'était pas chose aisée. Ils glissaient dans la boue, tombaient parfois, se faisaient des bleus ou se coupaient sur les pierres irrégulières.

La pluie tombait en rideaux compacts. Aaron savait que plusieurs arbres étaient déjà à terre. Personne ne rentrerait chez soi ce soir.

S'ils ne faisaient pas attention, la coulée de boue risquait de devenir une réalité. Il leva les yeux vers la montagne, tentant de percer l'obscurité de l'orage, mais impossible de savoir s'il se passait quoi que ce soit. Le plus terrifiant était qu'ils ne le sauraient pas avant que la boue ne soit déjà là, emportant la moitié de la montagne.

Il espérait de tout cœur que cela n'arriverait pas.

Ils poursuivirent leur avancée, travaillant en binôme jusqu'à ce qu'il ait les articulations en sang et jure comme un charretier. Mais finalement, le doux vrombissement des générateurs lui parvint aux oreilles et la lumière envahit le bâtiment.

— Seigneur. Merci mon Dieu.

— Merci à Aaron Montgomery, répliqua Ralph en riant.

Aaron gloussa en lui serrant la main.

— Mon personnel a eu pour instruction de garder les clients où ils se trouvaient. Nous tentons d'économiser l'énergie, mais j'ai l'impression que nous allons devoir demander l'aide des autorités. La tempête est deux fois plus conséquente que je le pensais. Personne n'imaginait qu'elle serait ainsi.

— Manifestement, répondit Aaron. Il faut que je retrouve Madison.

— Évidemment. Encore merci. J'ignore ce que nous aurions fait sans vous.

— Vous vous en seriez sortis tant bien que mal. On trouve toujours des solutions quand il le faut.

Ils retournèrent au chalet, la pluie ayant redoublé d'intensité, à présent. Le sol sous leur pied n'était plus qu'un bourbier glissant.

Aaron s'ébroua avant d'entrer, sachant qu'il devait avoir une mine effroyable.

Plusieurs personnes les fusillèrent du regard, leur lançant des coups d'œil méprisants. Mais ils pouvaient aller se faire foutre. Aaron et Ralph étaient en sécurité et au sec à l'intérieur et ils avaient maintenant chaud, avec les lumières, car ils avaient tous les deux travaillé d'arrache-pied.

Aaron ne trouva pas immédiatement Madison. Il rejoignit donc Maeve et Mark qui discutaient en chuchotant.

— Où est Madison ? demanda-t-il sans préambule.

Ils le contemplèrent tous les deux avant de jeter un coup d'œil au coin de la pièce. Le choc se lut sur leur visage.

— Quoi ? demanda Aaron en ressentant une montée d'adrénaline.

— Elle était dans le coin. Nous l'y avons laissée. Elle avait quelques vertiges. Oh, mon Dieu, où est Madison ? s'écria Maeve d'une voix aiguë.

D'autres commencèrent à se tourner vers eux et Aaron fit de son mieux pour voir au-dessus des têtes de tout le monde et la trouver.

Mais il en était incapable. Il n'y avait aucun signe d'elle.

— Elle est peut-être allée aux toilettes ? Ou bien elle est partie chercher quelque chose dans votre chambre ? suggéra Mark.

— Je vais aller vérifier. Cherchez-la ici. On se retrouve ici dans cinq minutes.

— Elle va bien. Elle va bien, répéta Maeve. Elle ne serait pas sortie sous cette tempête.

— Madison vous a-t-elle parlé de Guy ? demanda Aaron en tentant de ne pas paniquer.

— Comment ça ?

— Il lui a fait du mal, répondit Aaron d'une voix rauque.

— Quoi ? s'étonna Maeve en levant la main jusqu'à sa gorge.

— Je vous le raconterai plus tard. Mais oui, il lui a fait du mal. Il faut immédiatement qu'on retrouve Madison. Elle ne serait pas partie comme ça.

— Je suis sûr qu'elle va bien, répondit Mark en lançant un regard sévère à Aaron.

Ce dernier le comprit. Mark ne voulait pas que sa femme panique. Et il n'ajouterait donc pas d'huile sur le feu.

Non, il allait simplement laisser la panique l'envahir, lui.

Car, bien qu'il soit incapable de trouver Madison et que cela le terrifie, il fallait qu'elle aille bien.

Si ce n'était pas le cas ?

Il n'avait aucune idée de ce qu'il ferait.

CHAPITRE DIX-HUIT

Madison enfonça ses talons dans la boue, faisant de son mieux pour échapper à Guy. Ce geste l'incita seulement à lui tirer davantage sur le bras. Il lui déboita presque l'épaule.

— Qu'est-ce que tu fais ? Laisse-moi partir ! hurla-t-elle par-dessus le vacarme de la pluie et du tonnerre.

— Arrête de te battre. Ce sera bien plus facile si tu viens avec moi.

Guy tira davantage sur son bras et elle s'écria tandis que les larmes lui montaient aux yeux. Il était bien plus fort et le fait qu'il tienne un couteau de cuisine dans l'autre main, dont il l'avait menacée sans s'en servir pour l'instant, l'inquiétait plus que tout.

Elle était précédemment assise au coin de la salle à manger, tentant de voir où se trouvait Aaron, quand quelqu'un était arrivé depuis un angle mort et lui avait mis la main sur la bouche.

Elle n'avait pas eu l'occasion de crier, car dès qu'elle s'était rendu compte qu'on l'emmenait, il était trop tard. Guy l'avait presque immédiatement fait sortir, le fracas de la pluie masquant tout bruit qu'elle aurait pu émettre.

À présent, il ne prenait plus la peine de lui couvrir la bouche, mais il la traînait quasiment sur le flanc de la montagne vers la destination qu'il avait en tête.

— Pourquoi fais-tu ça ? demanda-t-elle, tandis que la peur lui provoquait la chair de poule.

Personne ne pouvait entendre ses cris, dehors, tout comme la fois précédente. Elle ignorait comment elle était censée se sortir de là. Comment était-elle censée se sauver ?

Même si une tempête n'abimait pas tout le paysage et ne rendait pas déjà la situation si dangereuse, elle n'était pas certaine qu'ils s'en sortent. Elle n'était pas certaine de s'en sortir, *elle*.

— Pourquoi ? Parce que je le dois. Tu es censée m'épouser. Et rien ne se passe comme prévu.

— Quoi ? Je ne vais pas t'épouser. Ça ne fonctionnera pas. Si tu me laisses partir, on peut oublier que c'est arrivé.

Guy rit, manifestement choqué, et le bruit fut à peine audible à cause de la pluie.

— Stupide garce. Va te faire foutre. Ta mère m'a promis ton argent. Et pourtant, il a fallu que tu te mettes avec cet abruti d'artiste et que tu mentes. Espèce de garce ouvrière. Tu te prends pour qui, putain ?

Madison ne comprenait le besoin ni le désespoir de Guy. Il n'avait aucun sens, à ses yeux.

Guy l'attira sous un arbre, son torse se soulevant difficile-ment. Elle avait beau avoir envie de s'enfuir, il la pointait toujours avec un couteau. De plus, elle était complètement perdue, à cause de la boue et de la pluie. Elle ne voyait même plus le chalet.

Elle ignorait où ils allaient et même si Guy avait un plan. Cependant, elle savait qu'elle ne s'en sortirait pas si elle ne s'enfuyait pas rapidement. Elle devait agir. Elle devait trouver Aaron. Elle devait trouver de l'aide.

Aaron était quelque part, dehors, se rappela-t-elle. Ou du moins, il était sorti. Il la trouverait. Mais il ne savait peut-être même pas qu'elle était à l'extérieur.

Elle mourrait ici, si elle ne prenait pas garde.

Elle tenta de ne pas paniquer, alors même que les émotions montaient en elles.

Elle soupira tandis que Guy la fusillait du regard. Elle s'humidifia les lèvres, tentant de se calmer pour réfléchir. Ce n'était pas facile, étant donné qu'elle n'avait qu'une envie : crier et se battre. Elle savait cependant qu'elle n'était pas assez forte. Pas avec cet homme.

Elle devait trouver un moyen de s'en sortir.

— Alors, tu voulais m'épouser ? Tout ça pour le mariage ?

— Je me fous totalement de toi. J'ai besoin de ton putain d'argent. J'ai fait quelques mauvais investissements et maintenant, ceux à qui je dois des sous en ont assez d'attendre. J'ai besoin de ce que tu as pour le leur donner. Tu étais ma source de revenus. Mais il a fallu que tu commences à t'affirmer. Subitement. C'est quoi ce délire ? Ta mère m'a dit que tu serais malléable. Que tu ferais tout ce qu'elle et moi, on te dit de faire. Que toi... et ton argent, vous m'appartiendriez.

Madison avait conscience que sa mère pouvait être cruelle, parfois, mais elle sentait que ces paroles n'étaient pas les siennes. Plutôt celles de Guy.

Il avait corrompu la cruauté de Maeve pour l'empirer.

Madison devait s'échapper.

Simplement, elle ne savait pas comment elle était censée le faire, avec le couteau qu'il brandissait dans sa direction ou le fait qu'elle ignorait où ils se trouvaient sur la propriété.

Guy lui tira une nouvelle fois le bras, tentant de l'emmener sur le flanc de la montagne. Elle secoua la tête et résista de toutes ses forces.

— On va mourir ici. La tempête est trop violente. Il faut qu'on fasse demi-tour.

— Salope, gronda-t-il. Tu dois venir avec moi. Ma voiture est là-bas.

— Prendre la route n'est pas sûr, dit-elle en essayant de le faire revenir à la raison, alors même qu'elle avait conscience que c'était vain.

— Arrête d'essayer de te sauver. On trouvera quelqu'un qui nous mariera, puis je prendrai ce qui m'appartient légitimement. J'ai dû te suivre comme un petit chiot amoureux et écouter ce que ta débile de mère disait, tout ça parce qu'on m'a promis quelque chose. Et voilà que je ne l'obtiens pas ? Non. J'obtiens tout ce que je veux. J'ai toujours obtenu ce que je voulais. Ce qui signifie que je vais t'avoir.

Il était dément. Il avait perdu la tête. Elle devait vraiment le fuir.

Il lui tordit une nouvelle fois le bras, mais cette fois-ci, elle se dégagea, ravie qu'il ait glissé dans la boue pour tenter de lui donner un coup de couteau.

Ce mouvement n'avait fonctionné que par chance, mais elle se mit à courir, sans s'arrêter, ses pieds glissant dans le bourbier tandis que la pluie fouettait sa peau. La grêle arriva. Madison savait qu'elle saignait probablement, à cause des petites balles de glace qui lui cinglaient la peau, mais elle s'en moquait. Elle devait retrouver Aaron. Elle devait retrouver sa mère et son père. Elle souhaitait simplement rentrer chez elle. Loin de Guy.

Elle ne cessa de courir pour remonter la colline, là où le chalet devrait se trouver, et elle pria pour aller dans la bonne direction. Elle entendait Guy qui criait son nom derrière elle.

Son cœur tambourinait tant qu'elle ne percevait rien d'autre que le tambourinement du sang dans ses oreilles.

— Madison ! hurla sa mère.

Le soulagement et la peur l'envahirent. Elle avait beau savoir que sa mère n'avait rien à voir avec ça, celle-ci avait effectivement fait entrer Guy dans sa vie. Cependant, Maeve blessait uniquement avec des mots et jamais rien d'autre.

Sa fille le savait au plus profond de son âme.

— Maman, fais demi-tour. Il arrive !

Elle refusait de laisser cet homme faire du mal à sa mère. Ce n'était pas la faute de Maeve si Guy était fou.

— Quoi ? haleta cette dernière.

Madison tendit la main vers elle, mais glissa au dernier moment et cogna son genou contre un rocher. Les étoiles se mirent à danser derrière ses paupières. Elle prit une grande inspiration, se convainquant que tout irait bien pour elle. Elle devait simplement continuer d'avancer. Mais Guy lui tira les cheveux et elle tomba en arrière en criant.

— Guy ? Qu'est-ce que tu fais ? Éloigne-toi de ma fille. C'est un couteau ?

— Salope ! hurla Guy.

Madison ignorait si cette insulte était pour elle ou sa mère.

— Lâche ma fille ! lui ordonna Maeve en titubant légèrement alors qu'elle essayait d'approcher.

— Arrête ! Il a un couteau !

Maeve écarquilla les yeux alors que la pluie s'intensifiait et que le vent hurlait de plus en plus autour d'eux.

— Va-t'en, sauve-toi ! hurla Madison.

— Lâche ma fille ! répéta Maeve d'une voix grave en s'approchant de Guy. S'il te plaît. Prends-moi à sa place.

— Non ! Maman.

Madison n'arrivait pas à y croire. C'était comme si une nouvelle personne se tenait devant elle, actuellement. Ou peut-être s'agissait-il de la personne qu'elle avait connue dans son enfance ?

— Lâche mon bébé.

Madison tira sur le bras de Guy et ils tombèrent tous les deux à genoux tandis qu'elle tentait de s'échapper. Il essaya de l'attraper en tirant sur ses vêtements. Un bruit de tissu déchiré résonna alors qu'elle essayait d'atteindre sa mère.

— Maman, cours !

Mais il était trop tard. Guy était là, une pierre à la main. Il l'écrasa contre le crâne de Maeve. Celle-ci écarquilla les yeux un instant avant que le sang coule à flots. Elle s'effondra ensuite au sol.

— Non !

Les genoux chancelants, Madison s'efforça d'avancer dans la boue et se jeta sur Guy, qu'elle frappa de toutes ses forces. Il tituba en arrière, le couteau tombant au sol. Madison le frappa à nouveau et le poussa. En criant. Il hurlait aussi, mais tout était si incohérent qu'elle ne savait même plus ce qu'il disait. Elle ne savait même pas s'il s'agissait de mots. Mais ça n'avait aucune importance. Elle le poussa à nouveau et fut soulagée quand il tomba en arrière. Elle se rapprocha de sa mère, craignant ce qu'elle trouverait. Le sang suintait d'une blessure ouverte sur le front de Maeve, mais elle respirait. Madison devait la protéger de cette pluie, la sortir de cette situation et trouver de l'aide. Les vêtements de Madison collaient à sa peau. Du sang recouvrait ses mains, ses genoux et tout autre endroit où elle s'était fait mal en tombant et où la grêle l'avait touchée. Elle avait une légère entaille sur le bras, à cause du coup de couteau, mais ne ressentait rien. Elle avait bien trop froid pour ça.

Si elles ne rentraient pas bientôt au chalet, elles mourraient ici. Pas nécessairement à cause de Guy, mais des éléments.

Elle commença à traîner sa mère loin de là, trop faible pour la porter. Elle ignorait si elle allait y arriver.

Soudain, Guy revint à la charge en criant. Il éloigna Maeve avant d'enrouler les mains autour de la gorge de Madison.

Elle s'agrippa à lui, le griffant avec ses ongles.

Elle haleta, tentant de respirer, mais il serra encore davantage. Madison tomba à genoux près de sa mère. Ses larmes s'ajoutèrent à celles de la pluie qui coulaient sur son visage.

C'était la fin. Elle allait mourir. Sa mère avait réellement essayé de la sauver, mais ça n'avait pas suffi.

Elles allaient mourir ensemble, sans que personne ne les entende crier à l'aide.

Quelqu'un d'autre arriva subitement. Guy se retrouva au sol, avec une plus grande silhouette penchée au-dessus de lui. Cette personne donnait des coups de poing et hurlait.

Madison toussa. Des points dansèrent devant ses yeux alors qu'elle luttait pour respirer. Elle leva les yeux et vit Aaron qui tabassait Guy. L'homme qu'elle aimait enrageait. Il tremblait, son corps couvert de boue et si mouillé à cause de la pluie qu'on aurait pu croire qu'il avait sauté dans une piscine.

— Aaron ! haleta-t-elle en pleurant à chaudes larmes, à présent.

Son corps était secoué de sanglots destructeurs.

Aaron donna un dernier coup de poing, assommant l'autre homme avant de s'en éloigner et de s'approcher de Madison. Il posa les mains autour de son visage, scrutant son regard.

— Madison. Tu vas bien ?

— Ma mère, s'étrangla-t-elle.

Elle fut incapable de prononcer autre chose.

Il observa le sang dont elle était couverte avant de se tourner vers sa mère. Son visage devint incroyablement blême.

— Ralph ! Mark ! Elles sont ici ! Appelez la police ! hurla-t-il au-dessus de la tête de Madison avant de l'attirer contre lui et de s'agenouiller pour vérifier le pouls dans le cou de sa mère.

Lorsqu'il hocha sèchement la tête, les larmes de Madison redoublèrent d'intensité et elle s'agrippa à lui en tremblant.

La terre commença à gronder. Elle leva les yeux et vit la boue qui se ruait vers eux.

— Oh mon Dieu, chuchota-t-elle.

— Venez, sortons-les de là.

Aaron l'embrassa vivement avant de la pousser vers son père, qui l'aida à se lever. Aaron ouvrit la marche, Maeve collée contre son torse. Il la portait comme si elle était un poids plume.

— Je m'occupe de ce salopard, gronda Ralph en chargeant Guy sur son épaule tandis que la boue, les arbres, les branches, les pierres et tout le reste se ruaient vers eux.

La coulée de boue était plus rapide que tout ce que Madison avait vu dans sa vie.

— Il faut qu'on se dépêche ! hurla Aaron plus fort que le bruit assourdissant.

— Guy avait un couteau, dit Madison en s'agrippant au torse de son père.

Il la traîna pratiquement jusqu'au sommet de la colline, à l'opposé de la trajectoire de la coulée de boue.

Les deux versants étaient séparés par un ravin. Tant qu'ils rejoignaient les hauteurs, tout devrait bien se passer pour eux ainsi que pour le chalet. Néanmoins, si elles étaient restées là où ils se trouvaient avant l'arrivée d'Aaron, elles seraient sans doute mortes.

Si Aaron n'était pas venu chercher Madison, cela aurait été la fin.

Elle trembla, l'adrénaline la sillonnant rapidement. Elle savait qu'elle s'effondrerait d'une minute à l'autre.

— Papa, chuchota-t-elle d'un air choqué.

— On va te mettre à l'abri. On va vous mettre à l'abri, ta mère et toi. Viens, ma puce.

Il la serra contre lui. Madison regarda Aaron, sachant qu'il avait uniquement laissé son père la porter pour qu'il puisse s'occuper de sa mère inconsciente et la remonter en haut de la colline. Personne d'autre n'aurait été assez fort. D'ailleurs, Ralph luttait sous le poids de Guy, mais elle s'en moquait. Au point où ils en étaient, Guy pouvait être abandonné. Mais, après tout, elle ne voulait pas avoir cette mort sur la conscience.

Ils arrivèrent au sommet de la colline, la coulée de boue rugissant de l'autre côté du petit ravin. D'autres personnes, qui parlaient toutes en même temps, arrivèrent dans leur direction. Des lumières clignotaient. Elle se rendit compte que les autorités étaient arrivées.

Elle ne savait pas exactement ce qu'il se passerait ensuite. Les secouristes se dirigèrent vers sa mère et Aaron la leur donna avant de se tourner vers Madison. Cette dernière ne savait quoi dire. Elle se jeta simplement sur lui, s'éloignant de son père et fondant dans les bras d'Aaron.

Il l'avait sauvée. Il avait sauvé sa mère.

Elle n'avait qu'une envie : l'enlacer.

Et ne jamais le relâcher.

CHAPITRE DIX-NEUF

Aaron s'appuya contre le mur, ravi que la police s'en aille. Les flics avaient emmené Guy avec des menottes. Il s'était réveillé peu après leur arrivée au chalet, Ralph lui attachant les mains et les pieds au cas où les policiers n'apporteraient pas leurs propres contentions.

Aaron appréciait Ralph. Il ne pouvait s'en empêcher. Il savait que, quoi qu'il se passe, il se lierait d'amitié avec le gérant du chalet.

Ce n'était pas franchement ainsi qu'il s'attendait à passer sa soirée, mais, après tout, rien n'était normal, dans sa vie.

Plus maintenant.

Il regarda Madison et vit comment elle discutait avec sa famille et vice-versa. Ils étaient si proches que personne n'aurait eu l'impression qu'ils avaient un jour été en froid.

Sa mère s'était réveillée une fois qu'ils l'avaient emmenée au sec. Bien que les secouristes soient convaincus qu'elle ait un traumatisme crânien et ait besoin de points de suture, ils comptaient attendre un peu plus longtemps avant de la mettre dans l'ambulance pour l'emmener. Principalement parce que la tempête avait submergé certaines routes et qu'elle était en sécurité, surveillée – surtout par Madison, qui semblait ne plus vouloir quitter sa mère des yeux de toute sa vie.

Après tout ce qu'il s'était passé, ces événements étaient curieusement devenus leur point de ralliement. Maeve était une personne totalement différente et Aaron ne pensait pas que c'était à cause du coup qu'elle avait pris sur la tête. Non, elle avait été à deux doigts de perdre sa fille. C'était comme si cette frayeur avait tout changé.

Il ignorait si les choses resteraient ainsi, mais il avait l'impression que Madison s'en assurerait.

D'une manière ou d'une autre, elle avait retrouvé sa famille. Désormais, il n'était qu'un observateur qui ne savait pas vraiment quoi dire.

Manifestement, elle n'avait plus besoin de lui. Et, honnêtement, il ignorait ce qu'il aurait fait, s'il l'avait perdue. Ce qui l'effrayait. Mais elle avait besoin d'être avec sa famille, en ce moment. Ça, il le savait. Cela signifiait peut-être qu'il serait mieux pour lui de s'en aller bientôt. Simplement, il ignorait s'il était assez fort pour ça.

Les flics l'avaient interrogé, avaient regardé les ecchymoses sur ses mains et ses articulations ensanglantées sans rien dire. Ils avaient plutôt semblé... presque fiers de lui. Il s'en contenterait. Il était arrivé presque trop tard pour sauver Madison. Presque trop tard pour sauver la personne qu'il aimait plus que tout.

Et parce qu'il l'aimait, il ferait ce qu'il y avait de mieux pour elle, même si ce n'était pas ce qu'il y avait de mieux pour lui.

Mark le rejoignit avec un air renfrogné. Aaron redressa les épaules et observa cet homme plus âgé que lui.

— Monsieur McClard.

— Appelez-moi Mark. Vous avez sauvé les femmes de ma vie, je ne pourrai jamais assez vous remercier.

Aaron secoua la tête.

— Inutile de me remercier. Si nous vous avions parlé de Guy dès le début, ça ne serait peut-être pas arrivé.

— Il y a beaucoup de doutes et de questions, sur ce qu'il se serait passé. Des choses dont nous devons discuter en famille. Mais je veux vous remercier d'avoir été là pour les femmes de ma vie et pour les avoir sauvées. Je suis ravi que vous fréquentiez notre petite fille. Même si c'était un mensonge au début, je vois maintenant que c'est la vérité.

Mark tendit la main et Aaron cligna des yeux, ne sachant quoi dire. Il se contenta d'échanger une poignée de main avec lui.

— Je suis heureux d'avoir été présent.

— Je le suis également. Je serai fier que vous fassiez partie de notre famille.

Mark serra la main d'Aaron avant de retourner auprès de son épouse. Manifestement, ils allaient bientôt la placer dans l'ambulance, ce qui signifiait probablement que Madison s'en irait. Il était donc aussi temps pour Aaron de la laisser partir.

Madison le rejoignit alors. Il soupira, faisant de son mieux pour ne pas donner l'impression qu'il se brisait de l'intérieur.

— J'accompagne Maman. Papa va suivre en voiture. J'espère que ça ne te dérange pas. Je sais que je suis venue ici avec toi, mais je ne pense pas pouvoir la quitter des yeux.

Aaron replaça une mèche des cheveux de Madison derrière son oreille.

— Je comprends. Tu dois accompagner ta mère. Tu as besoin d'être avec elle pour ça. Elle est sortie pour te sauver.

Les larmes montèrent aux yeux de la jeune femme. Il se sentit bête d'avoir évoqué cela.

— C'est vrai. C'était comme si elle était redevenue ma mère. Je sais que nous devons discuter de beaucoup de choses.

Nous tous. Mais je suis tellement heureuse qu'elle aille bien. Que tu ailles bien. Que tu aies été présent.

Il déglutit tant bien que mal.

S'il était intelligent, il lui aurait avoué ses sentiments. Il aurait dit qu'il l'aimait et qu'il l'aimerait toujours. Mais il ne l'était pas. Il savait exactement ce dont elle avait besoin et ce n'était pas de lui.

— Vous allez guérir en tant que famille. Et vous avez besoin les uns des autres. Ça te fera du bien d'être avec eux.

— C'est vrai, répondit-elle d'un air confus.

Elle fronça les sourcils.

— Qu'est-ce qui ne va pas ?

— J'imagine que c'est terminé.

Pourquoi sa voix semblait-elle aussi glaciale ? Pourquoi le reste de son être était-il froid, également ?

Elle écarquilla les yeux.

— Quoi ?

— Il n'y a plus de fiançailles. Il n'y a plus de Guy. Tu n'as plus besoin que je fasse semblant d'être avec toi. Tu as ta famille. Tu as besoin d'être avec eux. Ils te voient, maintenant. Pour ce que tu es vraiment.

Tout comme je t'aie vue.

Elle ne répondit rien, mais après tout, il ne lui en laissa pas vraiment l'occasion. Il se pencha donc et effleura les lèvres de Madison avec les siennes, dans un au revoir qui le briserait. Il le savait. Mais il s'en moquait.

Il s'éloigna et lui montra sa mère d'un geste de la main.

— Ils vont bientôt l'emmener. Il ne faut pas que tu rates ça. Je suis content d'avoir été présent, ce week-end. Je suis content d'avoir pu apprendre à te connaître.

Elle se contentait de le regarder, manifestement stupéfaite, ne disant toujours rien.

C'était méprisable de la part d'Aaron, de faire ça, mais cette rupture serait parfaite. Elle faciliterait la vie de Madison et l'aiderait à comprendre exactement ce qu'elle souhaitait, sans lui.

Elle avait enfin sa famille. Il n'avait pas besoin de faire partie de tout cela.

— Madison, on y va, l'informa son père.

Elle se contenta de secouer la tête en regardant Aaron.

— Vas-y. C'est ce qu'il te faut.

Elle avait un bandage sur la tête, un autre autour du bras. Il ne pouvait plus voir ça. Elle devait s'en aller, sinon il finirait par se briser.

Encore plus qu'il ne l'était déjà.

Plutôt que de dire quoi que ce soit, elle s'en alla et le laissa seul. Comme il le souhaitait.

Il savait que c'était pour le mieux. Elle avait une seconde chance avec sa famille. Et ils n'avaient aucune raison de désirer ce qu'ils ne pouvaient avoir, quand tout ce qu'ils auraient pu partager avait commencé avec un mensonge.

Il le savait. Et, un jour, il s'autoriserait réellement à y croire.

CHAPITRE VINGT

Madison se servit une tasse de thé après en avoir fait de même pour sa mère. Maeve McClard était étendue sur le canapé blanc confortable, près de larges baies vitrées, parfaitement cadrées et d'une grande élégance sous la lumière. Pourtant, elle ne portait pas de maquillage et ses cheveux étaient attachés dans une tresse qui lui retombait dans le dos.

Madison n'avait jamais vu sa mère ainsi. Pas depuis l'enfance. Même lors des matinées de Noël, sa mère était impeccablement maquillée et coiffée pour les photos.

Ce qui n'avait nullement dérangé Madison. Quelques-unes de ses amies aimaient aussi se maquiller. Certaines en faisaient même leur métier et aimaient donc être constamment présentables, selon leur propre définition. Sa mère avait toujours poussé cela à l'extrême. Madison n'avait donc jamais pu voir au-delà de cet extérieur.

— Voilà pour toi, lui dit-elle en lui tendant la tasse sur la soucoupe en porcelaine délicate.

Sa mère sourit en hochant légèrement la tête.

— Merci, chérie.

Elle se pencha au-dessus de la tasse et ferma les yeux en inspirant.

— J'adore ce mélange à l'hibiscus. Je ne prends plus le temps de m'asseoir pour boire un thé.

Madison s'installa dans le fauteuil à côté du canapé et inhala le parfum de son thé floral.

— Moi non plus, d'habitude. Surtout parce que je m'occupe de café et de cupcakes.

Elle faillit grimacer après avoir évoqué son boulot, un sujet épineux pour elles. Néanmoins, ce fut sa mère qui grimaça, cette fois-ci.

Si sa mère lui parlait de son emploi, Madison pourrait bien partir. Elle avait appris que la vie était trop courte pour supporter de se faire piétiner et de souffrir.

Elle essayait encore de comprendre ce qu'il se passait dans sa famille à présent. Elle essayait de comprendre comment ils iraient au-delà de la douleur et de la terreur du passé. Néanmoins, elle ne comptait pas souffrir en silence, quoi qu'il arrive.

Du moins, c'était ce qu'elle se disait.

— Je devrais vraiment goûter l'un de tes cafés, un jour.

Madison cligna des yeux et posa sa tasse ainsi que sa soucoupe sur la table ancienne à côté d'elle.

— Oh ?

Sa mère lui lança un triste sourire avant de secouer la tête et de boire une gorgée de son thé qu'elle rapprocha ensuite au mieux de Madison. Celle-ci se leva, récupéra la tasse et la posa afin que sa mère n'ait pas besoin de tendre le bras.

L'attaque avait eu lieu quelques jours plus tôt, seulement, et sa mère subissait encore les contrecoups de la commotion cérébrale. Les points de suture de Madison l'avaient fait souffrir, ce matin-là, mais elle n'oublierait jamais la vue de sa mère, effondrée par terre, après l'attaque de Guy.

Cette scène la hanterait pour toujours.

Tout comme les mots sur lesquels Aaron s'était séparé d'elle. Madison chassa ces pensées, ne souhaitant pas penser à lui pour le moment. Elle ignorait si elle pourrait un jour penser à lui à nouveau.

Du moins, sans mourir un peu de l'intérieur.

— Je n'ai pas été une bonne mère, ces derniers temps, lui dit Maeve.

Madison, surprise, sortit de sa rêverie.

— Oh ?

Sa mère ricana avant de se frotter les tempes.

— Ça, je le méritais, et même plus. Mais, Madison, j'ai toujours voulu ce qu'il y avait de mieux pour toi.

— Je le sais. C'est juste que... Je ne pense pas que tu t'y sois prise de la meilleure des manières.

Elle essayait d'être aussi délicate que possible et ne devait donc pas être en train d'insulter sa mère.

— Tu es trop gentille. C'était peut-être le problème. Tu as toujours été si gentille avec moi, même quand j'étais terrible. J'ai voulu que tu aies le meilleur. La meilleure vie, la meilleure famille, le meilleur travail. Donc, quand j'ai pris peur à l'idée de ne pas être une assez bonne mère, je me suis mis en tête que je devais t'obliger à vivre certaines situations pour que tu deviennes la McClard parfaite.

— La perfection n'existe pas, Mère.

— Oh, je l'ai appris.

Maeve grimaça tandis que Madison écarquillait les yeux.

— Je ne voulais pas dire que tu es imparfaite. Je voulais dire que l'idée de la perfection est ridicule. Je t'ai imposé toutes ces attentes, car j'ignorais comment t'aider. Alors qu'en réalité, tu n'avais pas besoin de mon aide. Tu es une belle femme, qui a un très bon sens des affaires, et tu as tant de choses. Malheureusement, je n'ai rien vu de tout ça, parce que j'ai été aveuglée par le fait que tu n'agissais pas comme je le souhaitais.

— Effectivement.

Madison ne s'en excusa nullement. Elle se refusait à le faire. Quelques mots gentils maintenant ne compenseraient pas tout ce que sa mère avait fait par le passé. Néanmoins, il serait cruel de la part de Madison de ne pas faire de son mieux pour accepter au moins ces excuses. Elles devaient faire des compromis, autrement, il serait impossible de reconstruire les ponts qui avaient été coupés.

— J'essaie d'apprendre à être une meilleure personne. Il a fallu que je sois à deux doigts de te perdre pour me rendre compte de ce que j'étais devenue. Je sais que les mots que je te dirai aujourd'hui ainsi que mes excuses n'arrangeront pas tout. Mais j'espère que tu me donneras la chance de trouver un moyen de tout arranger. Ma route vers la guérison sera longue, pour que je comprenne comment je vais faire ce qu'il faut. Mais j'espère que tu me laisseras essayer de me racheter, pour la personne que j'ai été. Pour la personne que je suis, se corrigea-t-elle.

— Ta mère parle pour nous deux, ajouta le père de Madison en entrant dans la pièce avec une tasse de café à la main.

— Viens t'asseoir à côté de moi, chéri, dit Maeve en tapotant le canapé à côté d'elle.

Les parents de Madison se touchaient rarement, devant elle. La plupart du temps, ils ne s'asseyaient même pas côte à côte. Ainsi, voir son père s'installer auprès de sa mère et lui serrer la main tout en lui embrassant la tempe indiquait à Madison que des choses, bien enfouies sous la surface, avaient été brisées pour ses parents. Des choses qui n'avaient aucun rapport avec elle. Ce coup de semonce serait peut-être bénéfique pour tout le monde. Elle espérait simplement que lorsque les ecchymoses guériraient, les cendres restantes ne seraient pas emportées par le vent.

— Je suis désolé pour tout. Je vais essayer de ne plus être un père aussi médiocre.

— Vous n'étiez pas des parents horribles, dit Madison avant de marquer une pause. Du moins, ça n'a pas commencé de cette façon.

— Aïe, répondit son père en riant. On le méritait.

Voire plus.

— J'ignore comment je suis devenue ainsi. Et ce n'est pas que la commotion qui parle, ajouta Maeve.

Madison ricana.

— Je ne l'espère pas, répondit-elle. Parce qu'une fois que tu auras retrouvé toute ta forme, j'espère sincèrement qu'on peut trouver un moyen d'arranger ce qui a été brisé dans notre famille au fil du temps. Je veux que vous appreniez à me connaître comme je le suis maintenant et pas comme la femme que je devais être, selon vous. Et j'espère que vous voudrez rester cette personne que vous êtes devenue.

— Je ne crois pas que c'est un simple coup sur la tête qui a changé ça, lui assura sa mère d'une voix douce. Te voir dehors couverte de sang et de boue ? Et comme tout ça était à cause de Guy... Je ne sais pas vraiment quand je me suis trompée. Enfin, je comprends les prémices, mais comment ai-je pu ne pas voir ce qu'il était vraiment ?

Le père de Madison saisit la main de Maeve. Leur fille soupira.

— Je ne l'ai pas vu venir non plus.

— Tu en as vu plus que nous, lui garantit son père.

— Peut-être que oui, mais je ne m'étais pas rendu compte qu'il pouvait changer si drastiquement. Je l'ai toujours trouvé charmant. Je n'ai pas réalisé que ce n'était qu'une couche extérieure qui dissimulait sa cruauté.

— Il ira en prison un long moment. Nous nous en assurerons, lui dit son père d'une voix sévère.

Elle faisait confiance à son père pour gérer les problèmes juridiques, car c'était ce qu'il faisait. Il nettoyait les dégâts et usait de son influence. Pour une fois, elle était ravie qu'il ait cette compétence. Car elle ne voulait plus jamais revoir Guy. En l'état, elle le voyait dans ses cauchemars et n'en avait plus envie.

— Je n'ai pas vu Aaron ici, lança sa mère sans crier gare.

Madison cligna des yeux.

— Oh, eh bien, vous savez...

— Qu'il s'agissait de fausses fiançailles ? lui demanda sa mère alors que son regard s'illuminait pour la première fois depuis l'attaque. J'étais au courant, mais j'ai également vu la manière dont vous vous comportiez, l'un avec l'autre. Finalement, ce n'était plus un mensonge, n'est-ce pas ?

Madison déglutit péniblement et baissa les yeux vers la bague de fiançailles qu'elle portait toujours, celle qui lui rappelait tant Aaron. Il lui avait envoyé un SMS, pour être certain qu'elle était en sécurité et rentrée chez elle, mais il ne l'avait pas contactée en dehors de cela. Lincoln et les autres l'avaient appelée et celui-ci était même passé avec Ethan et Holland. Mais personne ne mentionnait Aaron. L'absence de son nom sur leurs lèvres était comme une fissure sur la coquille de marbre qu'elle s'était forgée. Le fait qu'ils soient au courant qu'il ne fallait pas le mentionner signifiait qu'Aaron ne voulait plus rien avoir à faire avec elle. Et elle détestait se briser de l'intérieur à cause de ça.

— Nous ne sommes plus ensemble, annonça-t-elle après un moment dans un silence assourdissant.

— Je suis vraiment désolée, chuchota sa mère.

— Vraiment ?

Elle aurait pu se gifler. Ils passaient une si bonne journée et voilà qu'elle se montrait grossière.

— Vraiment. Aaron était quelqu'un de bien pour toi.

Sa mère secoua la tête tandis que Madison ouvrait la bouche pour parler.

— Je suis navrée de ne pas l'avoir vu plus tôt. Et je m'excuse d'avoir essayé de me servir de sa notoriété professionnelle comme d'un argument, en pensant que cela t'aiderait, au lieu de voir qu'il était simplement bien pour toi pour ce qu'il est. J'essaie de ne pas être une personne horrible, et il me faudra beaucoup de temps pour surmonter mes préjugés.

— Ta mère n'est pas la seule qui doit surmonter quelques problèmes, renchérit le père de Madison.

— Je suis ravie de l'entendre de votre part à tous les deux. Mais Aaron et moi, nous ne sommes plus ensemble.

— Et pourtant, tu portes encore sa bague, remarqua sa mère.

Madison eut l'impression que cette réflexion devrait la faire souffrir, mais ça n'était pas le cas. Elle était trop engourdie.

— Je crois que je suis juste trop fatiguée pour la retirer, mentit-elle.

Sa mère et son père lui lancèrent des regards entendus, puis ils changèrent de sujet pour passer aux cupcakes. Ils évoquèrent son travail et quelques banalités. Pourtant, elle avait l'impression qu'ils apprenaient à se connaître pour la première fois.

Le coup sur la tête n'avait pas tout changé. Contrairement au fait qu'ils avaient failli se perdre. Madison savait qu'il y aurait des contrecoups et encore beaucoup de travail, mais c'était un pas dans la bonne direction. Elle ne pouvait continuer de reculer. Même si aller dans cette direction signifiait repartir vers Aaron.

Elle ne l'avait plus. Il s'était éloigné pour la laisser respirer.

Mais cela avait été si brutal qu'elle ne l'avait pas encore vraiment encaissé. Elle avait été incapable de lui dire ce qu'elle ressentait. Elle craignait que le jour où elle le ferait, si elle le faisait, elle soit encore plus blessée.

Mais elle n'était pas la même personne qu'au début de toute cette histoire. Quand elle faisait les cent pas sur le parking et avait l'impression de merder complètement. Elle n'était pas la même personne qui s'était rendue au vernissage.

Elle n'était même plus la même femme que lorsqu'ils s'étaient embrassés pour la première fois.

Cela comptait peut-être pour quelque chose. Seulement, elle n'était pas sûre que c'était le cas et ne savait pas ce que cela signifiait. Pas quand elle avait l'impression de tout perdre.

Ou comme si, au fond, elle n'en avait jamais valu la peine.

CHAPITRE VINGT-ET-UN

aron s'était attendu au tambourinement contre sa porte. Il avait anticipé les cris.

En revanche, il n'avait pas vu le poing qui s'écraserait contre son visage.

Ou peut-être que si, mais pas de la part de celui qui lui avait donné le coup.

— Ethan, c'est quoi ton problème ? lança Lincoln aux côtés de son amant.

Aaron se frotta la mâchoire et sourit à son petit frère.

— Je pensais que ce serait Lincoln qui me frapperait. Et je l'aurais laissé faire. Je ne m'attendais pas à ce que toi, tu le fasses.

— Je ne voulais pas que Lincoln te frappe, parce que ça aurait pu faire du mal à Madison. Elle n'aime pas quand les gens la défendent comme ça. Mais si je le fais, ce n'est qu'un échange entre frères. C'est quoi ton putain de problème, Aaron ? Pourquoi Madison pleure-t-elle seule, chez elle, pendant que tu es là, à te comporter comme un salopard ?

Cette remarque fit l'effet d'une douche froide à Aaron. Il

recula de quelques pas, tandis que la bile montait dans sa gorge.

— Maintenant que tu as évacué ta colère, chéri, rentrons. On peut lui botter le cul comme il se doit, dit Lincoln au travers de ses dents serrées.

Aaron recula de quelques pas pour qu'ils puissent tous les deux franchir la porte en lui lançant un regard noir.

— Ça n'était pas réel, commença Aaron.

Lincoln leva une main.

— Non, on ne va pas commencer comme ça. On va commencer avec *ça*.

Lincoln étreignit ensuite Aaron si fermement que ce dernier arriva à peine à respirer.

— Merci d'avoir sauvé ma famille. Merde. Je n'arrive pas à croire que j'ai failli les perdre.

Aaron percevait les larmes dans la voix de l'homme. Il déglutit tant bien que mal pour se retenir de pleurer et se contenta d'étreindre Lincoln en retour. Ethan s'approcha alors pour les enlacer tous les deux. Ils restèrent plantés là, tous les trois, à se contenter de respirer en s'accrochant les uns aux autres. Aaron se demanda comment il s'était fourré dans cette situation. Non pas parce qu'il était étreint par son frère et un ami, mais parce qu'ils étaient venus le réconforter.

— Ça suffit, dit Ethan en tirant sur le bras de Lincoln. Il est à moi.

Ethan adressa un clin d'œil à Aaron, ce qui le fit rire. C'était la première fois qu'il avait réellement ri depuis qu'il avait vu Madison s'éloigner quand il lui avait intimé de partir.

— Lincoln est mignon, mais il n'est pas mon genre.

— Je suis le genre de tout le monde, je te remercie, rétorqua Lincoln alors même que son humour sonnait faux.

— Je suis désolé, dit Aaron.

— Tu ne devrais sincèrement pas t'excuser auprès de moi. Tu devrais t'excuser auprès de la femme que tu as blessée.

— Ce n'était pas réel, chuchota une nouvelle fois Aaron.

— Oh, arrête tes conneries. On sait tous que c'est réel. Vous avez peut-être commencé cette histoire par une plaisanterie ou un stratagème pour qu'elle ait un peu d'espace, mais j'ai vu comment vous vous comportiez, tous les deux. Et ne me dis pas que vous ne couchiez pas ensemble, parce que ce serait un putain de gros mensonge, gronda Lincoln.

Aaron passa une main dans ses cheveux et remarqua qu'il avait besoin d'une coupe. Mais il s'en moquait. Il était trop fatigué. Trop lessivé pour travailler, pour créer. Il avait l'impression de tout faire de travers.

En revanche, il méritait qu'on lui hurle dessus. Il le méritait tant. Mais il n'était pas le bon, pour Madison. Elle avait besoin d'espace et le fait qu'il ne lui en donne pas aurait fini par la blesser.

— Elle a besoin de temps pour être avec sa famille.

— Tu as raison. Mais pas constamment. Seigneur, tu dois la sauver d'elle-même.

Aaron plissa les yeux en regardant Ethan.

— Qu'est-ce que tu veux dire ?

— Tout ce que je dis, c'est que vous alliez très bien ensemble. Je me fiche de savoir si tu penses que vous ne sortiez pas ensemble. Vous sortiez ensemble. Alors, ne commence pas.

— Madison a besoin de toi, aussi. Vous étiez *bien* ensemble, renchérit Lincoln. Et étant donné que je veux que ma précieuse petite cousine reste pure et parfaite, le fait que j'autorise cette histoire devrait t'indiquer à quel point vous alliez bien ensemble, à mes yeux.

— Je ne vais pas évoquer ce sujet, si ça ne te dérange pas, dit Aaron en pensant à toutes les obscénités qu'ils avaient faites.

Lincoln plissa les yeux.

— Oui, n'en parlons pas.

— Je me suis éloigné pour la laisser respirer. Bon sang, pour respirer, moi aussi. Tout est arrivé si vite. Je ne savais plus ce qui était authentique et ce qui ne l'était pas.

— Alors, parle-lui, dit Ethan.

— C'est marrant, compte tenu de ce qui t'est arrivé, dit Aaron en regrettant ses paroles dès qu'il les eut prononcées.

— Tu as raison, dit Ethan. J'ai failli tout gâcher.

— Moi aussi, dit Lincoln.

— Tu sais ce qu'on a fait ? demanda Ethan.

— On s'est parlé, une fois que vous nous avez hurlé dessus, conclut Lincoln.

— Donc, nous voilà, dit Ethan.

— On te hurle dessus, ajouta Lincoln.

— D'accord, je comprends. Et si elle dit non ? Et si elle guérit, et qu'elle n'est pas attristée par mon départ ?

— Et si tu es un putain d'idiot ? rétorqua Lincoln.

— Joli, chéri, lui lança Ethan d'une voix transie.

— Elle me manque tant, dit Aaron en glissant une main sur sa barbe. Je ne voulais pas que ce qu'on avait se mélange et s'embrouille dans cette mascarade. À présent, j'ignore comment revenir en arrière.

— Tu le fais, c'est tout, chuchota Ethan. Et tu rampes. Tu supplies. Tu lui dis exactement ce que tu ressens.

— Mais d'abord… suggéra Lincoln.

— Je devrais me doucher ? ironisa Aaron.

— D'accord, oui. D'abord, tu devrais te doucher. Mais ensuite ? Tu devrais déterminer exactement ce que tu veux. Parce que tu n'as pas de deuxième chance, expliqua Lincoln. Tout ça fait partie de la première. Mais si tu t'en vas à nouveau ? Si tu lui fais du mal ? Aucun endroit sur cette Terre ne pourra te cacher.

Lincoln le fusilla du regard.

— Détermine ce que tu veux, répéta-t-il.

— Je sais déjà ce que je veux, dit Aaron en baissant les yeux vers ses mains.

Des mains qui l'avaient touchée. Qui mouraient encore d'envie d'elle.

— Et ? insista Ethan.

— Je la veux.

— Alors, va la chercher. Rampe de tout ton cœur. Et ne merde pas, insista Lincoln.

— Mais comment je fais pour ramper ? s'enquit Aaron.

Ethan leva les mains vers le ciel.

— Tu lis combien de romans à l'eau de rose ? Lis un de tes précieux bouquins et apprends à ramper. Et fais-le comme il le faut. À ce stade, il devrait même y avoir du verre pilé sur le sol pour que tu marches dessus.

— C'est sur des braises, qu'on doit marcher, chéri, répliqua Lincoln en riant. Mais sérieusement. Rampe sur du verre pilé. Ça t'aidera.

— Mais ne mets pas trop de sang sur le tapis, rétorqua Ethan.

— Je ne suis pas convaincu que vous m'aidiez vraiment, dit Aaron en riant.

— Tu sais bien que oui. Bon, choisis un livre, prends une douche, mais ne lis pas sous le jet, parce que tu l'abimeras. Puis tu iras ramper. Dis-lui ce que tu ressens. Assure-toi simplement de savoir avec certitude ce que tu ressens.

Aaron soupira et acquiesça, sachant qu'ils avaient raison.

Il savait déjà ce qu'il voulait. Il savait ce qu'il ressentait pour Madison McClard.

Il l'aimait.

Et à présent, il devait trouver un moyen de le lui dire pour qu'elle ne le tue pas.

Plus facile à dire qu'à faire.

CHAPITRE VINGT-DEUX

Durant les cinq jours qui s'étaient écoulés depuis qu'elle avait été kidnappée, quasiment assassinée, presque mariée et à deux doigts d'être bousculée sur le flanc d'une montagne par un psychopathe dément, Madison avait eu l'impression de s'être enfin trouvée. Elle fermait la boutique pour la journée, voulant passer un peu de temps seule. Elle avait renvoyé Brynn chez elle, quand celle-ci lui avait rôdé autour tout le temps que Madison avait passé dans la cuisine.

Madison adorait Brynn. Elle adorait le fait que cette femme ait proposé de prendre les rênes de *Péché mignon* dans les jours où Madison avait été indisponible, mais elle avait maintenant besoin d'espace.

Bien sûr, cette phrase lui rappela justement Aaron. Elle grommela, furieuse qu'il ait osé prendre ses distances.

Demain, se dit-elle. Elle le confronterait le lendemain et lui dirait exactement ce qu'elle ressentait. Elle lui dirait ensuite d'aller se faire voir s'il tentait à nouveau de la repousser.

Elle était encore quelque peu courbaturée, non seulement

dans son corps, mais également dans son cœur. Elle se sentait mieux, cependant.

Guy avait déjà plaidé coupable, elle ne le verrait donc plus si elle n'en avait pas envie. Elle connaissait les détails, mais n'avait pas envie de s'attarder dessus, car ils n'avaient aucune importance. Il n'était qu'un incident dans le tourment émotionnel au milieu duquel elle se trouvait déjà.

Mais elle avait sa boutique, elle avait son café et elle avait ses cupcakes.

Elle baissa les yeux vers la chaîne qu'elle portait autour du cou, se demandant pourquoi elle l'avait mise.

Elle n'avait pas Aaron, mais elle possédait un bout de lui. Demain, quand elle irait lui hurler dessus, ou peut-être simplement lui demander pourquoi il prenait ses distances, l'obligeant ainsi à s'éloigner de lui, elle lui demanderait ce qu'il voulait faire de la bague. Le symbole qui avait débuté comme un mensonge, mais qui finalement avait eu tant de signification pour elle.

Jamais elles n'avaient cru qu'ils étaient fiancés, mais ils avaient peut-être tout de même commencé quelque chose. Une relation ? Elle avait besoin de ces étiquettes. Quoi qu'il en soit, elle avait cru qu'ils avaient partagé plus qu'une simple duperie.

Elle avait laissé Aaron pénétrer son cœur. Son corps. Et elle savait qu'il était effrayé. Qu'il ne l'avait pas repoussée sans raison ! Désormais, elle devait connaître ces raisons.

Quelqu'un frappa à la porte et elle leva les yeux en se figeant.

Elle avait fermé tous les stores, à l'exception des vitres de devant. Personne ne pouvait la voir à moins de se coller à la porte pour l'apercevoir en train de balayer les restes de la journée.

Auparavant, elle aurait eu peur de se retrouver seule dans

sa maison. Mais elle se savait en sécurité, car elle fermait tout à clé et que Guy n'était plus dans les parages.

Elle ne laisserait pas la peur diriger sa vie.

Pourtant, elle fut à deux doigts de crier en voyant Aaron qui se tenait devant la porte d'entrée. Voilà qu'elle se retrouvait avec un balai à la main, à regarder la bague autour de son doigt.

Elle laissa la chaîne retomber contre sa poitrine et s'approcha de lui sur des jambes chancelantes.

Devrait-elle ouvrir la porte ? Ou simplement s'en aller et faire comme s'il n'était pas là ?

Non, ce serait fuir. Et elle s'était déjà dit qu'elle le verrait le lendemain.

Autant en finir maintenant.

Autant se briser.

Mais elle n'en ferait rien.

Pas encore.

Elle soupira et s'approcha de la porte. Elle croisa le regard d'Aaron après avoir ouvert.

— Salut, chuchota-t-elle.

Il déglutit péniblement. Le regard de Madison se braqua immédiatement sur les longues lignes de sa gorge.

— Merci d'avoir ouvert la porte. Je n'étais pas certain que tu le ferais.

Elle leva les yeux vers lui et fronça les sourcils.

— Moi non plus, je n'étais pas sûre de le faire, pendant un moment.

— Je peux entrer ? Ou... Je peux rester planté là. Je ne veux pas que tu aies l'impression que je t'encombre.

— Entre. Discutons. Il le faut. Et je veux m'assurer que la porte est bien fermée à clé.

Il fronça les sourcils en regardant autour de lui, remarquant sans doute que les chaises étaient sur les tables et que les lumières étaient éteintes.

— Tu es toute seule ?

Elle faillit lever les yeux au ciel, mais comprit ce qu'il voulait dire par là.

— Brynn vient de partir. Eh oui, je suis seule. Ma voiture est dans le garage, pas dans l'allée. Je me protège.

— Je n'aime pas que tu sois seule.

— Tu n'as pas le droit d'avoir une opinion sur ce que je fais, si ? demanda-t-elle, alors même qu'elle ne s'était pas rendu compte qu'elle allait se montrer sévère jusqu'à ce qu'elle prenne la parole.

Aaron mit les mains dans ses poches et hocha la tête.

— J'imagine que je le mérite.

— Non, je ne veux pas te blesser. Je n'ai pas envie de hurler. J'en ai vraiment assez de hurler.

— Moi aussi, j'en ai assez de hurler. Même si ce n'est pas moi qui l'ai fait, aujourd'hui. Ton cousin s'en est occupé. Et mon frère.

Elle écarquilla les yeux.

— Attends, c'est un bleu, sur ton menton ? Lincoln t'a frappé ?

Elle tendit la main et les yeux écarquillés, effleura du bout des doigts sa mâchoire fraîchement rasée.

— Je n'arrive pas à croire qu'il t'ait frappé.

— Ce n'est pas lui. C'est Ethan.

La main de Madison retomba. Elle cligna des yeux, n'étant pas certaine d'avoir bien entendu.

— Ethan ? L'adorable petit Ethan ?

Aaron gloussa avant de secouer la tête.

— Je vais devoir employer cette expression avec lui, je crois. Je n'ai jamais entendu quelqu'un le qualifier d'adorable petit.

— Je sais qu'il est ton frère aîné, mais il a toujours l'air si innocent et mignon.

— N'ai-je jamais été innocent ? la taquina-t-il.

Ils avaient l'impression d'être redevenus l'ancienne version d'eux-mêmes, ce qui avait manqué à Madison. Bien que l'entaille sur son cœur la brûle encore.

— Il n'y a rien d'innocent chez toi et nous le savons tous les deux, dit-elle d'un ton bien plus sensuel qu'elle ne l'avait voulu.

Il s'humidifia les lèvres et elle mordit les siennes.

— Pourquoi es-tu là, Aaron ? Si c'est pour t'assurer que je vais bien... Je vais bien. Je travaille. Je fais avec. Guy n'est pas là. Il ne peut pas venir là.

Aaron tendit la main, comme pour toucher son visage, mais sembla se raviser à la dernière minute et laissa retomber son bras. Elle se sentit démunie, après ce manque de contact. Elle avait besoin de lui.

Et elle se détestait d'avoir désiré ce contact, de l'avoir tant désiré, *lui*.

— Je suis un idiot, déclara-t-il en la sortant soudainement de ses pensées.

— C'est vrai, mais pourquoi ? demanda-t-elle.

Il rit, la faisant sourire.

— Encore une fois, je le mérite. Je suis idiot de t'avoir repoussée. Je pensais que tu avais besoin de temps avec ta famille. Je pensais que tu avais simplement besoin d'espace pour respirer et comprendre ce que tu voulais. J'ai fait des suppositions, ce qui nous a blessé tous les deux, alors que je pensais que tu n'avais pas besoin de moi. Mais tu sais ce que nous n'avons pas fait ?

— Quoi ? souffla-t-elle.

— On n'a pas parlé de ce que je ressentais. De ce qu'on ressentait. Mais à quoi on pensait ?

— C'est difficile de s'ouvrir aux autres.

— Je le sais. Quand je lis les histoires de ces couples, dans les livres, qui ne parlent pas de ce qu'ils ressentent, je leur crie dessus et je me tire les cheveux en les suppliant d'avouer ce qu'ils ont en tête. Et puis je me suis rendu compte que c'est difficile. De s'ouvrir comme ça aux autres ? C'est sacrément difficile. De dire à quelqu'un ce que tu ressens, en sachant qu'il ou elle ne ressent peut-être pas la même chose et pourrait te faire du mal avec un seul mot.

— Je sais, dit-elle alors que son cœur tambourinait plus vite dans ses oreilles.

Elle ne pouvait deviner quelle direction il prenait, mais elle savait que s'il n'en venait pas rapidement aux faits, elle finirait par le rouer de coups ou par lui avouer son amour.

Oh, mon Dieu, comment avait-elle fini dans cette situation ?

Elle regarda Aaron Montgomery et, soudain, elle sut qu'elle était tombée amoureuse de lui à la seconde où il avait annoncé qu'il était son fiancé.

Dans cet instant de panique et de confusion, elle était violemment tombée amoureuse de lui. Et elle ne s'en était même pas rendu compte.

— Alors pourquoi m'as-tu repoussée ? demanda-t-elle dans un murmure.

— Je pensais que tu avais besoin de temps avec ta mère. Honnêtement, c'était la raison principale.

Il passa les mains dans ses cheveux. Elle eut envie d'en faire de même. Elle souhaitait tendre la main et le toucher. Mais elle n'en fit rien. Elle ne pouvait laisser une nouvelle fois entrer la douleur. Pas tant qu'ils n'avaient pas parlé.

— Et j'avais tellement peur qu'en réalisant que la mascarade n'avait plus lieu d'être, tu sois la première à partir. Que tu te dises que je n'avais plus besoin d'être ton faux fiancé, et que nous passions à autre chose pour rester de simples amis. Je n'en avais pas envie, alors je t'ai repoussée le premier. Je suis tellement désolé.

Madison cligna des yeux, surprise qu'il soit si honnête. Pourtant, elle n'aurait pas dû l'être.

— Aaron. Tu n'avais pas besoin de me repousser. Enfin, je crois que je suis heureuse que tu l'aies fait.

Il cilla.

— Vraiment ?

— Tu as raison. Ça m'a effectivement donné le temps de parler avec mes parents, de comprendre cette relation et de respirer, tout simplement. Mais je crois aussi que si toi et moi, on avait été capable d'y arriver, je ne ressentirais pas ça, en ce moment.

— Et comment te sens-tu ?

— Je suis si furieuse !

Elle n'avait pas voulu prononcer ces mots-là, encore moins avec autant de véhémence, mais maintenant qu'ils étaient sortis, elle ne pouvait plus les arrêter.

— Je suis furieuse que ma mère m'ait mise dans cette situation. Je suis furieuse que Guy ait fait ce qu'il a fait. Je suis furieuse de ne pas avoir eu de contrôle là-dessus. Je suis dévastée, mais aussi furieuse que tu m'aies laissée m'en aller et que tu m'aies obligée à le faire. Et je suis si furieuse que ce soit moi qui aie pris mes distances. Et que j'aie écouté. Je sais que c'était lié au choc et au fait de vouloir me rassurer sur l'état de ma mère, après la commotion, mais je me suis éloignée quand tu m'as dit de le faire. Après avoir fait tout mon possible pour faire comprendre aux autres que je pouvais prendre mes propres décisions et faire mes propres choix, j'ai suivi tes ordres. Je n'arrive pas à y croire.

Aaron secoua la tête et fit un pas en avant. Quand il posa les mains sur le visage de Madison, il appuya son front contre le sien. Elle prit une profonde inspiration, inhalant son parfum. Elle avait besoin de sa proximité.

— Je n'aurais pas dû insister.

— Et je n'aurais pas dû t'écouter.

— Et maintenant ? chuchota-t-elle.

— Maintenant, tu vas m'écouter. J'espère que tu me crois quand je te dis que je suis sincèrement désolé. Et quand je te dis exactement ce que je ressens.

— Et comment tu te sens ? demanda-t-elle alors que sa respiration accélérait.

— Je t'aime tellement, Madison. J'ignore quand ça a commencé, mais maintenant, je ne me souviens pas d'une époque où tu ne faisais pas partie de ma vie. Où je ne souhaitais pas ta présence. Tu me rends si heureux. Tu me donnes envie de créer. Tu me donnes envie d'être quelqu'un de meilleur. Et je me suis éloigné. Je ne l'aurais pas dû. C'est peut-être toi, qui m'as tourné le dos, mais je t'y ai obligée. J'ai pris mes distances bien avant que tu le fasses.

Les larmes envahirent les yeux de Madison. Lorsqu'elle les essuya avec ses pouces, elle hoqueta dans un petit sanglot.

— Je t'aime aussi. Je craignais tant que tu ne m'aimes pas en retour, alors je l'ai caché. Je me suis contentée de faire comme si nous n'étions que toi et moi, en prétendant que tout cela avait un sens et que nous ne prenions pas de terribles décisions. À cause de ça, je me suis interdit d'en désirer plus. Mais c'est le cas. Je veux tout.

Aaron l'embrassa alors et elle soupira, s'appuyant contre lui et mourant d'envie de le goûter. Elle eut l'impression d'être enfin chez elle.

— Pardonne-moi, s'il te plaît, chuchota-t-il. Pardonne-moi

d'avoir été un abruti et d'avoir pris la décision à ta place. De t'avoir fait du mal. Pardonne-moi.

Elle s'éloigna légèrement de lui avant d'essuyer les larmes sur son visage.

— Bien sûr que je te pardonne. Mais c'est *toi*, qui dois me pardonner parce que j'ai pris mes distances.

— On recommence de zéro. Toi et moi.

— Je crois qu'on ne peut pas revenir aussi loin, dit-elle honnêtement en souriant au travers de ses larmes.

Lorsqu'il l'embrassa à nouveau, longuement et intensément, elle mourut d'envie de lui, elle eut besoin de lui. Mais quand il posa un genou à terre, elle se figea, son corps entier tremblant.

— Aaron, chuchota-t-elle.

— Madison McClard, je t'aime. Je veux être dans ta vie et je veux voir qui nous devenons ensemble. Tu es peut-être toujours ma fausse fiancée, et tu portes encore ma bague, donc j'ai une question pour toi.

— Aaron, je ne crois pas que...

Il l'interrompit.

— Tu veux bien sortir avec moi ? demanda-t-il avant de lui faire un clin d'œil.

Elle le dévisagea avant de rejeter la tête en arrière et de rire, sachant qu'il n'aurait rien pu dire de plus parfait. Elle n'était pas prête à se marier. Elle n'était pas encore prête pour cette fin heureuse éternelle.

Mais elle acquiesça, les larmes coulant sur ses joues. Elle s'agenouilla ensuite devant lui et l'embrassa vivement.

— Oui, je sortirai avec toi.

— Super. J'ai hâte de dire à tout le monde que ma fiancée est maintenant ma copine, chuchota-t-il contre sa bouche.

Elle rit à nouveau, l'enlaçant et sachant qu'ils avaient

encore un long chemin à parcourir. Mais ils pouvaient traverser ça ensemble.

Car c'était leur début.

Elle avait été complètement séduite par Aaron Montgomery.

Et pourtant, elle savait qu'il leur restait bien d'autres nuits à vivre : un instant et une promesse à la fois.

ÉPILOGUE

Aaron Montgomery avait désespérément envie de fromage. Il passa les bras autour de la taille de sa petite amie et lui mordilla le cou. Il savait que s'il jouait bien ses cartes, il finirait par obtenir ce qu'il voulait.

— J'ignore si tu m'embrasses parce que tu veux me faire des mamours. Ou si c'est parce que j'ai quatre variétés de fromage sur mon assiette en ce moment.

Aaron rit, l'embrassa dans le cou, puis tendit la main vers un biscuit salé surmonté d'un morceau de cheddar blanc. Madison se retourna dans ses bras et leva les yeux au ciel.

— Je vois. Alors, je passe avant ou après le fromage ? J'ai simplement besoin de connaître ma place.

Il déglutit péniblement, lui prit la flûte de champagne des mains et en but la moitié afin de pouvoir parler.

— Je ne suis pas sûr que tu veux connaître la réponse.

Elle lui donna un coup de coude en riant.

— Tu es un être humain horrible. Tu as de la chance que je t'aime.

Il l'embrassa sur les lèvres, riant alors qu'elle lui donnait un nouveau coup de coude.

— Je nous ai trouvé tout ce fromage à partager, alors je t'interdis de tout manger, lui grogna-t-elle.

— Je promets que je partagerai.

Il lui prit l'assiette des mains et elle écarquilla les yeux en le regardant, manifestement ébahie. Il saisit alors un morceau de pain grillé avec un bout de brie et le lui déposa directement dans sa bouche béante.

Elle ferma les yeux en commençant à mâcher et à gémir.

Ce bruit affecta directement le sexe d'Aaron, qui fut obligé d'avaler sa salive.

Après tout, elle avait gémi ainsi pendant une heure avant de venir ici. Avec la bouche sur la queue d'Aaron et la tête de ce dernier entre ses jambes, ils avaient pris leur apéritif avant même de quitter la maison.

Il savait qu'une autre plaisanterie se cachait sans doute dans cette phrase, mais il s'en moquait. Tout ce dont il avait envie, c'était d'embrasser sa petite amie à nouveau, cette femme qui portait toujours sa bague de fiançailles, mais sur la main droite plutôt que la gauche.

Un jour, elle la déplacerait sur sa main gauche quand ils seraient prêts. Et quand il lui ferait convenablement sa demande, quand tout cela ne ferait pas partie d'une duperie.

Il appréciait qu'elle la porte encore. Il avait un anneau similaire sur la main droite.

Après tout, il était tout aussi pris qu'elle.

— Vous comptez vous bécoter toute la soirée ? demanda Annabelle à ses côtés.

Il sourit à sa cousine.

— Peut-être, répondit-il. Ça te pose un problème ?

Elle soupira.

— Comment pouvons-nous être les seuls célibataires ici ?

Elle regarda son frère, Benjamin, qui haussa les épaules.

— Je ne sais pas, mais vu qu'ils agissent tous comme des amoureux transis, est-ce qu'on a vraiment *envie* d'être comme eux ?

Annabelle prit un air mélancolique un instant. Aaron se demanda ce que cela signifiait. Mais elle secoua ensuite la tête.

— Non, je crois qu'on se porte bien à Fort Collins et qu'on est heureux d'être célibataire, sans tout ce côté bizarre et fleur bleue.

— Ça ressemble aux dernières paroles qu'on prononce avant de mourir, dit son cousin de Denver.

Il regarda Maya, aussi resplendissante que d'habitude avec ses tatouages et ses piercings, et vit qu'elle se tenait entre deux hommes. Elle dégageait une aura de femme comblée et heureuse de l'être. Son mariage avec ses deux hommes tenait alors qu'ils élevaient leurs bébés.

—Je crois qu'on s'en sort bien, sans une fin heureuse éternelle. Sans le boulet au pied, ajouta Benjamin.

Aaron grimaça.

— Oh, non. Ne qualifie pas une femme de boulet. Même un homme. N'importe qui. Jamais. C'est comme ça que tu finis par avoir des problèmes.

L'un des époux de Maya gloussa.

— Oui, et ensuite, tu finis par dormir sur le canapé, pas même dans la chambre d'amis. Le canapé. Avec une couverture minuscule et sans oreiller.

— C'est bien vrai, répondit Maya en riant.

— Qu'est-ce qu'on mijote ici ? demanda la mère d'Aaron en arrivant et en embrassant tout le monde sur la joue.

Son époux se trouvait juste derrière et souriait comme un idiot.

Les parents d'Aaron étaient fiers comme des paons, ce soir, et il ne pouvait leur en vouloir.

Lincoln et lui avaient décidé d'organiser une exposition ensemble, rappelant ce que celui-ci avait fait, quelques mois plus tôt. Cependant, cette fois-ci, ils exposaient tous les deux.

Ils avaient presque réussi à convaincre Liam de faire une lecture à voix haute et Bristol de leur jouer quelque chose, mais ces deux-là avaient refusé. Catégoriquement, à vrai dire.

Il se contenta de rire, sachant que si Madison et sa mère avaient leur mot à dire, cela serait organisé plus tard.

— On discutait simplement de la prochaine personne à se trouver un partenaire, dit Maya.

— Dès que tous mes poussins seront enfin mariés, je suis sûre de pouvoir prendre contact avec ma belle-sœur pour m'occuper de ça.

Annabelle et Benjamin échangèrent un regard avant de grimacer.

— Ne la lance pas sur le sujet, la supplia Annabelle.

— Je ne ferai rien de tel. J'ai toujours voulu que mes bébés se marient et aient des enfants. Et maintenant... Regardez-nous. Vous êtes tous heureux, ravis, et vous montrez vos talents au monde entier. Je ne pourrais pas être plus fière.

Elle se tapota les yeux avec le mouchoir de son époux. Aaron résista de peu à l'envie de lever les yeux au ciel. Il embrassa plutôt Madison sur la tempe et s'appuya contre elle alors que sa fratrie venait les encercler pour se joindre à la conversation.

D'une manière ou d'une autre, chacun d'entre eux avait trouvé son bonheur quand et où ils s'y attendaient le moins.

Liam et Arden se tenaient l'un contre l'autre, partageant un secret complice. Un secret qu'Aaron ne connaissait que parce qu'il l'avait arraché à Arden, mais il savait que les autres l'apprendraient bien assez tôt.

Ethan, Holland et Lincoln se souriaient mutuellement, partageant eux aussi un secret qui serait bientôt révélé.

Marcus et Bristol semblaient sur un nuage alors qu'ils plaisantaient avec Annabelle et Benjamin.

Même Zia, l'ex de Bristol, était venue avec sa petite amie Meredith. Toutes deux ressemblaient à des mannequins qui sortaient d'un défilé.

Il avait même vu Madison leur jeter un long regard, ce qui n'avait fait qu'exciter Aaron davantage. Il avait hâte de la taquiner à ce sujet plus tard, au lit.

Il y avait même un nouveau trouple, dans le groupe. La collègue d'Ethan et de Marcus sortait maintenant avec une troisième personne. Il était très intéressé par cette histoire. Un jour peut-être, lors d'un autre barbecue, Ronin lui expliquerait comment il avait fini par trouver le bonheur avec deux partenaires.

Personne ne cillait, dans cette famille, face aux trouples. Ils étaient donc en bonne compagnie.

Tout le monde semblait heureux, peut-être à l'exception d'Annabelle et Benjamin, mais Aaron ne connaissait pas tous leurs secrets. Après tout, les cousins de fort Collins étaient les plus mystérieux. Ce qui en disait long, étant donné que la plupart des Montgomery avaient toujours un ou deux secrets.

Quand Madison leva les yeux vers lui et pressa un morceau de fromage contre ses lèvres, il oublia les autres.

C'était la femme qu'il aimait. Celle avec qui il passerait le reste de sa vie.

Il ne l'avait pas cherchée, mais il l'avait néanmoins revendiquée.

Alors qu'il repoussait délicatement sa main pour capturer ses lèvres, il sut qu'elle l'avait tout autant revendiqué.

Sa fiancée devenue petite amie était la meilleure chose qui lui soit jamais arrivée.

Et alors que ses amis et sa famille l'entouraient et que tout le monde applaudissait le baiser, il sut que ce n'était que le début. Ils avaient tant d'autres années à savourer, tant d'autres liens et souvenirs à créer.

Mais tout d'abord, cette soirée tournait autour de la famille, de l'amour et de leur avenir.

Et, bien sûr, du fromage.

ÉPILOGUE BONUS

— Comment ça, tu as perdu les alliances ? hurla Aaron.

Ethan fit un pas en arrière, les mains levées.

— Je ne les ai pas *perdues*. On dirait simplement qu'elles ne sont pas dans ma poche, où je les avais mises.

— On a tiré à la courte paille pour que tu sois mon témoin, et voilà ce que j'obtiens ?

— Peut-être que si tu m'avais directement choisi pour être ton témoin, plutôt que de nous faire tirer à la courte paille, on n'en serait pas là.

— On ne va pas encore avoir cette conversation, dit Liam en secouant la tête. Ethan, où as-tu vu les alliances pour la dernière fois ?

— Dans ma poche !

— Chéri, réfléchis. Tu es allé aux toilettes ? Tu es allé faire une balade ? Tu as mis les mains dans tes poches pour jouer avec ta queue ? demanda Lincoln.

Tout le monde éclata de rire tandis qu'Aaron faisait de son mieux pour ne pas s'arracher les cheveux.

— On ne joue pas avec les queues et on ne fait pas de blagues grivoises, là. Je suis sur le point d'épouser l'amour de ma vie. La cousine de Lincoln. Ma fiancée devenue petite amie et redevenue fiancée, qui est sur le point de devenir ma femme.

— C'est absurdement long, comme titre, dit Marcus depuis le cadre de la porte.

— Je sais. C'est une blague mignonne entre nous. Laisse tomber. Et je me fiche de ce que les autres pensent. Où sont ces putains d'alliances ? Je t'ai demandé de faire une chose : garder les alliances. Oh, et t'assurer que j'arrive au mariage à l'heure. Jusque-là, j'ai dû faire recoudre mon pantalon parce qu'il s'est déchiré en bas. J'ai failli être en retard à cause de la circulation causée par un accident, comme tu as pris un chemin différent. Et maintenant, tu ne trouves pas les alliances. Tu es le pire témoin du monde, grommela Aaron avant de commencer à faire les cent pas.

Ethan blêmit. Aaron se sentit immédiatement mal.

— Merde. Je suis désolé. Tu n'en es pas un. Rien de tout ça n'est ta faute, à l'exception des alliances. Ça, c'est ta faute. Tout le reste ? C'est la faute du GPS et le fait que j'ai trébuché. Rien n'est ta faute. Je suis désolé. Je t'aime. Merci d'être mon frère et mon témoin. Et pourquoi je parle si rapidement ? demanda-t-il, tandis qu'il commençait à hyperventiler.

Liam tendit la main et lui serra l'épaule. Aaron soupira.

— Respire. C'est le jour de ton mariage. Tu es le dernier d'entre nous à te marier. C'est normal que tu stresses un peu.

— Je pensais que ce serait toi qui stresserais, comme tu étais le premier à te marier, dit Aaron, qui avait réellement besoin de reprendre son souffle.

— Je ne crois pas que ça fonctionne comme ça, dit Liam. Bon, on va trouver les alliances. Elles ne peuvent pas être allées bien loin. Et je suis sûr qu'Ethan est sans doute en train de te jouer un tour, parce que c'est un crétin.

— Je jure devant Dieu que je ne suis pas si terrible, dit l'intéressé.

— J'ai beau vouloir être d'accord avec toi, Liam... commença Aaron. Ethan n'est pas un si grand crétin. Il plaisante avec nous, mais il n'est pas Satan.

— Je suis ravi qu'on base tout notre fonctionnement sur le fait que je ne sois pas Satan.

— Madison est à l'heure et va bien, au moins ?

— Madison va très bien, dit Marcus en entrant. Zia s'est déjà occupée de son maquillage et Bristol tente de tout organiser, comme d'habitude.

— Holland va bien ?

— Holland va merveilleusement bien, répondit Lincoln. Elle est toujours un peu sur les nerfs que vous ayez décidé d'organiser ce mariage pendant son troisième trimestre, mais... voilà où nous en sommes.

— C'est toi qui as décidé de la mettre enceinte juste avant ton mariage. Ce qui a donc mené à *notre* mariage.

— Je sais, répondirent Ethan et Lincoln en cœur avant de frapper dans le poing de l'autre et d'échanger un regard brûlant et entendu.

— Je n'ai vraiment pas besoin d'avoir ce genre d'images en tête, dit Aaron. Parce que voilà que je l'imagine... et je ne pourrai plus jamais dormir. Plus jamais.

— Au moins, tu penses à ça et pas au fait que j'ai perdu les alliances, insista Ethan avant de rapidement fermer la bouche quand Aaron le regarda avec des yeux ronds.

— Je n'ai même pas les mots.

— Trouvées, dit Benjamin d'un ton bien trop nonchalant alors qu'il décalait le portable d'Ethan.

— Les voilà, prêtes à partir.

— Je vais te tuer, grogna Aaron contre Ethan avant de s'emparer des alliances. Je vais les garder.

— Non, non, je peux le faire. C'est juste que je suis très nerveux. Tu sais, avec le travail de Holland qui a commencé et tout… ça me fait perdre la tête.

— Le travail de Holland a commencé ? s'exclama Aaron. Pourquoi est-elle encore là ? Pourquoi ne me l'avez-vous pas dit ?

— Oh, mon Dieu, s'exaspéra Ethan en se pinçant l'arête du nez.

— On comptait vous le dire après le mariage. Elle va bien, les contractions sont très espacées. Tout le monde prend soin d'elle. Mais si on n'en finit pas bientôt avec ce mariage, pour que je puisse accompagner ma femme pendant son travail, je vais péter un câble, déclara Lincoln d'une voix étrangement calme.

Aaron éclata de rire.

— Je vois. Finissons-en, alors. Je veux me marier, quoi qu'il arrive. Finissons-en. Des vœux rapides, un *oui* éclair, un « je t'aime » en prime, un baiser, et on s'en va accueillir un nouveau Montgomery dans la tribu.

— Oui, faisons ça, répondit Liam en riant. Nous, les Montgomery, on ne sait rien faire à moitié, hein ? demanda son grand frère.

— Apparemment pas. Mais sérieusement, Holland va bien ?

— Ses contractions ne font que commencer. Sa poche des eaux ne s'est même pas encore rompue, expliqua Marcus alors que les époux de Holland commençaient à faire les cent pas.

Manifestement, Aaron n'était pas le seul à flipper.

— Je vais me marier, dit-il.

— Tu as raison. Maintenant, à vrai dire. Je te mène jusqu'à cet autel, dit Liam en souriant.

— Tu ne vas pas m'accompagner, si ?

— Non. Mais ne t'inquiète pas, on est presque arrivé.

Aaron commença à avoir les mains moites, mais il était prêt à le faire. Plus que prêt.

La mère de Madison avait souhaité quelque chose de grandiose, tout comme celle d'Aaron. Honnêtement, ça n'avait pas dérangé le couple. Les deux matriarches avaient travaillé de concert et s'étaient bien amusées. Elles s'étaient toutes les deux montrées affables et encourageantes.

Comme elles s'entendaient bien et que tout le monde était heureux et calme, Madison et Aaron les avaient laissées faire à leur guise.

Finalement, la seule chose qui comptait était que Madison et Aaron finissent par se marier et commencent leur vie ensemble.

Même si laisser les deux femmes tout planifier avait transformé le mariage en un véritable cirque. Tout ce qui avait été mis en œuvre était insensé.

Mais c'était la contribution que les McClard avaient souhaité apporter, et Aaron ne s'en était pas soucié.

Parce que Madison avait été aux anges de voir sa mère et celle d'Aaron travailler si bien ensemble.

Et il ferait n'importe quoi pour la rendre heureuse.

Il sortit rapidement de sa rêverie, prêt à lancer les festivités. Il courut pratiquement vers l'endroit où tous les invités attendaient. Heureusement, Liam le retint pour s'assurer qu'il n'aurait pas l'air idiot.

— Tu es prêt ? demanda Liam.

— Plus que jamais.

— D'accord. J'envoie un SMS à Holland. On devrait sans doute faire vite, dit Lincoln dont la main tremblait.

Aaron écarquilla les yeux.

— Ça n'est pas du tout inquiétant.

Ils rejoignirent l'avant du bâtiment au pas de course. Aaron savait que les invités se demandaient sans doute ce qu'il se passait. Mais il s'en moquait.

Les Montgomery s'apprêtaient à accueillir deux membres supplémentaires dans leur tribu, ce qui signifiait que le mariage et la naissance devraient s'enchaîner rapidement pour que tout fonctionne comme prévu.

Tandis que le mariage débutait, Aaron ne put qu'écouter son cœur tambouriner dans ses oreilles en attendant l'arrivée de Madison.

Une Holland follement enceinte descendit jusqu'à l'autel aux bras de Lincoln et Ethan. Lorsqu'elle arriva devant, Aaron l'embrassa sur la joue et scruta son regard.

— Je vais bien, chuchota-t-elle avec un sourire étincelant.

Elle n'était manifestement pas en souffrance. Si c'était le cas, elle serait déjà partie.

Aaron et Madison se marieraient au tribunal si nécessaire.

Car tout ce qui comptait, c'était protéger leur famille.

Lincoln s'assura que Holland était bien installée sur le premier banc, puis il s'assit à côté d'elle et lui saisit fermement la main.

Aaron la surveillerait. S'il voyait la trace d'une quelconque douleur, il dirait « oui » aussi vite que possible.

Pour l'instant, cependant, son regard était rivé sur les bancs du fond.

Liam et Arden, suivis de Bristol et Marcus, avancèrent jusqu'à l'autel. Aaron les contempla avant que son regard se rive sur la femme aux cheveux blonds et roses étincelants qui portait une magnifique robe de princesse.

Elle était blanche et épousait ses courbes de la manière la plus séduisante possible aux yeux d'un homme. Il avait hâte de la lui retirer.

Bien qu'il ait conscience que ce ne soit sans doute pas les

pensées les plus saines à avoir quand le père de la mariée le fusillait déjà quasiment du regard.

Les parents de Madison l'accompagnèrent jusqu'à mi-chemin de l'autel avant qu'elle poursuive seule. Ses parents se placèrent ensuite en silence sur les bancs comme on le leur avait demandé.

Madison avait voulu parcourir la majeure partie du chemin seule, jusqu'à l'autel. Elle voulait se donner elle-même. Et Aaron ne pourrait être plus fier d'elle.

Lorsqu'elle arriva à sa hauteur, il ne put s'empêcher de lui caresser la joue avec son pouce.

— Salut, toi, chuchota-t-il.

— Salut, toi.

Elle posa les yeux sur Holland.

— Tu veux qu'on fasse ça rapidement ? demanda-t-elle.

Il éclata de rire en rejetant la tête en arrière, son corps entier tremblant.

— J'ai hâte. Bon, quand est-ce qu'on dit *oui* ? demanda-t-il au pasteur.

L'homme se contenta de le regarder en clignant des yeux avant que Madison n'agite la main.

— Sérieusement. Finissons-en. Je suis prêt.

La mère de Madison ne sembla nullement choquée. Elle secoua plutôt la tête et jeta un coup d'œil à Holland, qui leva les pouces, respirant un peu plus rapidement et lourdement que quelques minutes avant.

Et tandis que le rire de tous les invités faisait écho à leurs oreilles et que le pasteur parlait bien plus rapidement que lors des répétitions, Aaron Montgomery épousa l'amour de sa vie, sa fausse fiancée, sa petite amie et désormais... sa femme.

Une fois qu'ils eurent échangé un baiser et qu'ils furent prononcés mari et femme, Aaron souleva Madison dans ses bras pour l'enlacer et courut quasiment avec Lincoln et Holland derrière lui.

Il semblait que ce jour était placé sous le signe des nouveaux Montgomery, de toutes les façons possibles.

À suivre dans la saga des Montgomery Ink ?
Annabelle trouve sa moitié dans Les Lignes du destin.
Pour plus d'informations, rendez-vous sur www.CarrieAnn
Ryan.com

UN MOT DE CARRIE ANN RYAN

Merci infiniment d'avoir lu *Jeu d'ombres*.

J'ai adoré écrire une romance autour de fausses fiançailles !

La suite pour la saga de Montgomery Ink ?

Annabelle Montgomery trouve son partenaire dans Les Lignes du destin. Oui, on part chez les Montgomery de Fort Collins !

Montgomery Ink: Boulder

Tome 1: Sang d'encre

Tome 2: De flammes et d'encre

Tome 3 : L'Encre des promesses

Tome 4 : Jeu d'ombres

Montgomery Ink: Fort Collins

Tome 1: Les Lignes du destin

DE LA MÊME AUTRICE

Montgomery Ink: Boulder

Tome 1: Sang d'encre

Tome 2: De flammes et d'encre

Tome 3 : L'Encre des promesses

Tome 4 : Jeu d'ombres

Montgomery Ink: Fort Collins

Tome 1: Les Lignes du destin

Promesses éternelles:

Tome 1: Ne jamais dire jamais

Tome 2: L'Instant décisif

Tome 3: Destins contrariés

Tome 4: Pas du premier coup

Montgomery Ink: Colorado Springs

Tome 1: Point à la ligne

Tome 2: À grands traits

Tome 3: En pleins et déliés

Montgomery Ink:
Tome 0.5 : À l'encre de ton cœur
Tome 0.6 : À l'encre du destin
Tome 1 : À l'encre déliée
Tome 1.5 : À l'encre de ton âme
Tome 2 : À dessein prémédité
Tome 3 : D'encre et de chair
Tome 4 : Attrait pour trait
Tome 4.5 : À l'encre des secrets
Tome 5 : Entre les lignes
Tome 6 : En pointillé
Tome 6.5 : À l'encre de nos rêves
Tome 6.7 : À l'encre de tes yeux
Tome 7 : Nos desseins ravivés
Tome 7.3 À l'encre de nos vies
Tome 7.5 : À l'encre de nos choix
Tome 8 : Motifs troubles
Tome 8.5 : À l'encre de ton corps
Tome 8.7 : À l'encre de l'espoir

L'un pour l'autre:
Tome 1 : Elle et aucune autre
Tome 2 : Nul autre que toi
Tome 3 : Rien d'autre que nous

Whiskey Town:
Tome 1 : Comme un avant-goût
Tome 2 : Un goût d'inachevé
Tome 3 : Le goût des secrets

Les Frères Gallagher:
Tome 1 : Un amour nouveau
Tome 2 : Une passion nouvelle

Tome 3: Un nouvel espoir

Sorcellerie à Ravenwood
Tome 1 : Mystères de l'aube
Tome 2 : Révélations au crépuscule
Tome 3 : Clarté nocturne

Redwood:
1. Jasper
2. Reed
3. Adam
4. Maddox
5. North
6. Logan
7. Quinn

Griffes
1. Gideon
2. Finn
3. Ryder
4. Bram
5. Parker
6. Mitchell
7. Walker

Pour plus d'informations, abonnez-vous à la LISTE DE DIFFUSION de Carrie Ann Ryan.

À PROPOS DE L'AUTEUR

Carrie Ann Ryan n'avait jamais pensé devenir écrivaine. C'est seulement quand elle est tombée sur un roman sentimental alors qu'elle était adolescente qu'elle s'est intéressée à cette activité. Lorsqu'un autre romancier lui a suggéré d'utiliser la petite voix dans sa tête à bon escient, la saga *Redwood* ainsi que ses autres histoires ont vu le jour. Carrie Ann a publié plus d'une vingtaine de romans et son esprit foisonne d'idées, alors elle n'a guère l'intention de renoncer à son rêve de sitôt.

www.ingramcontent.com/pod-product-compliance
Lightning Source LLC
Chambersburg PA
CBHW071307140726
47996CB00005B/1664